残りの人生で、今日がいちばん若い日

盛田隆二

祥伝社文庫

1

リボンを外して包みを開けると、箱の中にはヌメ革のメガネケースが入っていた。食事をご馳走《ちそう》になるだけで申し訳なく思うのに、誕生日プレゼントまで……。

「ありがとう。ずいぶん散財させてしまったね」

柴田直太朗《しばたなおたろう》は恐縮して頭を下げたが、ううん、と小暮冴美《こぐれさえみ》は首を振り、ちょっと心配そうな顔になった。

「でも、いつも使ってらっしゃるケースが、もしお気に入りなら、そちらを」

「ああ、あれはメガネ屋でもらった安物だから。うん、もちろんこれを使わせてもらう。しっとりした感じの革だから、使い込むうちに風合いが増しそうだね」

直太朗は鞄からメガネを取り出し、さっそくプラスチックのケースからヌメ革のケースに入れ替えた。

「それにしても、老眼鏡をかけるたびに、中年を通り越して高齢者の仲間入りをした気分になるな」

「やだ、三十九歳になったばかりじゃないですか。目を酷使するお仕事だからしかたないし、柴田さん、とっても若々しくて、まだ中年なんて感じ全然ないですよ」

冴美は片頰にえくぼを作り、愉快そうに黒目をぐるっと動かすと、両手でスペアリブにかぶりついた。

直太朗はそんな冴美を眺めながら、いや、見かけは多少若くてももう立派に中年だよ、と胸の内でつぶやき、ビールのジョッキを口に運んだ。

昨晩、直太朗は自宅に帰っていない。長年にわたって担当している黒崎冬馬《くろさきとうま》の新作長編の校了作業で徹夜してしまった。明け方に会議室の椅子を並べてベッド代わりにして二時間ほど仮眠しただけなので、身体《からだ》の節々が痛いし、頭の芯がぼんやりしている。若い頃はこんなことはなかった。二晩続きで徹夜しても、仕事を終えると同僚と夜の街に繰り出したものだ。

「柴田さん、いつもよりお酒の進み具合が遅いみたいですけど？　遠慮しないでくださいね」

冴美はグラスの赤ワインを飲み干すと、店員を呼んでお代わりを注文した。

「ありがとう。じゃ、遠慮しないことにする」

直太朗がそう言うと、冴美はほんとうに嬉しそうに、にっこり笑った。その天真爛漫《てんしんらんまん》な笑みは育ちの良さを感じさせる。ダイエットのために最近ベリーダンスの教室に通い始めたというが、体重の増減など口ほどには気にしていないのだろう。その食べっぷりは見事で、気持ちいいほどだった。色白の肌は赤ん坊のようにみずみずしく、頬はふっくらして、顎《あご》の下に少し余分な肉がついている。ゆったりとした服がふくよかな体軀《たいく》を隠しているが、手足がすらりと伸びているので肥満体型には見えない。

「あきれ返ってますよね？」

冴美はしゃぶった骨を皿に戻すと、ナプキンで指先を拭《ぬぐ》いながら、上目づかいにこちらを見た。ラメ入りの茶系の口紅をつけているためか、唇がいつもよりぷっくりして濡れて見える。

「いいんじゃないか？　食欲が旺盛《おうせい》なのは若い証拠」

直太朗がそう言って苦笑してみせると、「えーっ」と冴美は大げさに眉根を寄せた。

「違いますよ。とにかく四月中に書き上げて、ゴールデンウィークのあいだに読んでいただこうと思っていたのに、すみません、まだぐずぐずしてて……。あの、でも、どんなことがあっても六月中には完成させますから」

「ごめん、その話か。とりあえず書けたところまで送ってもらってもいいけど」

「ううん、私の場合、とにかく最後の着地が問題なんです。折り返し地点をすぎたあたりから話が散らかっちゃって収拾《しゅうしゅう》がつかなくなる。いつもそうだから、とにかく最後まで書き上げてから読んでいただきたいと」

「了解。じゃ、六月末厳守ということで」

直太朗はそう言って大きくうなずき、手帳に書き込む振りをした。

「ああ、でも柴田さん、デビュー前から担当編集者がついているなんて、恵まれすぎですよね、私」

うん、まあ、と直太朗はあいまいに答えたが、冴美はワイングラスを手にしたままテーブルに身を乗り出し、二十代のうちにデビューする夢は難しくなったが、いま書いている長編を書き上げることができたら、きっと次のステージに行けるはず、と弾《はず》んだ声で言い、それから桐野夏生《きりのなつお》の新作長編を読んですっかり打ちのめされてしまったと、熱っぽい口調で話し始めた。

冴美がミステリー新人賞に応募してきたのは三年前のことだ。それは学習塾の講師にレイプされた女子中学生の内面を驚くほどリアルに描いた小説で、文章の粗《あら》さは目立つものの下読み担当者の評価も高く、新しい才能の出現を十分に予感させるものだった。直太朗はその作品を最終候補に残すべく、編集部内で熱心に推《お》した一人だった。

だが、最年長の選考委員に「文章そのものが主人公の中学生よりも幼い。そこが致命的だ」の一言で切り捨てられ、選考会では議論の俎上《そじょう》にもほとんど載せられなかった。

小説は女性会社員の「私」が、中学生当時の忌《い》まわしい出来事を回想する形で書かれている。確かに直太朗も読み進めていくうちに、それが二十六歳の女性の回想であることをしばしば忘れ、女子中学生が背伸びをして会社員を演じているような頬笑《ほほえ》ましささえ感じたものだった。

編集部から選考結果を通知すると、後学のために問題点を指摘してほしい、と冴美から連絡が入り、初めて面談したのだが、直太朗は冴美を一目見て驚いた。その陰鬱《いんうつ》なトーンに支配されたミステリーの作者とは思えないほど、さわやかな笑みをたたえていたからだ。

その小説はあくまでも主人公の女性が現在二十六歳であることに意味がある。十四歳のときに受けた性暴力被害のトラウマが、十二年後の彼女にいかなる行動を取らせるのか。そこが小説の胆《きも》だからだ。

だが、直太朗はそれを承知の上で、回想形式はやめてストレートに中学生の一人称で書き直してみてはどうか、とそのときアドバイスをした。作者のプロフィールには「家事手伝い・二十六歳」と記されていたが、実際に面談してみて、冴美はその年齢にしては少々幼く見えたし、口語体を駆使した文体が等身大の女子中学生を描くのにふさわしいように思えたからだ。

それから三ヶ月後、書き改められた原稿は、応募作品とは似ても似つかない変容を遂げていた。全体的にとてもリーダブルになったが、ミステリー色が薄れて児童文学のような仕上がりになってしまったのだ。これでは一次選考も通らないだろう。それ以来三年間、冴美はあきらめずに原稿を持ち込み続けている。

「……とにかく桐野夏生のパワーに圧倒されちゃって。作家ってつくづく因果《いんが》な商売だなって。ほんとうのところ、どうなんでしょう、柴田さん」

直太朗はスペアリブに添えられたレンズ豆の煮込みをフォークですくいながら冴美の顔を見た。

「ごめん、何？」

やっぱり聞いてなかったんですね、と冴美は言いたげにちょっと頬をふくらませた。

「だから、そもそも私にプロとしてやっていけるだけの才能がないなら、もうきっぱりあきらめたほうがいいかなって」

「どうしたの突然。六月中に完成させるって、いま言ったばかりでしょう」

「じつは折り返し地点をすぎて話が暗礁《あんしょう》に乗り上げたわけじゃなくて、書いているものが急につまらなく思えてきて……。六月中に脱稿するって宣言して自分を追い込めば、書き進める意欲が湧くかなって」

そうか、と直太朗はつぶやき、かけるべき言葉を探したが、黙って食事を続けるうちに会話を続けるタイミングを逸してしまった。

この三年間に冴美の小説を何作読んだのか、直太朗は正確には憶《おぼ》えていないが、優に十作を超えている。書き続けていれば文章はうまくなる。人物造形は深みを増し、場面転換も巧みになった。だが、決定的なものが欠けていた。読み終えてふと顔を上げたとき、現実とのあいだに生じる違和感だ。それが読書の醍醐味《だいごみ》だが、冴美の作品にはそれがなかった。ストーリー展開や伏線の回収は及第点だが、心を揺さぶられるような感動がない。結局、何作書いても、三年前に最終選考に残った小説を超えることができなかった。

冴美は中学二年生のとき、小説に描かれたようなレイプではなかったものの、性暴力被害にあったという。直太朗が訊《き》く前に冴美のほうから話してくれた。朝の通学電車で父親の年代の男に尻を執拗《しつよう》にまさぐられたが、怖くて身動きできず、男が下車する寸前に犯した卑劣な行為にも気づかなかった。電車を降りてホームを歩いているとき、中年女性に背後から声をかけられて指摘されたのだ。あわてて駅のトイレに入り、精液で汚れたスカートをハンカチで懸命に拭ったが、傷心のあまり家に引き返し、その日は学校を休んでしまった。

確かにショックだったにちがいない。だが、それから十年以上経っても、その朝のことが生々しい記憶として残り続け、男に対する恨《うら》みと恐怖をモチーフにした小説を書き上げる。そんな冴美の執念深さと、無邪気な笑顔のギャップに、直太朗は少なからず戸惑《とまど》った。

「ぼくも編集部で十二年、新人賞を獲った人をたくさん見てきたけどね、いまでもプロとして書き続けている人は、ほんのひと握りしかいない」

食事を終えてコーヒーを飲みながら、直太朗は一人の新人賞受賞者の話をした。十年ほど前の受賞者で、三十代半ばの女性だった。受賞後第一作と合わせて単行本にする計画だったが、編集長に何度も書き直しを命じられているうちにまったく書けなくなり、ついにパソコンに向かうことさえできなくなった。実際、そういう新人はとても多いが、彼女の受賞作は選考会で絶賛された傑作だったので、いまでも残念に思っている。

「その受賞作、読んれみたいれす」

冴美はすでに呂律《ろれつ》が回らない。

「じゃ、バックナンバー、コピー取って送るから」

「ありやとうごらいます。柴田さんの期待に添えるようにがんばります」

冴美は食事中に赤ワインを四杯飲み、それでも飲み足りないのか、デザートのあとに食後酒を注文した。自ら酔いたがっているように見えたので、直太朗は何も言わなかったが、そのアルコール度の高いリキュールが一気に酔いを深めたのだろう。八時すぎに店を出ると、冴美はいつになく子どものようにはしゃいだ。

「え、今日は何かのお祭りすか？　柴田さんのお誕生日だから？　なんかすごいキラキラしてる」

冴美は足元をふらつかせながら、ときおり夜空を見上げ、白い喉を見せて笑う。

直太朗は冴美と並んで道玄坂《どうげんざか》を上りながら、傍目《はため》には仲の良い恋人同士に見えるんだろうな、と思った。男女の関係になって半年経つが、待ち合わせて食事をしても、話題はいつも小説のことに限られる。デートの雰囲気とはほど遠い。もちろんおたがいに好意を抱いているのは間違いないが、相手の目を見つめてうっとりするような関係ではない。冴美にとって直太朗は担当編集者であり、小説の助言者だった。二人の目的はあくまでも傑作をものにすることだ。それだけでつながっている。

おたがいの私生活には立ち入らないようにしましょうね、と冴美は初めて関係を持った夜にきっぱりと言った。決まった彼氏はいないが、セックスをするだけの男なら何人かいる。だから私を重荷と思わないで、と。

直太朗としても、結婚を求めない女性とベッドに入るのは気が楽だった。だが、身体の関係が続けば、相手への愛《いと》おしさは募《つの》る。男の責任感からやはり結婚を意識するようになるし、セックスフレンドと割り切るには、何作もの習作を通して冴美の劣等感や野心や弱さと関わりすぎている。それに冴美は自分で言うほどには、性的に奔放《ほんぽう》な女性ではなかった。

「ねえ、柴田さん?」

「うん?」

ラブホテルが林立する一角にさしかかったとき、冴美がふと足を止めた。

「柴田さんのおうちに行きたい。だめれすか」

直太朗は返答につまって、足元に視線を落とした。

単に酔いにまかせて言い出しただけなのか、それともいままでの関係から一歩踏み出したいという意思表示なのか……。冴美はキャメル色のふんわりしたシルクサテンのワンピースを着て、同色のパンプスをはいている。その爪先《つまさき》にあしらわれた花のモチーフをぼんやり眺めていると、冴美は小声で続けた。

「泊めてほしいなんて言いませんよ、柴田さん。終電のあるうちに帰らないと母が心配するし」

「うん、分かった。部屋は片づいてないけどね、それでよかったら」

直太朗は無理やり笑顔を作ると、駅前のスクランブル交差点に戻りながらタクシーを拾った。冴美を先に乗せ、運転手に行き先を告げる。

「断わられるかと思った」

冴美は耳元でささやくと、ふいに肩にもたれてきた。軽くカールした栗色の髪が直太朗の首筋に触れ、ファンデーションの匂いが鼻孔《びこう》をつく。

直太朗は両膝《りょうひざ》の上に手を置いて、前方を見つめたままじっとしていた。混雑する宮益《みやます》坂《ざか》を抜けて青山《あおやま》通りに入ると、運転手はにわかにスピードを上げた。

「でも、迷惑なんれすよね？　ほんとうは」

「いや、別に迷惑じゃないけど、散らかってるから」

「お誕生日って、やっぱり特別な日れすから。いつもみたいに二時間の休憩でバイバイじゃ淋しいれすから」

冴美はまるで恋人のように甘えてくる。いくら酔っているからといって、こんな彼女は初めてだった。

小説誌の編集部に在籍していた当時、直太朗は冴美との面談をいつも会社の会議室で行なった。原稿の修正点をめぐって夜まで話し合いが続いても、居酒屋に席を移すようなことはしなかった。新人賞応募者との個人的なつきあいは編集者としてのモラルに反するからだ。

それが昨春、書籍編集部に異動になり、それを機に社外で会うようになった。実際、直太朗にとって持ち込み原稿の対応は業務外となったのだが、ほぼ二ヶ月に一作のペースで作品を書き続ける冴美の熱心さに応えるべきだと思ったのだ。打ち合わせ場所がカフェからレストランに変わり、居酒屋で小説談義に興じるようになり、そして去年の冬、寒さに震えながら二人して千鳥足《ちどりあし》で渋谷円山町《まるやまちょう》のホテルに入った。

「ねえ、小暮さん」と直太朗は言った。「きみにとってぼくはどんな存在なんだろう」

「編集者以上、恋人未満かな」

冴美はそう言って、ふふっと笑い、直太朗の肩にあずけていた頭を上げた。

「すみません、つまらない言い方して。そんなしゃれた関係じゃないですね。私なんか最終選考にたった一度残っただけの、馬の骨ですから。柴田さんみたいに出版の最前線で活躍してらっしゃる方から見たら、社会不適合者ですよね。もううんざりしてるんじゃないですか、いつまで経ってもちゃんとしたものが書けなくて」

「いや、そんなことはない。前々回、前回と続けて二次選考を通った。常連応募者の上位十人に確実に入っている。あきらめるのはまだ早いんじゃないか」

「柴田さんだけなんです、私の小説を熱心に読んでくださるのは。だからとっても感謝しているし、柴田さんに読んでいただけるから、書き続けていられる。でもね、でも、作家として世に出たいとか、傑作をものにしたいから書いているんじゃなくて、もう書けませんと言ったら柴田さんに愛想をつかされそうで……、それが怖くて書いてるだけかもしれないって、最近」

そうか、と直太朗はうなずき、車窓《しやそう》の外に視線を移した。タクシーは神宮外苑《じんぐうがいえん》を抜けて、四ツ谷《よつや》から市ケ谷《いちがや》へと外堀《そとぼり》通りを走り続けている。

二人の関係が同僚に知れたら、公私混同だと非難されるにちがいない。だが、小説の書き手と読み手の緊張感はいまでも決して失われていない、と直太朗は信じていたし、三年にわたって習作につきあってきたからには、自分の手で冴美をデビューさせたかった。

黒い鏡になった車窓に冴美が映っている。直太朗はその物憂《ものう》げな横顔に目をやり、なぜ家に行きたいと急に言い出したのか、それを訊いても冴美自身、答えられないだろうと思った。

「おたがいの私生活には立ち入らないようにしようって言ったよね、小暮さん。憶えてる？」

直太朗が小声で訊くと、うん、と冴美はうなずき、何か言おうとして口を開きかけた。だが、すぐにあきらめたのか、無言のままふたたび肩にもたれてきた。

交差点を左折して白山《はくさん》通りに入ると、左手に東京ドームが見えてくる。タクシーはまもなく右に折れ、一方通行路をしばらく進み、マンションの前で停まった。

中庭を配したエントランスを通り抜け、エレベーターで七階まで上り、開放廊下を歩く。五月の夜風はやけになまめかしく、直太朗の眉のあたりをくすぐっていく。

「あ、観覧車」

冴美は頬の火照《ほて》りを冷ますようにハンカチで顔をあおぎながら、ふと足を止めた。ビルとビルのすきまから、赤と青にライトアップされた東京ドームシティの観覧車が見える。

「リビングからはもっとよく見えるよ」

「うわっ、見たい、見たい」

冴美は無邪気な小娘のように直太朗の肘《ひじ》をつかんだ。

廊下の突き当たりまで進んだとき、うん？　と直太朗は首をひねった。玄関脇の小窓から光がもれている。

「消し忘れたのかな。でも朝、点《つ》けた憶えもないんだが……、どうぞ」

鍵を開けて、冴美を招き入れる。玄関に脱ぎ捨てられたピンク色の運動靴が直太朗の目に入り、おやっ、と思った瞬間、リビングとの境《さかい》のドアがいきなり開いた。

「来てたのか？　おばあちゃんもいっしょ？」

直太朗の声は少し上ずったかもしれない。

ううん、と菜摘《なつみ》は首を振り、二人の顔を交互に見た。

「こちら、小暮さん。ただいま作家修行中」

直太朗は口角をきゅっと上げて冴美を紹介したが、菜摘はまったく表情を変えず、ミニーマウスをプリントしたパーカの裾《すそ》から下がった二本の紐を手でいじっている。

「はじめまして、菜摘ちゃんね。柴田さんからいろいろ伺ってます。四年生というと、十歳？」

「九歳」

「あ、そうか、今年十歳になるのね」

「早生まれだから、来年」

「あ、そうなんだ？　マンションの廊下から観覧車がよく見えるって聞いて、ちょっと見に来たの」

冴美は早口でそう言って、脱ぎかけたパンプスに足を入れると、直太朗に向かって頭を下げた。

「それでは、今日はこれで……」

家に入りかけて娘と遭遇《そうぐう》したため、あわてて帰るのでは、いくらなんでも不自然だった。直太朗は立ち去りかけた冴美を制した。

「いや、だからちょっと待って。例のバックナンバー、書棚を探せば、すぐに見つかるから」

「あ、はい、ありがとうございます。じゃ、ここで待たせてもらいます」

「上がってください、お茶いれますから」

菜摘はそう言って、さっと回れ右をして、あたふたしている大人を尻目にリビングに戻っていった。

「すぐに帰りますから」と冴美が小声で言った。

うん、まあ、と直太朗は答えながら、ホッと胸を撫《な》で下ろしている自分に気づいた。

寝室のベッドに冴美を招き入れたら二人の関係が一変する。この三年間、ぎりぎり保持してきた緊張感が失われ、単なる男女の関係になってしまう。今夜は軽く飲むだけで早めに冴美を帰そう、と直太朗はタクシーの中で決めたのだった。だが、酒に酔ってしまえばそんな決意もすぐにぐらつく。もう性欲に抗《あらが》えない歳ではないが、冴美に誘われたら断われない。酔いにまかせて怠惰《たいだ》なセックスをしても、きっとおたがいに後悔するだけだろう。だから娘の予期しない訪問にむしろ救われた思いだった。

十年前の新人賞受賞作の載った小説誌を書斎の書棚から探し出し、直太朗がリビングに入っていくと、冴美は姿勢を正して椅子に腰かけ、顔だけサッシ窓のほうに向けていた。

ビルにさえぎられることなく、ほぼ正面に観覧車が見える。

「返却はいつでもいいからね」

直太朗は冴美に小説誌を手渡すと、「何時ごろ来たんだ?」と菜摘に声をかけた。

「うーん、七時?」

菜摘は他人事《ひとごと》のように答え、紅茶を手早く三人分いれて、テーブルに運んだ。

「菜摘が一人でここに来たこと、おばあちゃんはもちろん知ってるよね。心配したでしょ。何も言わなかった?」

「別に何も」

そんなはずはないだろう、と直太朗は思った。我孫子《あびこ》の実家からここまで、電車を乗り継いで一時間ほどかかる。以前にも一人で来たことはあるが、日が暮れてからの外出を母があっさり認めるとは思えない。だが、冴美の前で娘を問い詰めるのも憚《はばか》られた。

「でも菜摘、明日、上野《うえの》で待ち合わせる約束だっただろう? まさか今日来るとは思わなかった。連絡くれればよかったのに」

「だからしたって」

直太朗はあわてて携帯電話を確認した。確かに不在着信が記録されている。まだ会社のデスクにいた時刻だった。

「ごめん、そういえばどこかで着信音が鳴ってるような気がしたけど、他人の携帯だと思っていた。夕飯は?」

「ピザとった」

「そうか、一人で食べて淋しかったな。悪かったね」

直太朗はそう言って、菜摘の二の腕を軽くつかんだ。

菜摘はスマートフォンのタッチパネルを指で叩いて、表示画面をこちらに向けた。

「ツイッターのDMも送ったし」

「父さん、ツイッターはパソコンで見るだけだから」

ふーん、と菜摘はつまらなそうに唇をとがらせ、「ま、いっか」とつぶやくと、丸めた舌を上顎に打ちつけて、タン! と鳴らした。

冴美は紅茶には口もつけず、十年前の新人賞の選評を熱心に読んでいる。

「満場一致の受賞でだいぶ話題になったから、他誌からも原稿依頼があったみたいだけどね」

そうですか、と冴美はうなずいたが、小説誌から顔を上げようとしない。酔いがさめずに目がとろんとしているので、ただ活字を追っているだけかもしれない。

菜摘はメールの返信やツイッターにかかりきりだった。スマートフォンの画面を指で上下に動かしながら、ときおりピッとはじく。スクロールは加速していき、最後はブレーキがかかるようにして止まる。

　直太朗のほうから話しかけないと、冴美も菜摘も口をきかないし、二人は目も合わせない。気詰まりな時間が続き、何か適当な話題はないか、と直太朗が考えていると、「あ、消えた」と冴美が窓の外を指差した。

「うん、九時で終わりだからね、遊園地は」

　その言葉を退出の催促《さいそく》ととったのか、冴美はあわてて腰を浮かせた。

「すみません、遅くまでお邪魔して」

「いや、小暮さん、娘がせっかくいれてくれたんだ。飲んでいって。冷めちゃったけど」

「あ、すみません」と冴美は頭を下げ、紅茶のカップを口に運んだ。

「訊いていいですか」と菜摘がふいに口を開いた。「言いたくなかったら、言わなくていいけど」

　その挑戦的な口調に、冴美が怪訝《けげん》な顔をした。

「はい？」

「どんな仕事してるんですか」

「ああ、仕事」と冴美は安堵《あんど》の笑みを浮かべた。「近所のお花屋さんで週に一回、フラワーアレンジメント教室の講師をしてる。でも、それは趣味みたいなものだから、仕事とは言えないかな。あとは毎日小説書いてる」

「毎日」

「まだお金にはならないけどね、小説を書くのは自分の仕事だと思ってるの。本を読むのも仕事かな」

ふーん、と菜摘はいかにも気のないあいづちを打っただけで、そのままツイッターに戻った。

興味もないのになぜ訊いたのか。直太朗は菜摘の態度に眉をひそめ、詫《わ》びる気持ちで冴美に目礼《もくれい》した。

「柴田さん、とにかく六月いっぱいに書き上げますから、よろしくお願いします。菜摘ちゃん、ごちそうさま。急にお邪魔しちゃって、ごめんね」

冴美がそう言って、椅子から腰を上げた。菜摘は顔を伏せたまま、バイバイ、と手を振った。

直太朗は駅まで送るつもりだったが、冴美がそれを遠慮したので、エレベーターで一階まで降りると、エントランスで少し立ち話をした。

「菜摘ちゃんはパパのこと、ほんとに好きなんですね」

そうかな、と直太朗は首をかしげた。

「だってパパの誕生日、いっしょにすごしたくて一人で電車に乗ってきたんだから」

「他にも理由があるような気がするんだ」

「それは、どういう？」

「いや、はっきりとは……」

直太朗が首を振ると、「ほんとは明日」と冴美は話題を変えた。「上野で待ち合わせるはずだったんですよね？　パンダを見に行くとか？」

「ディズニーランドに連れて行く約束をしてね。実家の我孫子から上野まで、常磐線《じょうばん》で一本だから、娘とはよく上野で待ち合わせるんだ」

「いいな、ディズニーランド、私はまだ連れてってもらってないな」

冴美はいたずらっ子のようにクシャッと鼻にしわを寄せて笑うと、「今年三十になる女の台詞《せりふ》じゃないですね」と言って嘆息《たんそく》し、それから小声で続けた。

「抱いてほしかったです。今夜は柴田さんと貪《むさぼ》り合うようなセックスをしたかった」

直太朗は思わず眉根を寄せ、顔をそむけた。そのまま押し黙っていると、冴美の一重《ひとえ》まぶたの切れ長の目がたちまち潤《うる》んで、涙がふくれあがってきた。

「バカみたい、私……。おやすみなさい」

「うん、気をつけて」

直太朗は肩の高さに手をあげ、冴美の姿が見えなくなるまで見送った。下半身にいきなり水を浴びせかけられたような嫌な気分だった。冴美の色白でふくよかな肢体《したい》が脳裏をよぎり、直太朗はそれを振り払うように、エレベーターを使わずに外階段を七階まで一気に駆け上がった。

息を切らして部屋に戻ると、菜摘が待ち構えていたように紙の包みを差し出した。

「お、なんだ、なんだ?」

テーブルの上で包みを開けると、チョコレートケーキが三つ入っていた。紙製のマフィンカップには赤いリボンがかけられ、バースデーカードも添えられている。

「おっ、すげえ。菜摘のお手製?」

「そだよ、二時間もかかったんだから」

材料は明治ミルクチョコレートと卵とグラニュー糖とバターと薄力粉《はくりきこ》で、メレンゲだけはおばあちゃんに手伝ってもらったが、あとはオーブンで焼くのも全部自分でやったのだと、菜摘は手ぶりをまじえてガトーショコラの作り方を説明した。

〈おとうさん、おめでとー。39才はサンキューの年ですよー。いつまでも元気でいてくださいねー〉

直太朗はカードのメッセージを見て、鼻の奥に熱いものがつんと込み上げてくるのを感じた。

「これ、渡すために来てくれたんだね？　父さん、マジ嬉しいっす」

菜摘は照れたのか、まあね、とドナルドダックのように上唇を軽く持ち上げ、広げてみせる。

「でも」と直太朗はなるべく穏《おだ》やかに言った。「おばあちゃんには、なんて言って家を出てきたの」

「上野で夕飯食べようって、お父さんからメールが来たって」

「なぜそんな嘘をついたの」

「だって……」

「だって、なに」

菜摘はテーブルの上に両肘をつき、ぼんやりと途方に暮れた顔になった。

「ねえ、父さん、怒らないから」

直太朗がさらに言うと、菜摘は首を横に振り、デニムのショートパンツから伸びた二本の脚をテーブルの下でバタ足のように動かした。

「そうだ、菜摘、半分ずつ食べようか」

直太朗はチョコレートケーキをナイフで二つに切り分けて小皿に移した。そして一口食べて、「おー」と感嘆の声を上げた。「うまいよ、これ。ほんとにうまい」

あはっ、と菜摘は笑い、顔を上げた。

「おばあちゃん、やなこと言うし」

「嫌なことって?」

「……やなことは、やなこと。チョーショックだった」

そうか、と直太朗はうなずき、無理やり言わせることもないだろうと思い、「ねえ、さっき」と話題を変えた。「小暮さんにどんな仕事をしてるか、なぜ訊いたの?」

「うんと、それはね……、どういう人ですか、とか訊けないじゃん。だから」

「仕事が分かれば、どんな性格の人なのか、少しは分かるかもしれないって?」

「そそ、そんな感じ」

「で、分かった?」

「うーん、お嬢様系?」

「へえ、そんなにお金持ちに見える?」

「かどうか分かんないけど、だってお勤めしてないんでしょ? 大人になっても働かない人がいるなんて初めて知った。働かなくていいのは子どもだけかと思った」

なるほど、と直太朗はうなずいた。冴美は大学を出てから一度も会社勤めをしたことがない。大学三年のときに、会社を経営していた父親が病気で亡くなり、それ以降、遺産と保険金を取り崩しながら、母親と二人で暮らしているという。母親はカルチャースクールで日本画を学んでいるし、冴美がフラワーアレンジメントを教えているのは、家事手伝いと小説を書くだけの生活では単調すぎるからという理由でしかない。そんな暮らしぶりもあいまって、冴美はどこか浮世離れしている。

「でさあ、お父さん、あの人のこと好き?」

「そういう人じゃないよ」

「でも……」

菜摘は目のふちを赤くしている。怒っているようにも恥ずかしがっているようにも見える。

「でも?」

「だって、初めてだよ」

「そうだね、初めてだね、菜摘に女の人を紹介したの」

「うん」

「気になるんだ?」

「そりゃそうだよ、お父さんの奥さんになる人は、菜摘のお母さんになる人なんだから」

小学校に上がったばかりの頃は、菜摘も何かにつけて母親をほしがった。授業参観には直太朗の母が出席している。なっちのママはなぜあんなに歳をとっているの、と男子にからかわれて、取っ組み合いの喧嘩になったこともあるし、誕生会を開いて友だちを家に呼んでも、おばあちゃんの料理は子どもたちに不評だった。

それが三年生になった頃から、母親のことをぱったり口にしなくなった。クリスマスプレゼントにシルバニアファミリーのドールハウスや、マドレーヌちゃん人形の服をほしがるようには母親をほしがらなくなったのだ。だから直太朗もその話題を避けていたが、この機会にさりげなく訊いてみた。

「菜摘は、お母さんがほしい?」

「えっ、やっぱりさっきの人が?」

「だから違うって」

直太朗が煙草《たばこ》のけむりを手で払うような仕種《しぐさ》をすると、菜摘はニッと笑った。

「でもあの人さあ、お父さんのこと、たぶん好きだよ。あんなに急いで帰らなくてもよかったのにね」

「そうか? そんなにモテないよ、父さんは」

「コブつきだから？」

「おい、なんでそんな言葉知ってる？」

「おばあちゃんが言ってた」

ったく、と直太朗は舌打ちをしながらも、誕生日祝いのケーキを三つ作って持ってきたことが、菜摘からの秘かなシグナルのように思えてきた。

「ねえ、菜摘、せっかく三人分作ってきてくれたんだから、三人で食べればよかったかな」

「えっ、三人分ってわけじゃないよ。ミルクチョコ一枚だとケーキ三個しか作れないの。チョコ二枚なら六個。じゃ、半分もらうね」

菜摘は切り分けたケーキに手を伸ばし、「あとの二つは明日のおやつだよ」と言って、眉の上で切り揃《そろ》えた前髪を揺らして、愉快そうに笑った。

2

「山内《やまうち》さん、山内百恵《ももえ》さん」

薬剤師に名前を呼ばれて、百恵はベンチから腰を上げた。

人々の視線がさっと集まるのが分かる。人気歌手にあやかって名前をつけた父親を百恵は恨めしく思うが、そんな浅薄《せんぱく》な父親をいまでも恨み続けている理由は別にある。だが、それはとりもなおさず思い出したくないことでもあった。

「鉄剤の飲み薬は食後に服用してください。食前のほうが吸収効果は高いんですが、胃腸が荒れることがありますから。それからお茶は鉄剤の吸収を妨《さまた》げますのでいっしょに飲まないように。個人差はありますが、飲み始めて一週間から二週間ほどで効果がみられると思います。どうぞお大事に」

カウンターで薬の説明を受けて代金を払い、調剤薬局を出ると、十時半だった。

待ち合わせ時刻は十二時なので、まだずいぶん余裕がある。土曜日の高層ビル街は観光客が多く、あちこちから中国語が聞こえてくる。百恵は新宿《しんじゆく》駅までゆっくりと歩き、山手線《やまのて》の内回りに乗った。

子宮筋腫《しきゆうきんしゆ》がみつかったのは五年前、三十四歳のときだった。望まぬ妊娠をしてしまい、産婦人科医院を受診して中絶手術を受ける際、たまたま発見されたのだった。腫瘍《しゆよう》と聞いて百恵は愕然《がくぜん》としたが、直径二センチほどの小さいものだったし、成人女性の四人に一人が持っている頻度《ひんど》の高い病気と知って、ひとまず安心した。

医院から紹介された西新宿の総合病院では、経過観察を行なって様子を見ることになり、百恵はそれから一年に一度の定期検診を受けてきた。筋腫の大きさにしばらく変化はなかったが、二年ほど前から大きくなり始め、現在では五センチほどに成長している。

医師によれば、手術を行なうのは、薬では症状を抑《おさ》えきれない場合や、病気を根本的に治療したい場合だという。そのことを気にし始めると憂鬱になるので普段は極力考えないようにしているが、最近になって生理痛や過多出血の症状が出てきた。

処方された鎮痛剤と、貧血治療のための鉄剤はあくまでも対症療法にすぎない。百恵は玄米菜食の食事を心がけて、肉類と乳製品はとらないようにしているし、熱いお湯と冷たい水を交互に浴びる温冷浴も実践している。自宅で筋腫を改善する方法としてネットの記事で紹介されていたからだ。だが、筋腫がこれ以上大きくなって、生活に支障をきたすほど症状が悪化したら、いずれ摘出手術を受けなければならない。

電車が原宿《はらじゅく》駅のホームに滑《すべ》り込む。百恵は小さく嘆息して電車を降りた。しかも二種類の手術のうち、自分の意志でどちらかを選ばなくてはならないのだ。

改札口に向かって歩いていると、通路の鏡に一瞬自分の姿が映った。サーモンピンクのスーツは新調したばかりだった。やわらかい春のお色がほんとうにお似合いですね、と百貨店の店員に称賛されたとき、その台詞《せりふ》が百恵自身もかつてよく使った耳触りのよい甘言《かんげん》だったので、苦笑してしまったが、結局それを買い求めることにした。実際、加齢とともに寒色系より暖色系の服のほうが、肌の色になじみやすくなるからだ。

待ち合わせの時刻まで駅の近くのカフェで時間をつぶそうと思っていたが、一人でテーブルに向かってコーヒーを飲んでいると、かえって余計なことを考えてしまいそうだった。百恵は時計にちらりと目をやり、それからあたりを見渡して、明治神宮に参拝することにした。

駅の裏手にある鳥居《とりい》をくぐり、一直線に延びる参道を歩く。五月の空は晴れ渡り、カップルや団体客でにぎわっている。

参道に敷かれた玉砂利の上をザクザクと音を立てて歩きながら、青々と茂ったシイやカシの木々を見上げ、野鳥の声に耳をすませているうちに、次第に落ち着いてきた。ついさきほどまで胸の内にわだかまっていた不安の渦《うず》はいつのまにか消えている。

百恵は深々と息を吸い込み、ふと足を止めた。参道の右手にたくさんの樽《たる》に入った日本酒が並び、その向かいにはワインの樽が並んでいる。パソコンからはもうとっくに削除したが、このお神酒《みき》の前に立って、写真を何枚も撮られたことを思い出したのだ。柏原貴《かしわばらたか》久《ひさ》がなぜこんな場所で撮りたがったのか、それは憶えていない。

しばらく行くと、ヒノキでできた大鳥居が見えてきた。老夫婦がその手触りを確かめるように鳥居に手を当て、仲睦《なかむつ》まじく小声で話している。その大鳥居を通りすぎると、左側に緑豊かな御苑《ぎょえん》がある。時刻がつい気になってふたたび時計を見ると、まだ十一時をまわったばかりだった。百恵は入場料を払って北門から入った。

柏原も百恵もこの庭園が好きで、四季折々に二人で訪れたものだった。久しぶりにこうして一人で訪ねても、懐《なつ》かしくはあっても、急にふさぎ込んだり、得体の知れない心もとなさの発作《ほっさ》に襲われたりすることはない。百恵は改めてそんな自分の変化に気づいて安堵した。

入ってすぐ右手に隔雲亭《かくうん》が見えてくる。ちょうど茶会が行なわれているところだった。百恵は足を止めてその様子をしばらく眺め、ゆっくりと先に進んだ。

スミレやヤマブキやカタバミといった春の花がそこかしこに咲き、曲がりくねった小道を歩きながら足元を観察すると、山野草の二人静《ふたりしずか》もひっそりと咲いている。

南池《なんち》のほとりにカメラを抱えた人たちがたくさん集まっているのが見えた。近づいていくと、カメラの先にはカキツバタが群生している。あざやかな紫色の花にまじって、黄色い花もいくつかあった。だが、もっとも百恵の目を引いたのは、御釣台から南池をはさんで正面に咲く藤《ふじ》の花だった。その淡い紫色が新緑の樹々に映《は》えて夢のような美しさだった。

庭園の隅に喫煙所がある。百恵はそこでマイルドセブンを一本吸った。十六年におよぶ百貨店勤めですっかり煙草を手放せなくなってしまった。女性従業員の喫煙率は異様に高い。休憩室には換気扇《かんきせん》が役に立たないほど煙がいつも立ち込めていて、従業員が出入りするたびにドアから廊下に煙がもれた。

御苑を出て参道に戻ると、本殿に向かった。参拝の前に手水舎《ちょうずや》に立ち寄り、お清めをする。柄杓《ひしゃく》の水で左手、右手の順に洗い、口をすすぎ、もう一度左手を洗う。そして最後に次の人のために柄杓の柄《え》を洗う。そうした手順も柏原から教えられたものだ。彼は百貨店のバイヤーとしてはひどくルーズな男だったが、酒の飲み方やギャンブルの心得から参拝作法まで、ストイックなほどルールを重んじるこだわりを持っていた。

百恵は石段を上り、神前に進んだ。賽銭《さいせん》を投げ、深いお辞儀を二回くりかえす。柏手《かしわで》を二回打ち、両手をきちんと合わせたとき、突然自分が何を祈願すべきか分からなくなり、身がすくむような不安を覚えた。

完治したはずの過呼吸の発作が起きたらまずい。目を閉じたまま、静かな呼吸を意識しているうちに、胸のざわめきは鎮《しず》まった。百恵は小さく息をつき、良縁に恵まれますように、と心を込めて祈った。そして両手を下ろし、最後にもう一度深いお辞儀をすると、ゆっくりと石段を下り、本殿を出る前に鳥居で軽く一礼して、参道を引き返した。

「それにしても早いなあ、もう三十九か」

百恵は玉砂利を踏みしめながら声に出してつぶやいた。いずれ良縁に恵まれたとしても、この歳では子どもを産めるかどうか分からない。

子宮筋腫の手術には、子宮をすべて摘出する子宮全摘術と、筋腫のみを摘出して卵巣《らんそう》などは残す子宮筋腫核出術の二つがある。前者は筋腫の症状が完全に治って再発もないが、当然子どもを産めなくなる。一方、後者は手術後にも妊娠は可能だが、再発の可能性が高い。この先、出産することがないにしても、全摘出にはやはり抵抗があった。

明治神宮を出ると、百恵は待ち合わせ場所に急いだ。表参道《おもてさんどう》のケヤキ並木の新緑が目にまぶしい。一年でいちばん美しい季節かもしれない。若いカップルが多いが、並木沿いのベンチやオープンカフェに座ってぼんやりと通りを眺めている外国人の姿も目につく。

津村繁《つむらしげる》が指定した店は、表参道の一本裏手の通りにあるイタリアンレストランだった。

待ち合わせ時刻の五分前に着くと、店員が席まで案内してくれた。

紺のスーツ姿の男があわてて椅子から腰を上げた。長身を持てあますように少し猫背《ねこぜ》になっている。

「はじめまして、津村です」

「山内です。よろしくお願いします」

津村と向かい合って座った瞬間、百恵は軽い違和感を覚えた。だが、その違和感の正体が分からない。

「さっそくですが、何を召し上がりますか」

百恵がメニューをじっと覗き込んでいると、津村はすでに決めていたのだろう、コース料理の一つを指した。

「私はこのおすすめコースにしようかと」

「はい、では同じものを」

「昼からお酒を飲むわけにもいかないな」

津村がワインリストに目をやり、独り言のようにつぶやいた。

百恵は黙って目を伏せていたが、白ワインを少し飲みたかったのでちょっと残念に思った。

津村は店員を呼んでオーダーを告げ、メニューから顔を上げた。

「お写真よりも、ずっとお若く見えますね」

「そうですか、ありがとうございます」

百恵は答えながら、そのとき違和感の正体に気づいた。津村の片方の目が微妙にこちらを見ていない。軽い斜視《しゃし》なのだ。

「老《ふ》けて見えるでしょう、私は」

津村は落ち着かないのか、ネクタイの結び目にたびたび手を伸ばす。

確かに北千住《きたせんじゅ》駅前店の写真閲覧室で確認したとき、津村はもう少し若く見えた。毛髪が薄いせいだろう。四十四歳だが、五十代半ばに見える。

「でも、私は若く見えることがそれほど重要なこととは思っていないので……」

百恵のその一言で、津村の表情が急にやわらかくなった。

「何度かメールも交換して、おたがいに自己紹介をしたわけですが、こうしてお会いすると、何から話していいか戸惑いますね」

「ええ、津村さんのお仕事の内容も大変詳しく伺いましたし」

百恵がそう言って頬笑んでみせると、津村は申し訳なさそうに、中指の先で眉をこするような仕種をした。

「いや、先日は業務報告書のようなメールを送りつけまして、大変失礼しました」

津村は区役所の道路建設課で道路用地の担当をしている。気苦労の絶えないお仕事のようですね、と百恵が携帯電話からメールを送ると、現在手がけている仕事の内容について微に入り細にわたって説明した長文のメールがパソコンから送られてきて、ご不明な点がありましたら遠慮なく質問してください、と書き添えてあった。

百恵は困惑しながらも、〈私にはちょっと難しすぎて、何を質問していいのかさえ分かりませんが、津村さんがとても仕事熱心な方だと分かりました。ありがとうございました〉と返信したのだった。

食事はなかなか運ばれてこなかった。津村は沈黙が続くことを厭《いと》うように、今年度から本格的な検討に入った駅前の再開発事業について話し始め、百恵はその話に耳を傾けた。

店を広く見せるためだろう。奥の壁面が鏡張りになっていた。津村は鏡を背にして座っているが、百恵は顔を上げるたびに鏡の中の自分と対面することになる。それもあって妙に落ち着かず、津村の話にあいづちを打ちながらも、次第にうわの空になった。

隣のテーブルは大学生のカップルだった。二人でピザをつまみながら、サークルの運営について話し込んでいる。女の子はほとんど化粧気がないが、肌はなめらかに潤《うるお》っている。それに比べて百恵は鏡に映った自分の化粧の濃さが気になった。女性ばかりの職場で長年働いていると、昨日より今日、今日より明日と、自分でも気づかないうちに化粧がどんどん濃くなっていく。

その若々しい肌に見とれていたのだろう。鏡の中で女の子と視線がぶつかり、怪訝な顔をされたので、百恵はあわてて目を伏せた。入社したばかりの頃、三十代後半の先輩社員の化粧の濃さにゾッとし、グロテスクな印象さえ持ったものだが、女の子から見れば、いまの自分も同じようなものなのだろう。

そんな百恵の様子を察知したのか、「すみません、つまらない話をして」と津村が頭を下げた。

「こちらこそごめんなさい」と百恵はあわてて言った。「ちょっとぼんやりしてしまって」

店員がやってきて、それぞれの前に皿を置いた。彩《いろど》りもあざやかな季節の野菜とサラミ、エビやサーモンなどの魚介類を使った前菜だった。

「では、いただきましょうか」と津村は厳《おごそ》かに言って、フォークを手にとった。

百恵が結婚相談所に入会してから半年経つが、紹介された男性と会うのは、津村で六人目だった。

マッチングの方法はとてもシンプルで、年齢や収入や居住エリアなどの希望条件に基づいて、毎月十名ほどの会員が紹介される。紹介書を読んで気になる相手がいれば申し込み、相手も興味を示した場合に限り、おたがいに携帯電話等の連絡先が届く仕組みになっている。

だが、紹介書のプロフィールに惹かれても、実際に会ってみると、百恵が相手に抱いていたイメージはそのたびに覆《くつがえ》された。大学院修了の高学歴を笠に着てひどく横柄《おうへい》な態度をとる男や、逆に吃音《きつおん》を気にするあまりほとんど会話ができない気の弱い男や、値踏みするように百恵の胸や腰に遠慮のない視線を注いでくる男。そんな男ばかりだったので、先方からもう一度会いたい旨《むね》の連絡が入っても、百恵は丁重《ていちょう》にお断わりした。

未婚者だけでなく死別まで条件に含めれば、出会いの可能性がさらにふくらみますよ、と相談所の担当者に言われ、確かに四十代半ばまで独身を通してきた男には結婚できない何らかの理由があるのだろうと思ったが、離婚、死別を条件に加えるかどうかは、次の男性と会ってから決めればいいと思い直した。

もういままでの五人のように失敗したくなかった。だから百恵は届いた十名の紹介書の中から四名の男性を候補に挙げ、それぞれと一ヶ月にわたってメールのやりとりをした上で津村に絞り込み、さらに電話で話をして人となりを確認してから、初めて会うことにしたのだった。

津村は家庭菜園と鉄道の旅、百恵は読書と陶器窯元《かまもと》めぐり。おたがいの趣味について、当たりさわりのない会話を続けているうちに一時間ほどがすぎ、パスタとブイヤベースと温野菜を経て、デザートが運ばれてきた。

「なぜ私がこんな歳まで独り身だったのか、ほんとうはその話をしなければなりませんね」

津村はティラミスを一口食べ、低い唸《うな》り声にも似たため息をつくと、自分の両親について話し始めた。

十二年前、母が五十八歳の若さで心筋梗塞《しんきんこうそく》により急逝《きゅうせい》した。当時、津村は三十二歳、父は六十六歳だったが、妻の死を境に父は生きる気力をすっかり失い、まもなく認知症の症状を呈《てい》し始めた。兄弟のいない津村は父との二人暮らしで、区役所勤務のかたわら家事のすべてをこなし、父の世話もしなければならない。

その父が七十歳をすぎたころより、日中にたびたび徘徊《はいかい》して警察の世話になるようになった。津村は父を介護施設に預けることにしたが、入所の順番待ちをしているとき、健康診断で父の大腸癌《がん》が判明する。初期だったこともあり、手術後には快方に向かったが、一年後にはリンパ節に転移し、さらに半年後には肝臓に転移と、それから数年間にわたって手術と抗癌剤治療のために入退院をくりかえした。そのあいだも認知症は進行し、息子のことをまったく認識できなくなり、そして去年ついに帰らぬ人となった。

「そんなわけで、気づいたらもうこんな歳で。母が亡くなってからの十二年、あっという間でした」

話を聞いて、百恵は心から同情した。その十二年のあいだに、たとえ思いを寄せる女性がいたとしても、そんな父を抱えていたら結婚など考えられなかっただろう。

「ほんとうに大変な十二年間でしたね」

百恵がそう言って小さく二度うなずくと、「まあ、これも運命なんでしょうかね、私の」

と津村は答え、すっかり冷めてしまったエスプレッソを口に運んだ。

ところで、あなたはなぜ独り身なんですか？　口には出さずとも津村がその理由を知りたがっているのが分かる。こちらもそれなりのことを話さなくては、と百恵は思ったが、脳裏に浮かぶのは柏原貴久の面影《おもかげ》ばかりで、何を話していいか分からない。

「それにしても」と津村が続けた。「売り子さんのお仕事も大変でしょう」

「ええ、まあ……」と百恵は口ごもった。

半年前に結婚相談所に登録したときは百貨店勤務だったが、じつは二ヶ月前に退職した。退職理由をたずねられるのが苦痛なので、津村にはメールでもそのことを告げていない。

そうですね、一日中ヒールを履いての立ち仕事なので夕方には脚がむくんでしまって……、と当たりさわりなく答えても良かったが、百恵は津村に嘘をつきたくなかったし、十六年にわたって勤務した百貨店の仕事の内容も知ってほしかった。

「じつは二ヶ月前に退職しまして……。いまは転職先を探して、今月も何社か面接を受けたりしているんです」

百恵が正直に言うと、津村はえっという顔になった。

「あ、そうなんですか。このご時世に大変ですね」

「はい、経験を生かせそうな業種をいろいろ当たっているんですけどね。私が任《まか》されていた婦人服フロアには、約三十店舗のショップが入っていましたが、販売員はそれぞれのお店の社員やパートさんで、百貨店の従業員ではないんです。お客様から見ると、売り子さんはみんな同じように見えるかもしれませんが」

転職の理由に話題が移らないように、百恵は百貨店とテナントの契約形態について詳しく説明した。

「なるほど。それじゃ百貨店の社員は、直接お客に服を売る仕事はしないんですか」

「お客様がいらっしゃったらお声をかけたり、忙しいときはレジのお手伝いをさせていただくこともありますが、業務としては約百名の販売員の勤務シフトを管理したり、お客様の要望や意見をお聞きしてフロアの改善をしたり、さらに多くのお客様にお越しいただくため、というかストレートに言えば、フロア別の目標売上額達成に向けて、毎月のように各種フェアを企画立案するんです。それがいちばん大変な仕事で……」

「そうですか、売り子さんなんて、ちょっと失礼な言い方をしたかもしれない」

「いいえ、販売の仕事ですから、売り子でけっこうです」

「そのフェアというのは、たとえば母の日ですとか、クリスマスですとか？」

津村の片方の目は相変わらずこちらを見ていないが、時間が経つにつれて百恵もさほど気にならなくなった。

「そうです、そうです。毎月テーマを考えなければならないんですが、たとえばゴールデンウィークに合わせて旅行をテーマにしたとしますね。フロアの一角を特設会場にできればいいんですが、それができないときはそれぞれの店舗に声をかけて、旅行先で着たいお洋服やバッグ、歩きやすい靴などを、お店の目立つところに展示してもらうんです。それから各ショップにお客様を誘導するためにポスターや看板を作ります。コピーを考えたり、店内放送の原稿を書いたりするのは、たいていデパートが閉店した後なので、フェアが近づくと残業が続いて」

「閉店は何時ですか」

「八時半です」

「それが毎日じゃ、大変ですね。区役所はぴったり五時十五分に終わる」

「ええ、でもその分、朝が少し遅いですから」

「土日も休めないんでしょう?」

「それはしかたないですね。入社してからずっと、世間の人が休んでいるときに働いてきました。でも、平日に二日、みなさんが働いているときにきちんと休めますから。それよりも大変なのは人との関わりですね。三十店舗のショップにはほんとうに様々な人がいますから、当然、私の提案が受け入れられないこともあります。ときには計画を多少修正しながら、みなさんを粘り強く説得していく。こちらに情熱と信念がなければ、説得はできません。フェアが成功して、ショップやお客様に喜んでいただけたときは、ほんとうに頑張ってよかったと」

なるほど、と津村はうなずくだけで口を挟まない。

「フェアの準備には一ヶ月ほどかかりますから、実施計画がまとまったら、すぐに各店舗の要望などお聞きしながら上司の了解を取りつけて、翌月のプランに取りかからないと間に合わない。だからほとんど毎日、フェアの準備に追われている感じです」

百恵はそこまで話して、少ししゃべりすぎたかもしれないと反省した。まるで現在働いている職場のように話したが、すでに二ヶ月前に退職したのだ。

エスプレッソのカップもすでに空になり、二人の前にはグラスに注がれた水しかない。

「あの、失礼ですが……」と津村が言いにくそうに口を開いた。「山内さんにとって、それだけやりがいのあったお仕事なのに、なぜお辞めになったんですか」

「ええ、そうですよね、不可解ですよね、これだけ熱心にしゃべって」

「いや、そんなに深い意味があって、伺ったわけではないんですが」

百恵は首を振り、グラスの水を一口飲んで続けた。

「退職の理由は人間関係と言いますか、女性ばかりの職場なので、上司との関係も一旦もつれてしまうとなかなか修復できなくなってしまって……、それで心機一転、転職しようかと」

「そうですか、女性ばかりの職場ですか……。私のような公務員とは全然違うお仕事なので、想像するしかないんですが、いや、ご苦労がおありでしたでしょうねえ。今日はいろいろとお話をお聞かせいただき、どうもありがとうございました」

津村は軽く頭を下げ、テーブルの隅の伝票をつかむと、さっと椅子から腰を上げた。

「あの、私にも払わせてください」

百恵もあわてて腰を上げたが、津村は黙って首を振ってレジに向かった。

店を出て時計を見ると、二時ちょうどだった。津村が二時までと決めていたのかどうかは分からない。

「津村さん、どうもご馳走さまでした」

百恵は礼を言ったが、うん、と津村は軽くうなずいただけで歩き出した。

裏通りから表参道に戻ると、三十メートルほど先に表参道駅の地下への入り口がある。

津村はその入り口まで歩いて、そこで足を止めた。

「千代田《ちよだ》線は常磐線に乗り入れているから、山内さんはここから柏《かしわ》まで一本ですよね」

「ええ、そうですが」

「じゃ、私は歩いて原宿駅に戻りますから。今日はお時間をいただき、ありがとうございました」

いままでの五人は、吃音症の一人を除いて、レストランで食事をしたあとカフェや散歩に誘ってきたので、百恵は今日もそのつもりでいた。

「すみません、何か自分のことばかりお話ししてしまったようで」と百恵は頭を下げた。

「いやいや、異業種の方のお話はとてもおもしろい。興味深く聞かせていただきました。どうもありがとうございました」

「こちらこそ、ご馳走さまでした。お父さまの介護の話を伺って、いままでの津村さんのご苦労がよく分かりました。じゃ、またメールを送りますから」

「はい、こちらからも送ります。今日はほんとうにありがとうございました。気をつけてお帰りください」

津村は深々と一礼して顔を上げると、片方の目だけあらぬ方を見て、「じゃ」と手をあげ、大勢の人が行き交う表参道を少し猫背気味になって歩いていった。

いままでの男は初対面のときから、お子さんは欲しいですか、と不躾《ぶしつけ》に訊いてきたが、その種のデリケートなことについて津村は何も訊かなかった。次に会うときはもう少し将来の話をしてもいいかもしれない。百恵は自分でも気づかないうちに軽くハミングしながら、地下鉄の階段を下りていった。

3

「え、初版三千？　冗談でしょう？」

直太朗の声は裏返ったが、佐川《さがわ》販売部長は表情を変えず、クロスでメガネのレンズを拭《ふ》いている。

「冗談を言う暇などありませんよ、私には。ほんとうはね、二千五百部で行きたい。プラス五百部は温情です」

佐川は皮肉っぽく唇の端を歪《ゆが》め、さっと椅子から腰を上げると、会議室を出て行こうとした。

「ちょっと待ってください」

直太朗はあわてて佐川の前に立ち塞《ふさ》がった。

「黒崎冬馬先生の前作は、四刷まで行った実績があります。実売四万七千部ですよ。しかも新作は心血注いで二年がかりで書き上げた、会心の最高傑作なんです」

「はいはい、編集の皆さんは同じことをおっしゃいますがね、しかし黒崎先生はもう旬《しゅん》をすぎた作家だ」

「なんて失礼なことを……。編集部内だけでなく、販売部の若手にもゲラを読んでもらったんです。みんな絶賛してます、一気に読んだと。部長はいかがでした」

「ゲラなんて読みませんよ。読まなくても分かります」

直太朗の目のふちがカッと熱くなった。

「何が分かるっていうんだ、あんたに」

「その口のきき方はなんですか、柴田くん。ペナルティとして初版は二千部に減らします。よろしいですね」

「この野郎……」

直太朗は拳《こぶし》を固く握りしめて腰を屈《かが》め、下から突き上げるようにパンチを放った。ガツッと音がして顔面に拳がめり込む。メガネが後方に吹っ飛び、佐川は万歳《ばんざい》をするように両手を挙げてのけぞった。その瞬間、直太朗は我に返った。取り返しのつかないことをしてしまった……。土下座をして詫《わ》びようと思ったが、佐川は起き上がりこぼしのように戻ってきた。

「暴力・ハ・ン・ターイ！」

佐川は金切り声を上げながら、みずから顔面を直太朗の拳にぶつけてくる。直太朗は呆《あっ》気《け》にとられて、動くこともできない。新人ボクサーのように両拳をかまえて自分の顎をガードし、腕で脇腹を守るのが精一杯だ。佐川は後ろに大きくエビ反《ぞ》りになると、勢いをつけて弧《こ》を描きながら戻ってくる。その反動で自分の顔面をくりかえし直太朗の拳に打ちつけた。

「部長、何してるんですか、もうやめてください」

いくら懇願《こんがん》しても、佐川はみじめな自傷行為をやめない。不用意に殴られたことがそんなに悔しいのか、それとも身体を張ってでも初版を二千部に減らしたいのか、直太朗にはその理不尽な行為の意味が分からない。

佐川の鼻と頬はアンパンマンのように赤く腫《は》れ上がっていき、涙と鼻水でぐしゃぐしゃになり、ついには頬が三日月形にぱっくり割れて白いワイシャツに血しぶきが舞った。目頭や耳の穴からも血があふれ出す。

このままでは死んでしまう……。直太朗は爪先立って後ずさりした。脚の震えが激しくなり、膝の関節が普段は折れない方に、カクンと折れ曲がる。

やっとの思いで会議室のドアノブに手をかけて、ふと振り向き、愕然《がくぜん》とした。佐川はアンパンマンのお面をかぶっているだけだ。血しぶきもイチゴシロップで作った偽物だろう。お面の陰からククックッと笑い声がもれた気もする。

死ねよ。

胸の内でつぶやいただけなのか、それともその言葉が実際に自分の口を突いて出たのか分からない。直太朗はビクッとして毛布を跳ね上げ、上半身を起こした。

何かを探す恰好《かっこう》になってベッドの上でじっとしていると、携帯電話がブルブルッと震えた。

〈おはようございます。メール、ありがとうございました。電話をしてもいいですか？〉

液晶画面の文字に目をやり、携帯をパタンと閉じた。その途端、夢は急速に遠のいたが、死ねよ、という声は脳裏に鮮明に残っている。

昨日の部数決定会議では、確かに佐川部長と多少険悪な雰囲気になりはしたが、それにしてもなぜこんな後味の悪い夢を見たのか。直太朗はベッドから降り、トイレで用を足しながら、いや違うと思った。死ねよ、と言ったのは自分ではない。佐川部長がセルロイドのお面の陰でボソッとつぶやいたのだ……。

そこまで夢のなごりをたどってため息をついた。部長の顔面を殴った感触がまだ右手の甲に生々しく残っている。たとえ夢の中でも、人を殴ったのは初めてだった。

自分でも気づかぬうちに凶暴な衝動が胸の奥底に巣食っていたのだろうか。そうでなければ、こんな夢を見るはずがない。洗面所で顔を洗い、歯をみがいているあいだも、嫌な気分が去らなかった。尖《とが》った頬骨が薄い皮膚をつき破り、鮮血が噴《ふ》き出す。その瞬間がストップモーションのようによみがえる。

まもなく八時半だった。昨日は深夜二時すぎまで残業し、タクシーで帰宅してからも空が白み始めるまで、冴美に宛ててメールを書いていた。まだ眠り足りないが、もう一度横になるような時間はない。直太朗はポロシャツとチノパンに着替え、エレベーターで階下に降りた。集合ポストから新聞を取って部屋に戻り、キッチンで湯をわかす。

サッシ窓の向こうに広がる空はよく晴れ渡り、夏の到来を予感させる。観覧車が回り始めるのは十時からだ。土曜の朝の遊園地はまだしんと静まり返っている。

笛付きのやかんが鳴り出す寸前、直太朗はガスコンロの火を止めた。コーヒーの粉の表面にそっと湯を注ぐ。粉全体がふくらんでサーバーに数滴落ちたら、注ぐのをやめて三十秒ほど蒸らす。モカブレンドの甘い香りが部屋に漂い始めると、悪夢もすっかりリアリティを失って、嫌な気分も薄らいだ。

コーヒーを飲みながら新聞を開き、他社の新刊広告を眺めていると、ふたたび携帯にメールが着信した。

〈おはようございます。今日はお会いできませんか？　一時間ほどでいいんですが〉

休日出勤がない限り、土日はいつも我孫子の実家に帰る。冴美はそれを承知の上でメールを送ってきた。〈今日は実家に〉と直太朗は入力しかけて消去し、通話ボタンを押した。コール一回で冴美が出た。

「あ、すみません、柴田さん、お休みのところ。ご相談したいことがあるんです」

「申し訳ないけど、これから実家に行くんだ。いつも同じことを言うようだけどね、土日は時間が取れない」

「でも柴田さん、平日は毎日遅くまで残業されているから、小説のことを相談したくても、なかなかお会いするチャンスがなくて」

「だから昨夜、感想を送ったでしょう？　かなりの長文メールになったけど、ぼくが指摘したこと、理解してもらえたよね」

六月末までに脱稿するはずの冴美の小説が難航していた。物語の半ばで動かなくなり、にっちもさっちも行かなくなったという。直太朗はその未完成の原稿を丁寧に読み込み、明け方までかけて問題点を指摘したのだった。

冒頭からミステリアスな事件が次々と起こる展開に、初めはとても期待したが、残念ながらこれは小説とは言えない。リストラ、娘の交通事故、妻の不倫、さらに実家の放火騒ぎ……、主人公に不幸な設定を次々に付け加えることで、無理やりドラマを作っているだけだ。

まずは最初に設定した困難な状況を、主人公が乗り越えなければならない。乗り越えることでストーリーに新たな局面が開ける。それが小説の鉄則だ。その流れから必然的に第二の困難が発生する。壁が立ちはだかる。主人公はそれをなんとか乗り越える。するとまた新たな局面が開ける。そのダイナミックな展開こそ小説の醍醐《だいご》味《み》だし、そうして壁を乗り越えることによって主題がどんどん深まっていく。

「だからね、会社をリストラされたことと、娘の交通事故のあいだに、なんらかの必然性がほしいんだ。ただ不幸が連鎖するだけでは、読者は主人公に感情移入できない。安手の作り話と思われたらおしまいだよ」

「メールは何度も読みましたから、はい、いまおっしゃった点は理解できたと思います。でも柴田さんとじかに会ってお話しすると、頭の中が整理されて先の展開が見えてくるんです。いつもたくさんのヒントをもらえるんです。ですから少しの時間でも……」

直太朗はちらりと時計に目をやった。

「九時半には出るつもりだから、あと十五分ぐらいなら大丈夫。よかったら話してみて。いま小暮さんが書きあぐねている、いちばんの理由はなんなのかな」

携帯電話の向こうで冴美がため息をついた。

「あの、電話ではちょっと……」

「そうだよね、ごめん、十五分なんて時間を区切ったら話しづらいね。今日は十一時までに娘をダンス教室に連れて行かなければならないんだ。それがなければ時間も作れるんだけど」

「ダンス教室、ですか」

「うん、ジャズダンスをしてみたいって急に言いだして。そんな積極性、いままでなかったからね、ぜひやらせたいと思って。今日はとりあえず体験レッスンだけど」

あっ、と小さな声が上がった。

「主人公は最初からバツイチの設定で、そのきっかけが交通事故だったことにすればいいんだ」

「それはどういうこと?」

「柴田さん。さっそくヒントをもらえました。今度、取材させてください」

冴美の声がにわかに弾んだ。

「シングルファーザーの物語に書きかえます。まったく違う話になりますが、その設定ならいままで書いた原稿もそれなりに生かせるし……、そうか、交通事故のリハビリのためにダンスを始めることにしよう」

言っていることがよく分からなかったし、プロットを変更するにしてもあまりにも安易に思えたが、直太朗は口を差しはさまなかった。冴美がいかにも楽しそうだったからだ。

「ひとつだけ質問させてください。柴田さんが奥さまと別れて、菜摘ちゃんを育てることになったとき、父親としていちばん気がかりだったことはなんですか」

むやみに明るい声に直太朗はムッとした。だから少し不機嫌な答え方になったかもしれない。

「それは、まあ、自分の死かな」

「あの、それはどういう……」

「絶対に娘を残して死ぬわけにはいかないと思ったんだ。もしぼくが死んでも、両親が親代わりをしてはくれる。でも、娘が大学を出るとき、おふくろは七十八、親父は八十三になる。そのときまで親父が生きているかどうか分からないが、いや、逆に長生きして二人の介護までさせることになったら、あまりにもかわいそうだろう? だからぼくは何があっても、あと最低二十年は死ぬわけにはいかないと。そう思ったときから車の運転もかなり慎重になった。高速道路も使わなくなったし」

「ああ、分かります、そのお気持ち」

いや、きみには分からないよ。分かるような気がするだけだ、と直太朗は胸の内でひとりごちた。昔は酔っぱらって駅のベンチで寝るようなこともあったが、寝ているうちに暴漢に襲われるかもしれない。そのことを想像しただけで怖くなり、同僚との飲酒もほどほどになったし、旅行先で大きな事故に巻き込まれて両親と自分が死に、娘だけが生き残ったら娘はいったいどうなるのか、それが不安でたまらず、家族四人で旅行に行くこともできない。なにごとにも慎重になった、というと聞こえはいいが、単に臆病になっただけのような気がする。

「あの、聞いてらっしゃいますか、柴田さん」

「え、なに」

直太朗はつかのまぼんやりしていた。

「それじゃ、飛行機なんて怖くて乗れないですね」

「ああ、飛行機なんてとんでもない。だから地方在住の作家と面会するときは、どれだけ時間がかかっても新幹線で行くようになった」

冴美はメモを取っているのだろう。飛行機なんてとんでもない、と小声でくりかえした。

「なぜ柴田さんとお話しすると、こんなにヒントがもらえるんでしょう。飛行機と新幹線の話も何か伏線として使えそうな気がします」

伏線？　直太朗は嘆息した。冴美の書く小説には思わず傍線を引きたくなるような発見に満ちた文章が多々あるのに、電話では世間知らずの高校生と軽率《けいそつ》なおしゃべりをしている気分になる。

「それじゃ小暮さん、期待してるから」

「あんまり期待されるとプレッシャーに……」

冴美はまだ話し足りないようだったが、「焦《あせ》らずにがんばって」と声をかけて、直太朗は電話を切った。

○

最寄りの地下鉄後楽園《こうらくえん》駅からJR我孫子駅まで、電車を乗り継いで一時間、駅からバスで十分、バス停から徒歩五分。実家まで一時間余りかかる。

その一時間は貴重な読書の時間だ。直太朗は座席に着くと、さっそく一冊の小説誌を開いた。他社の月刊誌だが、黒崎冬馬が長編を寄稿している。今号で連載も四回目だ。前号では妻が検査入院をするまでが描かれていたが、今号はいよいよ癌告知のシーンだと、黒崎本人から聞いている。

たとえ他社の仕事でも、担当する作家の新作は速《すみ》やかに読んで、本人にきちんと感想を伝えなさい。編集者はそうすることで初めて作家と併走できる。新入社員のときに上司から言われた教えを直太朗は守っている。とはいえ、黒崎のほかに二十人ほどの作家を担当しているので、次から次へと読んでも追いつかない。

かつて黒崎冬馬はハードボイルド小説の旗手と呼ばれ、海外の辺境の地を舞台にした冒険活劇を数多く書いてきた。だが六年前、まだ三十九歳の妻を癌で亡くしてから作風が一変した。小説誌のこの連載は妻との最後の日々をつづる私小説だったし、直太朗が担当して七月に刊行する新作『転生の海』には妻の亡霊が登場する。

それは二年がかりの大作だった。直太朗が書籍編集部に異動した昨春、『転生の海』はちょうど一年間の連載を終えて六百枚で完結したところだった。直太朗はさっそく単行本化に向けて準備を始めたが、黒崎はその内容に満足せず、さらに深く転生をつきつめないと七回忌を迎える妻に申し訳が立たないと言い出し、なかなか原稿を手放さなかった。

それから一年、他誌の連載の合間を縫って何度も打ち合わせを重ね、直太朗が輪廻転《りんねてん》生《しょう》に関する膨大な資料を集め、整理する一方で、黒崎はそれらを徹底的に読み込み、入念な加筆修正を施《ほどこ》し、そうして千枚におよぶ大作を完成させたのだった。

初校、再校、念校と、著者校正をすべて終えた日、直太朗は黒崎を老舗《しにせ》の料亭で歓待した。折よく黒崎は五十歳の誕生日を迎えたばかりだった。風趣豊かな日本庭園を眺められる部屋で、デザイナーから届いた装丁案を確認し、帯の惹句《じゃっく》を決めた。

「校正済みの仮綴《かりと》じ見本、プルーフをさっそく百冊ほど作って、書評家や書店員さんに送ります。それに加えて今回はプルーフを読んで感想を書いていただく一般読者モニターを募集する準備もしています。リアルな感想の言葉を新聞広告に使えるかもしれません」

「そうですか、これで完全に私の手から離れた。あとはすべてきみに委《ゆだ》ねるから、よろしく頼みますね」

黒崎冬馬は満足そうな笑みをたたえ、握手を求めてきた。編集者冥利《みょうり》に尽きるとはこのことだろう。全力を出し切った作家の仕事にはきちんと応えなければならない。直太朗は身の引き締まる思いだった。

そんな経緯もあり、昨日の部数決定会議では満を持して『転生の海』の出版計画書を提出したのだった。読者層の中心はやはり黒崎冬馬の昔からのファンである中高年の男性だろうが、本作はミステリーやホラーの要素を持ちながら、いままでにないタイプの夫婦の純愛小説でもある。その点を訴求することで、新たに多くの若い女性読者を獲得するにちがいない。我が社の下半期のラインナップの中では、もっともビッグヒットとなる可能性を秘めた作品だ、と直太朗は力説した。

だが、決裁者の安藤《あんどう》取締役は、小説の内容にはほとんど関心を示さない。作家の直近二年間の売れ行きデータを参照し、利益計画の数字をチェックするだけだった。

「初版二万は多すぎませんか」と安藤取締役が佐川販売部長に声をかけた。

直太朗はじっと佐川部長の顔を見た。部長はいつも味方をしてくれる。取締役が渋面《じゅうめん》を作っても文芸書の応援をしてくれる。だが、昨日はひどく冷淡だった。

「そうですね、七千部スタートでいいと思います」

佐川部長はあっさりと答え、その場で電卓を叩いて定価を一気に四百円も上げたのだ。

定価千五百円と千九百円では、書店での初動がまったく違う。特に若い女性にはあまりにも高すぎる。売れる本も売れなくなる、と直太朗は食い下がった。

「文芸書は確かに全体的に苦戦しています。好調な雑誌の売り上げを食いつぶしていると言われても、否定できない部分もあります。でも、だからといって、リスクを軽減するために初版部数をしぼって、さらに損益分岐部数から逆算しただけの値付けをしていては、部数低迷の悪循環から抜け出せません。黒崎冬馬、二十年のキャリアを通じて会心の最高傑作です。版元としては、勝負すべき作品です。定価千五百円で初版二万部、まったく検討に値しないでしょうか。担当としては実売五万部、十万部も十分視野に入っているんです」

直太朗は青臭いと思いながらも安藤取締役に訴えたが、佐川部長は手をあげて発言を制した。

「柴田くん、内容には自信があるんでしょう?」

「もちろんです」

「それなら何の問題もない。商品に力があるなら、必ず売れます。では、次の案件に移りましょう」

「すみません、ちょっと待ってください」

直太朗は食い下がった。

「千九百円の定価にはやはり抵抗があります。なんとか千八百円で行けないでしょうか。たとえば初版を八千部とすることで、粗利益の目標数値はクリアします」

安藤取締役は腕組みをしたまま、時計にちらっと目をやっただけで何も言わない。

「柴田くん、七千部スタートは決定事項です。それを前提にしてください。その上で定価を千八百円とするなら、その百円分の売り上げの減少額を、制作原価の圧縮で相殺《そうさい》する。それが可能ならOKします」

佐川部長の言葉に、うん、と安藤取締役が小さくうなずく。直太朗はさっと立ち上がった。

「ありがとうございます。制作部と調整の上、必ず原価の圧縮を実現しますので、よろしくお願いします」

たった一時間半で来月刊行予定の書籍二十冊ほどの決裁をするのだから、部決会議は儀式にすぎない。それなりに粘って定価を百円下げたが、そんなものは成果とは言えない。初版二万部の目論見《もくろみ》をあっけなく七千部に下げられても、情けないことにほとんど抵抗できなかったのだから。

直太朗はため息をつき、小説誌から顔を上げた。活字を目で追っていたが、昨日の会議のことがつい思い出されて、小説の内容が頭に入らない。

朝方の夢のように二千部スタートで、と会議で実際に申し渡されたら、いったいどう反論しただろう。直太朗は黒崎冬馬の顔を思い浮かべ、気が重くなった。いくら作家本人のこだわりとはいえ、四百枚ほど加筆した分の原稿料は支払われないし、初版二万部と七千部では印税額に雲泥《うんでい》の差がある。しかも直太朗が粘って定価を百円下げた分、黒崎の得る印税額はさらに減ることになったのだ。

常磐線の電車が我孫子駅のホームに滑り込む。直太朗はバッグに小説誌を入れて座席から腰を上げた。仕事のことを頭からいったん追い出し、改札口に向かって歩きながら、菜摘の顔を思い浮かべる。

「その人がかわいそうだよ」

ディズニーランドのカフェで菜摘がつぶやいた言葉がずっと胸に引っかかっている。

あの日、菜摘は祖母に嘘をついて一人でマンションにやってきた。理由を訊いても、おばあちゃんが嫌なこと言ったから、とあいまいな言い訳が返ってきただけだったが、アトラクションをいくつか楽しんだ後、ベーカリーカフェでミッキーのデニッシュを食べながら、菜摘はふと自分から話し始めたのだった。

それは祖父と祖母といっしょにファミレスで食事をしたときのことだった。隣のテーブルの幼児がいたずらをして母親に叱られた。その叱り方が尋常ではなく、母親は泣き叫ぶ幼児の尻を何度も叩き、「ちっともかわいくないんだから！」と叫んで、さらに腕を強くねじり上げた。祖母がたまりかねて、「もうやめなさい」と声をかけると、母親はチッと舌打ちをして、やっと幼児の手を放した。祖母はため息をつき、「あんなお母さんなら、いないほうがましだね」と菜摘の耳元で言ったという。

確かに残酷な言葉だとは思うが、その一言だけで菜摘の心がこれほど傷ついてしまうのか。直太朗は胸が詰まる思いだったが、話の続きを聞いて愕然《がくぜん》とした。

「おばあちゃんたら、祥子《しょうこ》さんのこと思い出したとか、おじいちゃんと延々話し始めて……。やさしいお母さんが欲しいってお父さんに頼まなくちゃねとか、同じこと何回も言って。なんで？　なんで菜摘が頼まなくちゃいけないの？　関係ないじゃん、とか思って」

菜摘は不満げに頬をふくらませて、声を少し上ずらせた。母は息子の顔を見るたびに、菜摘の母親を早く探せと言うが、同じことを孫娘にも言ったのだ。

祥子と離婚したのは、菜摘が四歳のときだが、三歳のときにはすでに別居していたので、菜摘には母親の記憶がほとんどない。生後一ヶ月のお宮参りや、生後百日目のお食《く》い初《ぞ》め、それから母親といっしょに収まった二歳頃までのスナップ写真がアルバム一冊分ある。菜摘はその写真を見て、この人が自分の母親なのだと認識するだけだ。母親という存在を実感として知らない。

幼稚園に入る頃になると、菜摘はしきりに母親に会いたがった。でも、遠いから会えないのだと思っていた。祥子の実家が北海道ではなく都内にあったら、会えない理由にはならなかった。直太朗は離婚するまでのいきさつを菜摘に隠すつもりはなかった。でも、どう話せばいいのか、いまだに分からないのだ。

「おばあちゃんは菜摘のことが心配なんだよ。子どもにはやっぱり母親がいた方がいいって」

直太朗は菜摘を励ますように、テーブルの上に力なく置かれた手の甲に、自分の手を軽く添えた。

「でもさ」と菜摘が言った。「お父さんが誰かと再婚しても、その人はお父さんの奥さんなだけで、菜摘のお母さんじゃないもん」

ううん、と直太朗は首を横に振り、しばらく考えてから口を開いた。

「それは逆だよ。いつか菜摘のお母さんになってくれる人が現われたらね、そのとき初めて、ぼくの奥さんになってくださいって、お願いするつもりだから」

ええーっ、と菜摘は眉根を寄せ、「そんなの変。その人がかわいそうだよ」とつぶやいたのだった。

○

駅前ビルのダンス教室には三つのスタジオがあり、キッズクラス、初心者クラス、中上級者クラスと、それぞれ異なるプログラムが同時に行なわれていた。キッズクラスに付き添う母親たちの多くは、茶髪と厚底サンダルのギャルママ風のファッションに身を包み、スタジオのガラス越しに我が子の一挙手一投足を見守り、にぎやかな歓声とともに拍手を送っている。

直太朗はそんな熱気に気圧《けお》されながらも、菜摘に無言の声援を送った。初めのうち菜摘は、その雰囲気に吞《の》まれて気後《きおく》れしたのか、終始うつむき加減で落ち着かず、インストラクターに名前を訊かれても、恥ずかしそうに首をかしげるだけだった。

三年生までの菜摘はおしゃべりで活発だったが、四年生になった途端ひどく無口になり、休み時間も友だちから離れてぽつんと一人でいることが多いと、家庭訪問のときに担任教師から伝えられた。いちばん仲の良い友だちとクラスが別になってしまったので淋しい、と菜摘から聞かされていたので、直太朗はさほど気にしなかったが、先日、日曜参観に出席して、いままでとは別人のような菜摘の姿に驚いた。先生に指されれば答えはするが、それ以外はまるで自分の気配を消そうとするかのように顔を伏せて、じっと息を殺しているように見えたのだ。

「どうしたの、おなかでも痛かった?」

授業の後で心配になって訊くと、「うん、ちょっと。でももう治った」と菜摘が笑みを見せたので、会話はそれきりになった。実際、家ではうるさいほどよくしゃべるので、それ以上心配する必要もないと思ったのだ。

ダンスのレッスンは身体を温めるためのウォーミングアップから始まったが、菜摘の動きはぎこちなかった。簡単なストレッチでもロボットのように手足が強《こわ》ばっている。以前はこんなに緊張する子ではなかったのに、と直太朗はハラハラして見守ったが、菜摘はそんな自分のふがいなさに立ち向かうように下唇をかみ、インストラクターの手拍子に合わせて、アップとダウンのリズム取りをくりかえす。

ダボッとした蛍光《けいこう》ピンクのトレーナーに、ボーダー柄のハーフパンツ。それはネットの通販サイトで買ったものだ。痩《や》せっぽちの菜摘には少し大きすぎるが、本人はとても気に入っている。菜摘、がんばれ。でも、無理はするなよ。直太朗は心の中で声援を送り続けた。

上半身を固定して、腰だけを前後左右に動かす。次は下半身を固定して、胸だけを前後左右に動かす。ほかの子どもたちと違って、菜摘はいつまでたってもリズムに乗れなかった。いまにも泣き出しそうな顔をして、まるで何かの試練に耐えるように歯を食いしばっている。

そんな娘の姿は見ているだけで息苦しくなる。自分に向いていないことを無理にやることもない。そんなにつらいならダンスなんてもうやめよう、と直太朗は菜摘と視線が合うたびに目で語りかけた。

それがどうしたことだろう。レッスンが始まって二十分ほどすぎた頃だった。ヒップホップのリズムに合わせて、菜摘が急に軽やかにステップを踏み始めたのだ。コツを呑みこんだのか、リズムに乗る心地《ここち》よさに目覚めたのか、直太朗には分からないが、菜摘はふいに呪縛《じゅばく》から解き放たれたように踊り始めた。

最初は足の動きだけの練習だった。そこに腕や肩の動きが加わり、腰のひねりが加わり、ダンスは少しずつ複雑になっていくが、菜摘はなんとか動きについていっている。音楽のテンポが少しずつ速くなり、子どもたちの半数が動きについていけなくなっても、菜摘はインストラクターの掛け声に合わせて、上半身を左右にスウィングしながら、深くリズムを取るように踊り続ける。直太朗はそんな娘の姿に目をみはった。表情も生き生きとしていて、とても楽しそうだ。

だが、水分補給のための短い休憩時間に、同じ年頃の女の子に声をかけられると、菜摘はたちまち緊張してしまい、会話を交わすこともできなくなった。

「すっごく上手。ほんとに初めてなの？」

女の子が興味深そうに訊いているのに、菜摘は照れ臭そうにスポーツドリンクを飲んでいるだけだった。

幼稚園の頃からずっと人見知りするような子ではなかったのに、いったい何があったのだろう。それとも女の子が成長していく過程ではよくあることなのだろうか。直太朗には見当もつかなかったが、一時間の体験レッスンを終えると、菜摘はタオルで額の汗を拭いながら目を輝かせ、正式に入会したいと言った。

「ね、いいよね？　週二回、次から一人で来れるから」

「もちろんいいよ、菜摘がやりたいなら。でも、公文《くもん》の教室が週二回で、水泳とピアノが週一回。これでダンスも始めたら、何もない日は一日しかなくなるね」

直太朗がそう言うと、菜摘はすでにその返事を用意していたのだろう、間髪をいれず答えた。

「だからね、スイミングはもういいかなって」

「え、あんなに好きだったのに？」

「二年生と三年生ばかりで、四年生は少ないの。それに二級まで上がると、もうやることなくて」

「そうか、菜摘はもう二級なのか。トイレは大丈夫か」

「うん、行ってくる」

菜摘が用を足しているあいだに、直太朗は受付カウンターで入会手続きをした。銀行口座の届印などは首尾《しゅび》よく用意してある。申込書に必要事項を記入しながら、作家の接待みたいだな、と苦笑した。作家が中座したときを見計らって店員を呼び、すばやく精算して領収書をもらう。そんな編集者の手際が身体にしみこんでいる。

駅前ビルを出てバス乗り場に向かった。バスはまもなく発車するのだろう。すでに運転手が乗り込んでいる。

「ごめんね、お金かかって」と座席に腰を下ろすなり、菜摘が言った。「でも、スイミングやめるから」

「えっ」と直太朗は思わず声を上げた。「菜摘、おまえ、お金のことを心配して水泳をやめるのか？　そんなこと全然気にする必要ないからな」

「でも、習い事のお金もばかにならないって……」

「そんなこと誰が言ったの。おばあちゃん？」

「違う。言わない。でも、親ってみんな、そう思ってるんじゃないかなって」

バスがぶるんと車体を震わせて走り出す。直太朗は娘の顔を覗き込んだ。

「知らないうちに菜摘も大人になったな。でも、お金のことなんて、ほんとに気にすることはないからね」

スイミングを始めたのは幼稚園の年長のときで、菜摘にとっては初めての習い事だった。

「確か最初は二十五級だったよな」

「そんなのいちばん初めの日だけだよ。プールの水に顔をつけられたら、すぐ二十四級。

立ち飛び込みができたら二十三級」

「ああ、そうだった。懐かしいな。で、どこまでできたら二級になれるんだ」

「お父さんたら、それ、もう何回も話したって。だからね、個人メドレーで百メートル泳げたら二級」

「おお、すごいな。一級は？」

「うーん、新しいことはもう何もなくてね、あとは記録と泳力のレベルアップ？」

その大人びた口調から、直太朗はときおり菜摘がまだ九歳の子どもだということを忘れてしまう。しかも「レベルアップ？」と言ったときの表情が祥子にそっくりなので、なんとも奇妙な気分になる。別れた妻を懐かしんでいるわけではない。まるで少女の頃の祥子と話しているような居心地の悪さを覚えるのだった。

五つ目のバス停で下車し、バス通りから一本道を入ると、閑静《かんせい》な住宅街になる。直太朗はこの町で生まれ育った。近所には小中学校の同級生が多く住んでいる。幼なじみ同士で結婚したカップルも多い。我孫子は千葉県だが、自転車で二十分ほど走って利根《とね》川を渡れば、そこはもう茨城県だ。昔は農業地帯だったが、一九七〇年代にベッドタウンとして開発され、若き日の父がローンを組んで、ここに家を建てた。建築後四十年がすぎてだいぶ老朽化《ろうきゅうか》しているが、庭には母が丹精《たんせい》込めて育てたバラが咲き誇っている。いまの季節がいちばん美しい。

「ただいま」と菜摘と声を合わせて居間に入っていくと、すでに昼食の仕度《したく》が整っていた。

父が新聞から顔を上げ、顔をしかめた。菜摘のストリートダンサーのようなルーズな服が気に入らないのだろう。だが、面と向かって孫娘に感想を述べることはしない。

「どうだった？」と母がご飯をよそいながら言った。

「うん、菜摘がすごい上手なんでびっくりした。ダンスなんてまったく初めてなのに、ちょっと練習しただけですぐに踊れるようになるんだね、近頃の小学生は」

「なことないよー。ガチガチだったんだから」

菜摘は照れたように眉を八の字に下げ、頬をへこませてみせる。

昼食は焼き魚と具沢山《ぐだくさん》の味噌汁。毎日同じだった。ただ魚がサケかブリかアジに替わるだけだ。父が定年退職して一日中家にいるようになってから十年、ずっと同じメニューだが、ふしぎと飽きることがない。

「でも父さんが小学生だった時代にダンス教室があったとしても、誰も踊れなかっただろうね」

「ていうか、ヒップホップとかなかったでしょ、まだ」

「どうだったかな。そういえば、竹の子族って呼ばれた連中が原宿《はらじゅく》の歩行者天国でラジカセ囲んで踊っていたけど、ステップ踏んでるだけって感じだった」

「え、お父さん、それ見たの？　原宿で」

「いや、テレビで見ただけ。電車に乗って原宿まで行くなんて一人で外国に行くみたいなものだからね、考えもつかなかったよ、当時は」

「あいたた、外国かー」

「ねえ菜摘」と母が会話に割り込んだ。「公文のほうは、いままで通り行くんでしょ？　算数と国語の教室」

「うん、行く」と菜摘が即座に答えたので、母は少し安心したようだったが、焼き魚を箸《はし》でほぐしながら、いつもの話題を振ってきた。

「中学受験をするのかどうか、そろそろ決めないといけないね」

直太朗は味噌汁を飲みながら、横目で菜摘を見た。四年生になると、中学受験を目指す子どもたちは公文や補習塾をやめて、進学塾に通い始める。受験に向けたカリキュラムが一斉にスタートするからだ。母はＰＴＡの集まりで受験に熱心な母親たちと顔を合わせることが多く、その手の情報をたくさん仕入れてくる。直太朗は地元の公立中学でいいと思っているが、菜摘の友だちには中学受験を目指す子も多いという。

「菜摘はどうなのかな。もし受けたいって言うなら、それなりの準備を……」

直太朗はそう言いかけたが、母がそれをさえぎった。

「まず父親としてどうしたいのか、それを決めなければ菜摘だって困るでしょう。ねえ?」

菜摘は首をかしげただけで、黙ってご飯を口に運んでいる。

「公立は荒れているところが多いけど、私立は落ち着いた環境でいじめが少ないし、高校受験の心配もないって、みなさん話してるのよ。でも、進学塾に行くとね、いままで学校の勉強で問題のなかった子でも、塾のレベルが高くて落ちこぼれてしまうケースがけっこうあるんだって。週二日だけでも宿題の量がすごく多くて、内容もかなり先のことまでやるらしくて。それを考えるとね、小学生で何もそこまでやらなくてもって……」

どこの家庭でも祖母はおおかた孫の成長を見守るだけの存在だが、まだおむつがとれなかった三歳のときから菜摘の母親代わりをしている自覚の強さから、母はしつけや教育に熱心だった。

「直太朗のときは、おまえ、何も言わなかったのにな」と無口な父がボソッと言った。

「時代が違うんですよ、あの頃とは全然違うの。私立中学なんてほとんどなかったんですから、この辺りには」

母はきっぱりと言い返したが、中学受験の問題は同時に別の厄介事を含んでいるので、会話はいつもこれ以上進まない。それというのも直太朗が再婚することになれば、事情がまったく変わるからだ。菜摘は我孫子の実家を離れて後楽園のマンションで暮らすことになり、おのずと都内の中学に進学することになる。

「まあ、来週からダンス教室に通うって決めたばかりだし、受験の準備は五年生からでも十分って意見もあるしね、もう少し考えてからでもいいんじゃないかな」

直太朗がそんなふうに話を引き取ると、うんうん、と菜摘はうなずいた。

昼食後、菜摘は後片づけの手伝いを終えると、フローリングの床にぺたりと尻をつけてしゃがみこみ、友だちとメールのやり取りを始めた。暇さえあればタッチパネルを叩き、液晶画面に人さし指をすべらせている。

「午後の予定は?」と直太朗が訊いても、菜摘は答えずにメールに熱中していたが、ふと顔を上げて髪をかきむしった。

「チェーッ、あみこ、遊べなくなった」

「なに、その言い方。チェッはやめなさい、チェッは」

母に強い口調で注意されて、「はーい」と菜摘が答えると、「はーいじゃなくて、はいでしょ」と言葉が飛ぶ。

母がたえずそんな調子なので、直太朗はどうしても娘に甘くなる。

「じゃ、お父さんとゲームやるか」と声をかけると、「うん。じゃ、あとで」と菜摘は答え、ツイッターの受信履歴をチェックし始めた。

居間のテーブルにお茶を運んできた母が、直太朗の前にパールホワイトの写真台紙を置いた。

「ねえ、この方の話だけど」

母が写真を開きかけたので、直太朗はあわててそれを閉じた。

「いや、だからその話は先週、断っただろう?」

「だって写真も見ないで断わるなんて失礼でしょう」

母はそう言って強引に見合い写真を開いた。父が湯呑みを手に写真を覗き込んだ。菜摘は急に立ち上がり、何食わぬ顔をして子ども部屋に入っていく。直太朗はしかたなく見合い写真を眺めた。

女性はグレーのパンツスーツに襟のある白いシャツを着て、まっすぐにこちらを見ている。あまり特徴のない平凡な顔立ちの上、短めの髪を七三分けにしているので、ネクタイを外したサラリーマンのように見える。

「先方は初婚なのにね、子どもがいてもいいっておっしゃっているのよ。直ちゃんより四つ年上だけど、そのくらいの歳の差なんて気にならないご時世でしょう。それに小学校の先生をしてらっしゃるから、子どもの扱いには慣れているし、こんなにいいお話はないと思うの」

「だからね、こないだも言ったけど、お見合いをしたら断われないでしょう。相手がいい人だったら、なおさら失礼になる」

「なに言ってるの。いい人だったら断わることないでしょう。菜摘には母親が必要なの。いまのままでいいはずがないでしょう?」

「もちろんそれは分かるけどね、いくらいい人でも結婚相手となると、そんなに簡単な話じゃないよ、母さん。見合いをして、つきあってみて、この女性と一生生活をともにするのは難しいと判断しても、もし先方がその気になったら、こちらから断わりにくくなる」

「はっきり言ってね、直ちゃん、選《え》り好《ごの》みできる立場じゃないでしょう、あなたは。子どもがいてもいいなんて人、そんなにいないわよ。母さんだって今年で六十五、前期高齢者よ。いつまでも若くないんだから。ねえ?」

母に同意を求められて、うーん、と父は低い唸り声を上げた。

「堅苦しいというか、とっつきにくそうな女性だな」

「どうしてそういうこと言うの。私が真剣に話しているときに、水を差すようなこと言って」

「身持ちが堅そうと言えば、いいのか？」

「そういう話ではありません！」

母はいきり立ったが、父は悠然《ゆうぜん》と腕組みをしている。

直太朗はそんな二人から視線を逸《そ》らせて、庭のバラに目をやった。一目惚《ひとめぼ》れをしてこちらから猛烈にアタックし、家族や友人に祝福されて祥子と結婚した。菜摘が生まれるまではほんとうに幸せな日々だった。もし菜摘が生まれていなかったら、という仮定は成り立たないが、夫婦二人だけの暮らしだったら祥子と別れはしなかった。菜摘を守るために離婚せざるを得なかったのだ。その後遺症から結婚に対してひどく臆病になったのだが、そんな内心を母に打ち明けても詮《せん》ないことだった。

「とにかく」と直太朗は言った。「申し訳ないけど、お見合いの話は断わってほしいんだ。菜摘の母親になる人、いつかきっと紹介するから、それまで待っていて」

「うん、それでいい」と父が言った。

「ほんとにもう……」

母はテーブルを軽く叩いて、写真をパタンと閉じた。

「菜摘の様子、ちょっと見てくるかな」

直太朗は誰にともなくつぶやき、居間を出た。子ども部屋のドアをノックして声をかける。

「ゲームやるか?」

「いいよー、なにやる?」

菜摘はベッドから起き上がった。うたた寝をしていたのか、目がとろんとしている。

「ぷよぷよ?」と直太朗は言った。

「またー? お父さん、ぷよぷよばっか」

見合い写真に気づいたはずだが、菜摘は何も言わない。だから直太朗もそれには触れないことにした。

「なあ、ほんとうのところ中学はどうしたいんだ?」

「てか、その前に、千葉と東京、どっちを受験するか、それが問題だよねー」

菜摘はニッと笑って、ゲーム機をセットした。

「おまえまでプレッシャーかけるのか?」

「え、なんで」

「だから菜摘のお母さんになる人と後楽園のマンションで、三人でいっしょに……」

「違うよ。中学生になったら一人で留守番もできるし、ごはんだって作れると思うんだ。

だから菜摘、お父さんのマンションに引っ越せるかなって。でもそうしたら、おばあちゃんとおじいちゃん、淋しがるだろうけどね」

祥子と別れてから六年。父親はいまだにその地点で足踏みをしているのに、娘はこんなに成長していたのか。直太朗は菜摘の頭を軽く撫でながら、グスッと鼻を鳴らした。

4

九時半に出社すると、山内百恵はなによりも先にインターネット注文の本を棚から抜いて確保する。開店前にそれをうっかり怠《おこた》ると、その本が店舗で売れてしまった場合、ネット注文に応じられなくなるからだ。先週、そんなミスを犯してしまい、担当社員の中沢《なかざわ》美佐《みさ》に強い口調で注意された。

その作業を終えると、軍手をはめ、カッターを持って三階のバックヤードに上がる。売り場が違うためにまだ名前を覚えられない契約社員やアルバイトが何人も集まっている。おはようございます、と彼らに声をかけて、段ボール箱の山に向かう。

荷をほどき、伝票と現物を照合して、スリップを引き出して入荷日付印を押す。それから背表紙に小さな丸い検品シールを貼る。今月は水色だ。数ヶ月後の返品月に該当《がいとう》する本が一目で分かるように貼りつけていく。

百恵はこの新刊検品の作業が好きだった。毎日新刊が取次《とりつぎ》から大量に入ってくるが、リストを確認しただけではとても覚えられない。文芸書担当は、店の売り場の中でも客の問い合わせがいちばん多いので、こうして一冊ずつ手に取ってスリップをはさみ、棚に差し込みながら作者名とタイトルを頭に入れることが大切になる。その都度、端末で検索すれば入荷状況は分かるが、その場でお客様に応えてこそ、プロの仕事だと思う。

検品した新刊を台車に積んで、一階の文芸書フロアに降りる。とにかく本は重い。一箱十キロから二十キロ近くある。書店員の仕事は、百恵が当初想像していたものとまったく違った。完全に肉体労働だ。新刊を平台《ひらだい》に積み、あるいは棚に入れ、ふたたびバックヤードに戻り、次の段ボール箱を開ける。それを何度もくりかえし、すべての新刊を売り場に出し終えたときは、すでに十二時を回っている。

この店で働き始めて三週間ほど経ち、仕事にもようやく慣れてきた。だが、書店員が自分に向いているのかどうか、それを考えるような余裕はない。

十六年におよぶ百貨店勤務のキャリアを活かそうと、百恵はチェーンストアやアパレルなど、二ケ月のあいだに十数社の中途採用に応募したのだった。だが、年齢の壁に阻《はば》まれて書類選考もほとんど通らなかったし、運よく面接に進んでも、当社では経験者を求めてはいるが、あなたほどのキャリアに見合ったポストは用意できないので、と体《てい》よく断わられた。

そんな中で最終面接に進んだ大手スーパーが一社だけあった。だが、おそらく前職調査をしたのだろう。退職理由について執拗《しつよう》に訊かれたあげく、落とされた。

しかたなく正社員をあきらめて、パート勤務も含めて探し始めたところ、幸先《さいさき》よく池袋《いけぶくろ》の書店「ブックス・カイエ」の面接試験に通って、契約社員として採用された。給料は百貨店時代の七割程度に減ったが、致し方ないと思っている。

百恵は軍手を外すと、腰に手を当てて少し上体を反らせた。書店員には腰痛持ちが多い。エプロンの埃《ほこり》を軽く払い、弁当箱の入ったトートバッグをさげてレジに向かう。

百貨店ではおしゃれなキュロットスタイルの制服が支給されたが、書店では店名ロゴの入ったエプロンが制服代わりだった。毎日本を抱えて運んでいると、服がこすれてエプロンもすぐにくたびれてしまう。だから柔軟剤を使って頻繁《ひんぱん》に洗濯して、丁寧にアイロンをかけている。服は動きやすさで選ぶのでおのずとシンプルなものになったし、職場の雰囲気に合わせてファンデーションとベースメイクも極力薄くするようにした。

レジはアルバイトが担当している。平日の午前中は客が少ないので、女の子たちはカウンターの上でブックカバー用の包装紙をたたんで折り目をつけながら、おしゃべりをしている。社員はフロアごとに一名ずつしか配置されていないし、その社員も午後一時から夜十時までの遅番《おそばん》がメインなので、午前中は契約社員とパートとバイトしかいない。

「お先に」と百恵はレジのスタッフに声をかけて、休憩室に向かった。昼食は交代でとることになっている。

正社員はほとんど休憩室を利用しない。そこはアルバイトや契約社員の安らぎの場になっている。

「あら、山内さん、隣に掛けていい?」

弁当を食べていると、コミック・学習参考書売り場の桜井万智《さくらいまち》が声をかけてきた。中途採用でいっしょに入った同期の契約社員だ。桜井には書店で長く働いた経験がある。出産を機に辞めたが、子どもが中学に上がったのでまた働き始めたという。

「どうぞ、どうぞ」

百恵は桜井のために椅子を引いた。

「どうですか。だいぶ慣れました?」

桜井に訊かれて、百恵は箸を置いた。

「ええ、どうにかこうにか。でも、仕事を覚えれば覚えるほど、逆に分からないことがどんどん増えてきて」

「それは分かるな。何も知らなければ、疑問もわかないし、それで仕事がすんじゃうところがあるのよね」

「ほんとにそう。毎日新刊が配本されてくるでしょう。加えて補充品や常備もある。平台に置きたくても空きがないし、棚もぎっしりつまっている。新刊を入れるためには、当たり前のことだけど、返品して棚を空けなければならないのよね。でも、どれを返品したらいいのか、一度迷い始めると、もう途方に暮れてしまって」

「ああ、でもそれは、もう機械的にやるしかないんじゃない？　まずは返品月に該当する本、奥付《おくづけ》の日付が古い本、スリップの回転数が少ない本」

「ええ、担当の中沢さんにそう教えられて、初めのうちは機械的にやっていたの。でも、人気作家の本は多少動きが鈍くても全タイトルを揃えておくべきだって中沢さんに注意されたり、長いこと動いていない本だったので返品したら、翌日にその本を買いに来られたお客様がいたり、そんなことが続くとね」

「そうか、文芸書は大変よね。学参はあんまり問題ないけど、コミックは同じ問題を抱えてる。クレームつけてくるマニアさんが多いから品揃えにはほんとに気を使う」

　桜井はおっとりとした性格で、どんなに忙しいときでも笑顔を絶やさない。大柄でずんぐりとした体型だが、童顔で愛くるしい顔立ちをしている。そんな桜井と久しぶりにおしやべりをして、百恵は気持ちが穏やかになるのを感じた。

いつも一人でそそくさと弁当を食べ、換気扇の下で遠慮しつつ煙草を吸う。百貨店と違って喫煙者はほとんどいない。自分の居場所であるはずの文芸書売り場も、若い女の子たちがくつろいでいるこの休憩室も心が休まらず、本当は段ボール箱の積まれたバックヤードだけが落ち着く場所だった。

「それ、なあに?」

弁当のわきに置いたプルーフを桜井が指差した。

「これはね、来月出る小説の仮綴《かりと》じ本」

「へえ、初めて見た。こういうの、商店街の小さな本屋には一度も送られてこなかったな。文芸書ってだいたい見本が来るの?」

桜井は珍しそうに手に取った。

「そんなに多くないんじゃないかな。私は初めて。中沢さんが版元《はんもと》に感想を伝えなければならないんだけど、読む暇がないから代わりに読んで、百字程度でいいから感想を書いてって頼まれて」

「あら、注文申し込み用紙までついてる」

「そうなの、このコメント欄に感想を書き込めば、注文冊数を減数せずに配本しますって」

「なるほどねえ、版元もいろいろ考えるわねえ。おもしろい?」

「まだ途中だけど、おもしろいというより、とってもふしぎな小説。この黒崎冬馬ってね、昔読んだことがあるの。でも作風が当時と全然変わっているから、初めは同じ作者だと気づかなかった」

「でも偉いね、よく読む時間があるわね」

「ううん。朝、洗濯機回しながら十ページとか、電車の中で五ページとか、少しずつ読んでいるから、なかなか進まなくて」

そんな会話をしながら、いつもより時間をかけて弁当を食べ終え、時計を見ると一時五分前だった。中沢美佐の出社に合わせて、簡単に業務報告をすることになっている。百恵は換気扇の下でマイルドセブンを一本吸い、よし、とつぶやくと、桜井とともに休憩室を出た。

文芸書売り場に戻ると、中沢が文庫棚のストッカーを開けて在庫の確認をしていた。

「課長、お疲れさまです」と百恵が声をかけても、中沢はやりかけた作業を終えないうちは答えもしないし顔も上げない。しばらく待っていると、ようやく腰を上げて振り向いた。

「全体的にストック、ちょっと多すぎない?」

「はい、確かに気にはなっていました。でも回転の速い作家さんは発注が間に合わないことが多いので」

「いずれにしてもストックは減らしてください。これで下旬配本の角川さんがどっと来たら悪夢よ」

「承知しました」と百恵は答え、午前中の仕事内容を報告した。中沢はそれを聞き流し、すぐに話題を変えた。

「例の小説の感想、どうなってます?」

「すみません、まだ半分しか読めていないので」

「ええーっ、困ったな」

中沢は顔をしかめ、二本の指で自分の顎をつまんだ。

「いずれにしても明日の午後イチまでに用意しといて。版元さんとの約束なんだから」

小説の感想は今週末までに、と指示されたはずだった。なぜ急に二日早まったのか分からないが、「いずれにしても」という言葉が中沢の口から出たときは絶対に拒否できない。

「あとね、新刊の平台は売り場の花なんだから、もう少しなんとかならないかな。きれいに積んだだけじゃお客様にアピールしないって昨日も言ったでしょう。版元が送ってきた

POPを並べてるだけじゃだめなのよ。売れ筋の本を五、六冊みつくろって、手書きのPOPを作って立てておいて。棚入れが終わってからでいいから」

「承知しました」

百恵が一礼すると、中沢は足早に事務室に向かった。

面接試験のとき、百貨店の企画セールの成功体験を披露《ひろう》して面接官に興味を持ってもらえたので、百恵は中沢にその話をしたことがある。

「うちは百貨店ではありません」と中沢に冷たく突き放されて、ひどくがっかりしたが、確かに同じ小売業でも組織体質が違うのだった。

百貨店ではPOPをつけない決まりになっている。食品売り場のスイーツコーナーでその禁を破って、「一日の野菜は足りてますか？　北海道の野菜で作ったシフォンケーキです！」といった類《たぐい》の手書きのPOPをつけたところ売り上げが伸びたと聞いて、百恵は婦人服売り場でも試みようとしたのだが、「品がない」という上司の一言で却下《きやっか》されてしまった。

そんな経験があるので、百貨店勤務のキャリアに対して、中沢が必要以上に警戒していることは百恵にも十分に理解できる。しかも中沢は三十七歳。たとえ二歳でも年上の部下を持ってやりにくいだろう。だが、百貨店時代の上司のように、陰湿な嫌がらせや心ない発言をくりかえしたりする人ではない。ただ言葉が少しきついだけだ。仕事の内容についてもこちらから質問しなければ何も教えてくれないが、少なくとも意地悪でそうしているわけではないことは分かる。とにかく忙しいのだ。

返品書籍の整理と段ボール詰めはアルバイトの岩城祐介《いわきゆうすけ》にまかせて、百恵は棚入れの作業を続けた。だが、客から既刊本の問い合わせを受けたり、版元の営業マンがあいさつもそこそこに在庫チェックを始めたので欠本の確認につきあったりで、なかなか作業は進まない。棚入れをひと通り終えたときはすでに四時近かった。

早番は九時半から六時。契約社員には残業がないので定時で帰れるが、逆に言えば、忙しいときの労働密度は恐ろしく高い。基本は早番だが、閉店の夜十時まで勤務する遅番にも、月に七回ほど入るシフトになっている。

百恵は新刊の平台から、入荷冊数の多い人気作家の本を六冊手に取って、文芸書売り場のバックヤードに入った。そこは三階にある大きなバックヤードと違って、ちょっとした作業をするスペースになっている。

手書きのPOPを作るといっても、もちろん本を読む時間などない。パソコンに向かい、版元のホームページにアクセスして、新刊紹介の欄を読んでおすすめのポイントを探す。

《生きづらい世の中を生きるすべての人たちにエールを送る山女子小説！　この小説には心の浄化作用があります！》

　ＰＯＰ用の台紙にピンクや青のマーカーでそんなコピーを書いて、著者名とタイトルを入れる。ちょっとさみしいときは、イラストカット集を参考にして、色鉛筆で描いた小さな絵を添える。百恵は美大のデザイン科を出ているので、そのあたりは手馴れた仕事の一つだった。きちんと本を読んで、《当店のおすすめです》と堂々と書いてみたいが、そんな余裕はまったくない。

　一枚あたり十五分ほどで作っていき、五冊目のＰＯＰに取りかかったとき、携帯電話にメールが着信した。

〈業務の進行が若干遅れています。万一、お待たせしたら申し訳ないので、七時の待ち合わせを七時十五分に変更させてください。よろしくお願いします〉

　津村繁はトイレの個室からメールを送信してきたのだろう。デスクのパソコンから私用のメールを送ることは禁じられているので、あなたに急ぎのメールを送るときはいつもそうしているのだと真顔で言われて、百恵は返答に困ったことがある。

　十五分ぐらい別にいいのに……。百恵は苦笑し、返信ボタンを押した。〈り〉と打ち込むだけで〈了解〉と予測変換が出る。いつもなら〈お気遣いありがとうございます〉とさらに付け加えるところだが、急に面倒になって〈了解しました〉とだけ入力して送信した。

時計を見ると、まもなく五時だった。すでに三階のバックヤードに新刊がどっさり到着しているだろう。百恵は岩城に声をかけて、ジャンル分けだけでもすませておいてくれないかと頼んで、POP作りを続けた。

そうして六つのPOPをすべて新刊の平台に並べ終えたときは六時十分前。三階のバックヤードに行くと、岩城はちょうど作業を終えたところだった。日本文学、海外文学、評論、エッセイ、サブカルなど、新刊がジャンル別に整然と分類されている。それらの棚入れ作業は明日の午前中の仕事だった。

「手伝えなくてごめんね」と百恵が言うと、岩城はタオルで汗を拭いながら笑った。

「いや、だからそんな気を使わないでください」

岩城はここでアルバイトを始めて半年になる。書店で働くのは初めてという二十八歳の青年だが、ルーティンの仕事については百恵よりずっと詳しい。

「お疲れさまでした」

岩城は礼儀正しく一礼し、その場を去っていく。百恵は事務室に立ち寄り、中沢に終業の報告をすませると、更衣室に入った。いつもはエプロンを外すだけで仕事着のまま帰宅するが、今日は外出着を持参している。

鏡に向かって手早くメイクを直し、芽吹《めぶ》いたばかりの草の色のワンピースに着替え、ハートをモチーフにしたシルバーのペンダントをつける。

「うわっ、今日はデートですか？」

アルバイトの女の子が大げさに目を丸くしてみせた。

「だったら楽しいんだけどねー。じゃ、お先に」

百恵は軽く手をあげ、更衣室を出た。薄暗い階段を下り、従業員通用口から外に出る。

〈池袋のおいしいお店を探してみましょうか〉と津村繁からメールが入ったのは先週のことだ。

〈できたら池袋以外のところでお願いします〉と百恵は返信した。二人で会っているところを万が一にも同僚に見られたくないからだが、そんな気持ちが津村に伝わったら申し訳ないと思い、〈職場に近いとリラックスできないので〉とあわてて付け加えた。

津村が選んだのは、西新宿の高層ホテルに入っている日本料理店だった。七時十五分まではまだ一時間ある。新宿の書店に立ち寄って、文芸書売り場の陳列の様子などを観察するにはちょうどいい時間だった。

池袋駅から山手線に乗って新宿に向かう。百恵は吊革につかまり、車窓を流れる風景を眺めた。街並みはまだ昼のように明るいが、西日の差すビルの壁面には夕暮れの気配が忍び寄っている。

○

表参道で初めて会った日からこの一ヶ月半のあいだに、津村とはすでに三度もデートをしている。だが、それはデートの雰囲気とは程遠いもので、同じ相手と三度もお見合いをくりかえしているようなありさまだった。

一度目は東京スカイツリーに行った。展望台に上り、水族館を見て、浅草《あさくさ》の老舗《しにせ》で昼食をとった。午前十時に浅草駅で待ち合わせて、午後三時に浅草駅で別れた。片や柏市、片や中野《なかの》区と、自宅が逆方向なのでしかたないが、中学生のデートでも現地集合、現地解散はないだろう。津村は信号が青に変わると、「それでは、さようなら」と言って足早に去っていったのだ。百恵は駅前の交差点に一人取り残され、津村の後ろ姿を呆然《ぼうぜん》と見守るしかなかった。

二度目は竹橋《たけばし》の近代美術館で収蔵作品展を見たあと、北《きた》の丸《まる》公園を散歩した。津村は展示品の感想や朝刊で読んだニュースをめぐって、当たりさわりのない会話を続けるばかりで、二人の将来のことについてはまったく触れない。そればかりか、中年のカップルが仲《なか》睦《むつ》まじく腕を組んで近づいてくると、まるで恋愛そのものを嫌悪するかのように、すれ違いざまに顔をそむけさえした。

人気《ひとけ》のない遊歩道に差しかかっても、津村はやや離れて隣を歩くだけで手をつなごうともしないし、カフェで向かい合って腰を下ろしても、百恵の顔を正面から見ようとしない。軽い斜視のせいもあるが、目を合わせることを意識的に避けている気がする。そして沈黙が続いて気詰まりになると、仕事の話を始める。

そんな津村となぜデートを続けるのか、百恵は自分でもよく分からなかったが、いままで付き合ったことのないタイプの男であることは確かだった。

絶えず女より優位に立とうとし、女を自分の思い通りにコントロールしようとする。そんな男を百恵はたくさん見てきた。特に四十歳をすぎると、その傾向が顕著《けんちょ》になる。柏原貴久に限ってはそんな男ではないと信じていたが、百恵の不慮の妊娠を機に、有無を言わせずに女を力ずくで抑え込む本性を露呈《ろてい》した。

だが、津村はいつも自然体だった。けっして気取らないし、肩ひじを張らない。百恵が何かについて話し始めれば、それがどんなに他愛《たわい》ない話でもじっと耳を傾けてくれる。

「私、昔からとても強い女だと思われていたし、自分でもそう思ってきたの。でも最近、自分の弱さを自覚することが増えたし、物事を悲観的に考えることも多くなった気がして……、きっと歳のせいですね」

「それは歳のせいばかりではないでしょう」

「どういうことですか」

「いや、私はあなたではないので、それは分からない」

そんなそっけない返事に接するたびに、津村のことを誤解しているのかもしれないとも思ったが、相手の気持ちを尊重しようとする心根のやさしさは伝わってくる。だからこそもう一度会ってみようと思うのだった。

三度目のデートは、平日の夜七時に渋谷のハチ公前で待ち合わせた。百恵が書店で働き始めて、土日が休めなくなったからだ。だが、津村が予約を入れていなかったので、飛び込みで入った店はどこも満席だった。四軒目の店でようやく席に座れたが、そこは若い客たちが大声でしゃべりながらイッキ飲みをしているような居酒屋だった。耳鳴りがしそうなほどの喧騒《けんそう》の中ではろくに話もできない。二人は早々に店を出ることになった。そんな経緯もあって〈池袋のおいしいお店を探してみましょうか〉と津村はメールを送ってきたのだった。

新宿駅に着くと、百恵は九十万冊の品揃えを誇る大型書店へ向かった。西口改札から地下広場の右側を進んでいくと、そのまま書店の入り口に直結している。

入り口付近の目立つところに、新刊・話題書のコーナーがあり、右手の奥にはDゾーンと呼ばれる一角がある。文芸書、文庫、新書、児童書、生活実用、趣味実用などのコーナだ。百恵は手帳を出してメモを取りながら、作家名五十音順に並んだ文芸書の棚を見て歩き、既刊本の充実ぶりに目をみはった。また最新の文学賞受賞作家や、映画化を機にブレークした話題の作家については、単行本や文庫といった形にとらわれず、品切れのはずの既刊本まで一堂に集めてフェアを開催している。

百恵の働く書店はここよりだいぶ坪数が少ないので、既刊本をこれほど充実させるのは難しいが、陳列方法にはさらに工夫の余地があるように思えた。

七時ちょうどに書店を出ると、百恵はそこから至近距離にある高層ホテルへ向かった。予約を入れているなら日本料理店に直接行けばいいと思うが、津村は待ち合わせ場所として三階のロビーを指定した。どちらか先に店に着いた方が一人で相手を待つのは淋しいからだと言う。ロビーで待ってもそれは同じことだろう。百恵にはそんな津村の気持ちがよく分からない。

回転扉を抜けると、ロビーにはすでに津村の姿があった。百恵を認めてソファから腰を上げる。

「早かったんですね」

「はい、業務が順調に進んだので」

津村はそう言って、百恵の目ではなくワンピースの肩のあたりに視線を投げかけ、足早にエスカレーターに向かった。二階のレストラン街に降り、日本料理店のエントランスを抜ける。高い壁に囲まれた小径《こみち》を進むと、新宿の喧騒を一瞬にして忘れさせるような空間が現われた。江戸琳派《りんぱ》の装飾美を再現したデザインが施されている。

「素敵ね」と百恵は言った。

津村は黙ってうなずき、初めて笑みを見せた。

五十がらみの仲居《なかい》に案内されて個室に入った。風雅な床《とこ》の間《ま》があり、障子戸の向こうには中庭が見える。

「お料理をお出ししてよろしいですか」と仲居に訊かれて、「そうしてください」と津村は答え、品書きを見ながら上目づかいに百恵を見た。

「お酒はどうされますか」

百恵は仲居と相談して、やや甘口の吟醸酒《ぎんじようしゆ》を頼んだ。

「じゃ、私も同じお酒を」と津村は言った。

「それでは少々お待ちください」

仲居が一礼して下がるのを待って百恵は口を開いた。

「割り勘にしてくださいね」

「そういうわけにはいきません」

「でも、渋谷のお店でもご馳走になりましたから」

「今夜はあのときのお詫びのしるしですから」

津村はそう言って、ネクタイを少しゆるめた。そこで会話が途切れた。

先週、百恵は気分を変えるために肩まで届く髪をばっさりと切った。毛先だけ軽くカールしたショートカットの髪型は職場でも好評で、ずいぶんイメージが変わるもんですね、とアルバイトの岩城青年にも感心されたのに、津村はまったく気づかないのか何も言わない。床の間の掛け軸をじっと眺めている。

百恵が会席料理の品書きを手に取って見ていると、まもなく先付けとともに吟醸酒が運ばれてきた。

「一日お疲れさまでした」と百恵が言い、「はい、お疲れさまでした」と津村がくりかえし、江戸切子《きりこ》のぐい呑みを軽く合わせて乾杯した。

「ああ、おいしい」と百恵は思わず言った。酒はほのかに甘く濃厚な味わいだった。

椀物、お造り、焼き物、煮物、と運ばれてくる料理は見た目も美しく、どれもおいしかった。だが、いつにも増して会話が弾まない。津村はたびたび仲居を呼んで酒をお代わりし、手酌《てじゃく》で飲み続けた。

「あの、少し飲みすぎではないですか」

百恵は心配になって声をかけた。百恵が一合飲むあいだに津村は四合目を空けてしまい、少しふらつきながら立ち上がって、内線電話で仲居を呼んだからだ。

「ああ、すみません。心配にはおよびません」

「お仕事、大変なんですか?」

「いや、役所の仕事なんてマニュアル通りにこなすだけですから、なんにも大変なことはありません。あなたのほうこそ慣れない職場で大変でしょう」

「ええ、分からないことが多くて戸惑うことばかりで」

百恵は遠慮がちに書店の話を始めた。じつは今夜、家に帰ってから一冊の小説を読んで感想を書かなければならない。絶えず仕事に追われている気がして身も心も休まらない。津村はいつものようにじっと耳を傾けてくれる。だが、酒のピッチがますます上がり、目がとろんとしはじめた。えんどうの炊き込みご飯の食事に続いて水菓子が出されても津村はまだ飲み続け、結局一人で七合飲み干した。

百恵は抹茶《まっちゃ》のムースを食べながら、ちらりと腕時計に目をやった。

「時間ありますよね、まだ」と津村が言った。

「ええ、まだ九時ですから」

「じゃ、どうしましょう、このあと」

「ここの四十五階にきれいな夜景が見えるバーがあるでしょう？　ちょっと行ってみたいけど、でも津村さん、今夜はもう飲みすぎだから」

「いや、まだまだ大丈夫。こう見えても、強いんです。酒を飲んでも、酒に飲まれたことはない。じつはあなたに話したいことがあるのに、酒の力を借りてもまだ話せないでいるんです」

「え、それはなんでしょう」

「とりあえず四十五階のバーに参りましょう」

津村はそう言って、仲居を呼んで会計をすませた。

エレベーターには若いカップルといっしょに乗り込んだ。二十歳前後の二人はずっと手をつないでいる。いっしょにいるときは、つないだ手を絶対に離さないと決めているのだろう。百恵はそんな二人を横目でちらっと見て、私にもこんな時代があったな、となつかしく思ったが、でもそれが二十年も昔のことだと気づいて一瞬気が遠くなりかけた。津村は黙って顔を仰向《あおむ》け、階数表示のランプが上昇していくのをじっと見ている。

ほんとうのところ、自分が津村に好かれているのかどうかさえ、百恵には分からなかった。でも、それは自分が津村のことをどう思っているのか分からないのと同じなのかもしれない。前回のデートでもそうだった、と百恵は上昇を続けるエレベーターの中で思った。

渋谷の居酒屋を出て、さてどうしたものか、と戸惑っている津村に、夜の公園を散歩してみたい、と百恵のほうから誘ったのだ。

人通りの多い公園通りの坂道を夜風に吹かれながら上っていき、NHKホールの横を通り、井ノ頭《いかしら》通りにかかる大きな歩道橋を渡って、樹木がうっそうと生い茂る代々木《よよぎ》公園の中へ入っていくと、人影もめっきり少なくなる。

遊歩道には水銀灯《すいぎんとう》とベンチが交互に配置されているが、どのベンチもカップルに占拠されている。手を取り合ってたがいを見つめあう二人、ひそひそ話をしながらキスをくりかえす二人、激しい抱擁《ほうよう》に身をまかせて喘《あえ》ぎ声を上げている女の子もいる。

そんな夜の散歩は二人の関係を深めるはずだったが、津村はときおり咳払いをして、黙々と歩くだけだった。あまりにも消極的なので百恵のほうからさりげなく手をつないでみた。津村がその手をぎゅっと握り返してきたので、ああ、好かれていないわけではないんだな、と百恵は少し安堵《あんど》した。

水銀灯から離れてほとんど光の届かない公園の奥へと進んでいき、人気のないベンチに腰かけた。あたりは闇に沈み、たがいの顔がぼんやりと見えるだけだ。百恵は両手を膝の上に置き、静かに目を閉じた。しばらくその恰好でじっとしていたが、津村は何も働きかけてこない。

「もう少し若かったらね……」

しゃがれた声が聞こえて、百恵は目を開けた。

津村は自分のことを言ったのか、それとも二人のことを言ったのか、どちらか分からない。

「若かったら?」と百恵は小声で訊いてみた。

「私は若いとき、あまり遊ばなかったからね」

津村はそう言ってベンチから腰を上げた。百恵は冷水を浴びせられたような気持ちになって、公園の出口に向かった。

エレベーターが四十五階に着く。若い二人連れも同じバーが目当てだった。夜景の見える窓際のカップル席はほとんど満席に見えたが、二人は席を予約していたのだろう、店員に案内されて窓際の席に進んでいく。

津村と百恵は窓から離れたテーブル席に案内された。

「ああ、ここも予約すべきだったのか」

「大丈夫。ここからでも夜景は十分に楽しめるから」

津村があまりにも落胆しているので、百恵は励ますようにそう言った。

津村はウィスキーのオンザロックを、百恵はフローズンカクテルを頼んだ。それらがテーブルに運ばれてくると、グラスのふちを合わせ、津村が厳かに口を開いた。

「これから大切なことを言います」

「はい」と百恵は答え、少し身を乗り出した。

「あなたはいま、私以外の男とは一切おつきあいをしていないんですよね。そうおっしゃっていましたよね」

「まあ、そうですが」

「じつはこの二ヶ月間、私は結婚相談所で紹介された、あなたを含めて四人の女性とお会いしてきました」

百恵は手にしたカクテルグラスをテーブルに戻した。

「四人、同時に?」

「はい、みなさんそのようにして相手を選んでいると、相談所の担当者から説明を受けましたので」

百恵はつかのま呆然とした。津村はそんな器用な男ではないと思っていた。

「二人には断わられまして、一人は私のほうからお断わりしました。そしていま、あなたとこうしてお会いしているわけです」

「あの、何をおっしゃりたいんですか」

「あなたに結婚を申し込みたいと思います」

「急に何を言い出すの」

百恵が驚いた声を上げると、津村はさらに驚いた。

「えっ、なぜですか。あなたが私としか会わないのは、私一人に絞《しぼ》っているからですよね。そのことが何よりもうれしいし、私もあなたといるときがいちばん楽しい。四十四年間生きてきて、こんな気持ちは初めてです。あなたのような方は、私なんぞには洟《はな》もひっかけないだろうと、最初は思っていましたから」

洟もひっかけない。百恵はその下品な言い回しにもカチンときたが、それよりも突然のプロポーズはあまりにも不可解だった。

「ちょっと待ってください。津村さんと会うのは今日で五度目ですが、あなたはいままで一度も私たちの将来の話をしなかった。いつも会社の話か、趣味の話ばかりです。それなのに、いきなりそんな話をされたら誰だって戸惑います。それに四人の中から選ばれたと聞いて喜ぶ女がいると思いますか」

キスもしないいし、身体に指一本触れようともしない。それでいきなり結婚を申し込むなんて、到底理解できない。少なくとも私は一晩ベッドをともにしてから結婚を考える。それともあなたは、何か他人に言えない欠陥を隠しているの？　目の前の津村という男が急に得体《えたい》のしれない人間に思えて、百恵は恐ろしくなった。

「不愉快になられたのなら謝ります。でも、くりかえしになりますが、結婚相談所の担当者によれば、何人かの候補から選ぶのはごく自然なやり方だと……。結婚に向けた話はこれからゆっくりと進めていけばいいと思っています。山内さん、私は今年四十五になります。結婚して子どもが成人式を迎えるときには、もう高齢者の仲間入りをしている。だから家庭を作って、さらに子どもを持つのはあきらめていました。でも、あなたとなら家庭を作れそうです。どうですか。相手の男の子どもを産みたいかどうか、それが女性にとって結婚の判断基準になると聞きました。山内さん、私が相手ならどうですか。私の子どもを産んでいただけますか」

「あの、私……」と百恵は言いかけて一瞬目の前が暗くなるようなめまいに襲われた。

「大丈夫ですか」

差し出された手を振り払って、百恵は続けた。

「子宮筋腫という病気にかかっています。完治するのが難しい病気です。子どもを産めない可能性もあります」

「なぜそんな大切なことを、いままで黙っていたのですか。はっきり言って動揺しています、私は」

もうこれ以上、耐えられない。百恵はバッグをつかんで、ソファから腰を上げた。

「誤解しないでください。確かに動揺していますが、でも、それを聞いたからといって、私の気持ちは変わりません。あなたとなら家庭を……」

津村さん、と百恵は手をあげてさえぎった。

「津村さん、酔いがさめたら、私がどんな気持ちであなたの話を聞いたか、それを考えてください。もし謝罪するお気持ちになっても、私にはもう連絡しないでください。今日はご馳走になりました。さようなら」

百恵は一礼し、出口に向かった。津村は席を立って追ってくるかと思ったが、その気配はみじんもない。

「ありがとうございました」と店員の声が背後から聞こえてくる。百恵はバーを出ると、ヒールの音をこつこつと響かせて足早に歩いた。

エレベーターホールには人の姿がなく、しんと静まり返っている。まもなく扉が開いて、百恵は一人で乗り込んだ。いったい私は何をしているんだろう。下降しはじめたエレベーターの中で、百恵はつぶやいた。考えてみれば私だって悪い。夜の代々木公園でこちらから手をつないで歩きながら、この状況を知り合いには絶対に見られたくない、と思ったのだ。たとえ恋愛感情がなくても、実直な公務員なら結婚相手として考えてもいい。そんないい加減で、津村に対して失礼なことさえ考えていたのだ。唇の脇にすっと何かが流れた。それで百恵は初めて自分が泣いていることを知った。

ハンカチで目頭《めがしら》を拭い、回転扉を抜けて、ホテルから出る。日中は二十五度を超える夏日だったのに、吹きつける夜風は思いがけず冷たい。新宿駅に向かってケヤキ並木の通りを歩いているときだった。携帯の着メロが鳴り、百恵は足を止めた。津村かと思ったが、着信画面に表示されたのは登録していない番号だった。しかも馴染みのない市外局番だ。気味が悪いので、いつもなら出ない。だが、自宅の固定電話から転送されてきた電話だと気づいて、百恵は通話ボタンを押した。

「ああよかった、通じた。山内百恵さんだね」

いきなり女の声が聞こえた。

「そうですけど、あなたは？」

「夜分ごめんなさい。愛子《あいこ》です」

　相手は親しげに語りかけてくるが、百恵の知り合いにそんな名前の女はいない。返事をせずにいると、「越後湯沢《えちごゆざわ》の大河内《おおこうち》愛子です」と女は続けた。

「ああ、はい」と百恵は答え、一人の老女の顔を思い浮かべた。四年前、叔母《おば》の葬儀のときに初めて会って、一言二言会話を交わしただけの仲だった。

「お手紙を書こうと思ったんですがね、電話のほうが何かと便利だし話も早いので、不躾《ぶしつけ》ながらおかけしたんですが、先週ですね、正勝《まさかつ》さん、気分が悪いと言うんで病院に連れて行ったところ、そのまま入院することになりまして、今日検査結果が出たんでございます」

　大河内愛子はそれから十分以上にわたって、百恵の父親の容態《ようだい》について一方的に話し続けた。

5

　アルバイトの岩城と二人で返品の整理をしているときだった。百恵はふいにめまいに襲われてフロアに片膝をついた。親指と中指を開いてまぶたを軽く押す。

「大丈夫ですか、顔色悪いですよ」

岩城が心配そうに顔を覗き込んできた。

「ごめんなさい、十分ぐらいで戻ってきます」

百恵は軍手を外すと、積み上げた段ボール箱の隙間を抜けて階下のトイレに向かった。処方された薬を飲んでも貧血は容易に改善しない。でも、症状が重いのは二日間だけだ。昨日よりだいぶ軽くなっている。

トイレの個室で昼用から夜用のナプキンに交換すると、百恵は人気のない休憩室に入り、換気扇の下でマイルドセブンに火をつけた。だが、一口吸っただけでクラッとしてしまい、あわてて灰皿の中でもみ消した。

煙草は貧血を悪化させる。身体のことを考えれば、禁煙したほうがいいに決まっている。百恵は一瞬ためらった後、まだ買ったばかりのマイルドセブンを思い切ってゴミ箱に捨てた。折りたたみ椅子に腰かけ、指でひねってひしゃげた煙草の箱を眺めているうちに、視界がかすかに滲《にじ》んだ。それがいまの自分の姿に重なって見えたからだ。

西新宿の高層ホテルのバーで別れた次の日、もう一度会ってもらえないか、と津村繁から電話が入った。そのとき百恵はきっぱりと交際を断わり、津村もそれを受け入れたはずだった。だからその後、津村があきらめきれずに電話をかけてきても、二度と出なかった。

「いったいどこでボタンのかけ違いが生じたのでしょうか。いくら考えても分かりません。少なくとも私に落ち度はないはずです。山内さん、せめて電話ぐらい出たらどうですか。失礼ではないですか。電話に出ないなら、明日にでもそちらの書店に伺いますから、私のどこが気に入らないのか、はっきりおっしゃってください」

ある夜、そんな留守電を聞いて百恵はゾッとした。

断わった相手から面会を強要されるようなことがあったらすぐに連絡してほしい、と結婚相談所の担当者から言われていた。ストーカー行為と認められれば会員資格を即刻取り消さざるを得ない、と相手に告げると、ほぼ全員があっさり引き下がるという。明朝さっそく担当者に電話を入れて相談しよう、と百恵は思ったが、それは杞憂《きゆう》だった。その夜のうちに津村から一通のメールが送られてきたのだ。

〈分かりました。あなたはもう別の男と付き合っているのでしょうね。私のように駆け引きや火遊びのできない男なんてつまらないだけなんでしょう。あいにく私は、夜の公園に男を誘うような女性とお付き合いをした経験がありませんから。初めからご縁がなかったわけです。これ以上は時間の無駄なので、あなたのことは潔《いさぎよ》くあきらめることにします。お元気で〉

津村は精一杯の皮肉を込めて書いたつもりなのだろう。四十四歳の独身男性の孤独とプライドは、裏返せば自分のそれと瓜《うり》二つのようにも思え、百恵は居たたまれない気持ちになった。

それ以来、婚活をする気力はすっかり失せてしまい、結婚相談所から新たに十人の男性会員の紹介書が送られてきても、封も切らずに放ってある。

時計を見ると午後三時半。十分ほど休んだだけで体調はずいぶん回復した。こめかみをきりきりと締めつけていた頭痛もいつのまにか消えている。

さて、とつぶやき、百恵は椅子から腰を上げた。午後七時に柏原貴久と神楽坂《かぐらざか》で待ち合わせをしている。柏原から三年ぶりに連絡があり、食事をすることになったのだが、それと津村のことは関係がない。引き金になったのは、大河内愛子から入った電話だった。

山内正勝が末期の膵臓《すいぞう》癌で、余命半年と宣告されたという。二十五年も前に家族を捨てて家を出て行った父のことをいまさら聞かされても、百恵はなんの感慨も覚えなかった。そうか、もう六十八歳なのか、と頭の中で計算しただけだった。だが、死ぬ前に娘に会いたい、と父が病床《びょうしょう》でうわ言のようにくりかえしている、と大河内愛子から電話で伝えられて、自分でも驚くほど動揺してしまった。そんな矢先、まるでタイミングを計ったように、「久しぶりに飯でも食わないか」と柏原から電話が入ったのだった。

あんなにひどい別れ方をしたのに、なぜこんなに気安く電話をかけてこられるのか、百恵は唖然《あぜん》として返す言葉もなかったが、「うまい店を見つけたんだ。有機野菜とワインの店」と臆面《おくめん》もなく続ける相手に「ええ、いいわよ」と気づくと返事をしていた。柏原がいったい何を考えて連絡してきたのか分からない。でも、二人が元の関係に戻ることは絶対にあり得ない。そんな確信があったからこそ、柏原の誘いに乗ったのだった。

休憩室を出て薄暗い通路を歩いていると、エプロンのポケットの中でPHSが鳴った。「はい、山内です」と電話に出ると、「文泉書房《ぶんせんしょぼう》の濱口《はまぐち》主任がいらっしゃってます」と中沢美佐は言ってすぐに電話を切った。

濱口は私を訪ねてきたのだろうか。それとも中沢が忙しくて対応できないのだろうか。もう少し説明してくれればいいのに……。百恵はポケットにPHSを戻すと、一旦三階のバックヤードに戻って岩城に事情を話し、文芸書売り場に向かった。

文泉書房の濱口は営業に来るたびに、他の書店の興味深い取り組みや売れ筋の本の情報など、貴重な話を聞かせてくれるし、注文を取ると長居もせずに帰っていく。とても好感のもてる二十代の営業マンだった。

文芸書売り場のバックヤードでは、中沢がその濱口と話をしていた。百恵が一礼して入っていくと、濱口の隣に腰かけていた男性が立ち上がり、名刺を差し出した。

「初めまして。書籍編集部の柴田と申します」

「お世話になっております。山内と申します」

百恵は副部長の肩書きのついた名刺を一瞥《いちべつ》して、顔を上げた。濱口は短髪できちっとネクタイをしているが、編集部の柴田は長めのもしゃもしゃ髪で、顎ひげをたくわえ、ポロシャツに薄手の上着の軽装だった。

「このたびは『転生の海』に素晴らしい感想コメントを寄せていただき、ありがとうございます。いま、中沢課長にお話をしていたところなんですが、山内さんのコメントを弊社のホームページに掲載させていただきたいと思いまして、その許可をいただきに上がったんです」

思いがけない言葉に百恵はちょっと怖じ気《おけ》づいた。

「あんな拙《つたな》い文章でいいんでしょうか」

「いや、とても心のこもった感想で、そのうえ六百字と百字の二つのパターンで書き分けていただいて、黒崎冬馬先生も大変、喜んでおられました」

「先生も読んでくださったんですか」

百恵はかすかに頬を赤らめた。わざわざ書き分けたわけではなく、感想を書き始めたら長くなってしまったので、依頼された百字の感想も添えただけだった。

「はい、百字コメントは弊社のPR誌に、読者モニターや他店の書店員さんといっしょに掲載させていただき、六百字のほうをホームページに、と考えております」

「ま、光栄なことよね」と中沢は素《そ》っ気《け》なく言って、〈黒崎冬馬サイン会・企画案〉とタイトルのついたA4の用紙を百恵の前に置いた。

「濱口主任から概略を伺いました。当店としては全面的に協力したいと思いますので山内さん、あとはよろしくお願いしますね。私は所用のため本社に参りますので、これで失礼させていただきます」

中沢はそう言うと、さっと腰を上げてバックヤードを出て行った。濱口が会釈《えしゃく》をして百恵に向き直った。

「池袋エリアではブックス・カイエさんを『転生の海』の最重要販促《はんそく》拠点と位置付けています。ここからヒットの火をつけて、書店発のロングセラーに育てていきたいと、そんなふうに思っているんです」

濱口は企画の趣旨を熱心に語った。初回配本は百五十冊。黒崎先生のメッセージ入り色紙を初めとして、ポスター、大小パネル二枚、POPなどの販促ツールは、企画書に示したタイプの中から使い勝手の良いものを山内さんに選んでいただければ、至急こちらで制作して必要な枚数を用意させていただく。サイン会の開催は発売から二週間後の休日の昼、あるいは休前日の夕方にフィックスしたいので、もし可能であればそれまでの二週間、メインの新刊台に『転生の海』をピラミッドのように盛大に積み上げていただきたい。

「ピラミッドですか?」

百恵が驚いた顔をすると、濱口は喜劇の商人役を演じるように大げさにもみ手をした。

「無茶なお願いと承知の上ですが、ぜひ」

百恵は企画書に目を落とした。じつは感想コメントを書く際、黒崎冬馬のデータを調べてみたのだが、初回配本は二十冊から三十冊が妥当《だとう》と思えたし、池袋エリアには大型書店が多く、そもそもブックス・カイエは坪数で三番目だった。この店がどうして最重要拠点と位置付けられたのか分からない。

百恵のそんな疑問を察知したように、柴田が口を開いた。

「黒崎先生のたっての希望なんです。サイン会をするなら、この感想を書いてくださった書店員さんがいるお店でやりたいと。特に山内さんの感想コメントの中で、死を覚悟した男が最後にめぐりあう奇跡の瞬間という一節に、先生はひどく感心されていました」

「あ、その部分ですが、とても気になっていました」

「と言いますと?」

「拝読させていただいた『転生の海』は黒崎先生ご自身の体験が色濃く反映されている作品のように思いましたので、死を覚悟した小説家が、と初めは書いたんです。でも、それでは一般の読者がついてきてくれないような気がして……。すみません、生意気言って」

「いや、その通りだと思います。主人公はまぎれもなく黒崎先生ご自身なんですが、死を覚悟した男というシンプルな言葉によって、愛妻を失った男は誰でも最後に奇跡の瞬間にめぐりあう、というメッセージがより強調されるんじゃないか、とぼくも思います」

柴田の言葉を聞いて、百恵は少し安堵した。

「そうですか、よかった。こうして実際に読んで感動したご本を、お客様に自信を持ってお届けする。そんな機会に初めて恵まれて、とても嬉しいです。でも、サイン会等のイベントはまったく経験がないので、正直な話、何から手をつけたらいいのか……」

柴田が怪訝な顔をしたので、百恵はあわてて続けた。

「こちらで働き始めてまだ一ヶ月なんです。書店員としてはまだほんの駆け出しで」

「大丈夫ですよ」と濱口が笑顔で言った。「整理券の配布から当日の運営まで、私のほうで責任を持ってお手伝いさせていただきますから。まずはサイン会のお知らせポスターの店内掲出と、御社のホームページでの告知ですが、近々に案を作ってお持ちしますので」

そうか、アパレルと違って書籍の流通では、メーカーがそこまでやってくれるのか、と百恵は感心した。

企画案の説明がひと通り終わると、柴田がショルダーバッグからカメラを取り出した。

「すみませんが、お写真を撮らせてください。コメントとともに顔写真をホームページに掲載させていただきたいんです」

顔写真が載ると聞いて、百恵は戸惑った。契約社員の自分がそこまで目立つのは憚《はばか》られる。

「あの、文芸書の責任者は中沢課長ですから、私ではなくて、課長の顔写真を載せていただけませんか」

「山内さんの署名入りのコメントに、中沢課長の顔写真を添えるんですか？　それはあり得ないですよ」

柴田にきっぱりと言われて、百恵は身の縮むような思いがした。

「すみません、常識外れのことを。確かにあり得ませんね。でも、いずれにしても、課長の許可が必要かと」

百恵が過度に頑《かたく》なになったのは、百貨店時代の苦い経験が頭にあったからだった。本社広報部から依頼を受けて、三十代向けの女性ファッション誌の「この秋のヒット確実アイテム」特集に協力したのだが、こちらが告知してほしかった婦人服のフェア企画に関する情報はほとんど掲載されず、最新のブランド服を身にまとった百恵がモデルのようにポーズを決めた写真が大きく掲載されたため、テナントの女性販売員から冷たい視線を浴び、さらに当時の上司から再三にわたって、セクハラまがいの嫌がらせを受けたのだった。

「うーん、どうしましょうか」

柴田は困ったように、しきりに髪をかき上げた。

「じゃあ、山内さん」と濱口がとりなすように言った。「課長の許可が下りたら掲載させていただくということで、とりあえずお写真を撮ってよろしいですね」

ええ、と百恵はしかたなくうなずき、手で軽く髪を押さえながら壁際に立った。バックヤードで撮影するものとばかり思ってそうしたのだが、柴田は文芸書の棚の前で撮りたいと言う。二人に急《せ》かされるように売り場に出ると、百恵は柴田の指示で男性作家の棚の前に立った。

「山内さん、これを胸の前に掲げてください」

柴田が新刊の『転生の海』を差し出した。

「え、もうできているんですか」

百恵が驚いて訊くと、「いや、束《つか》見本です。表紙カバーを巻いただけで、中身は真っ白です」と柴田は答え、一眼レフのデジタルカメラをかまえた。

棚の前で本を選んでいた男性客がカメラに気づいて、あわててその場から離れた。

「すみません、すぐにすみますから」

百恵は客に向かって頭を下げた。レジの女の子が目を丸くしてこちらを見ている。

柴田はファインダーを覗き、それから顔を上げた。

「すみません、本をもう少し持ち上げてもらえますか。はい、それぐらいでいいです。エプロンの店名ロゴと重なってしまうので。じゃ、カメラ目線でお願いします。一旦目をつむって、開けてください。はい、行きます」

シャッター音が響く中、百恵はカメラのレンズをじっと見つめた。顔が少し強ばっているのが分かる。

「リラックスしてくださいね。このまま何枚か撮らせていただきますから。山内さん、ちょっと笑っていただけますか。そうです、そんな感じです」

柴田は立て続けに十数カット撮ると、液晶モニターを覗いて画像を確認し、カメラを差し出した。

「山内さん、このカットなんかどうですか。とても自然な笑顔でいいと思います」

百恵は黙って小さくうなずいた。夕方のこの時刻になると化粧が崩れて肌がテカっているし、ファンデーションがよれてすっかり老《ふ》け顔になっている。しかも今日は貧血気味のために顔色も悪い。せめて化粧を直せばよかったと思ったが、後悔してもすでに遅い。

「おっ、よく撮れてる」と濱口が画像を覗き込んで感心したように言った。「今日はお忙しいところ、ありがとうございました。二三日中にまた伺いますから」

「よろしくお願いします」

百恵が軽く一礼すると、柴田がショルダーバッグを肩にかけながら、小声で言った。

「大変失礼ですが、山内さん、ぼくは一九七五年生まれなんですが、もしかしたら同年代では？」

「ええ、同じ年ですね」と百恵は少し面食らいながらも答えた。

「ああ、やっぱり。小学校のとき、同じ名前の女の子がクラスに二人いたので、懐かしく思い出したんです」

柴田は屈託のない少年のような笑みを浮かべている。

歌手の山口百恵がデビューしたのは、その二年前の一九七三年で、当時はものすごい人気だったという。そのためその後の数年間は、娘に百恵の名をつける親が多かったのだ。

それにしても初対面の男はなぜみんな同じ話をしたがるのか、と百恵は辟易《へきえき》しながらも、柴田が同い年と知って少し驚いた。編集者という職業柄か、くたびれた中年の風情《ふぜい》が漂う百貨店の男性社員と比べてとても若々しく、童顔のせいもあるが、まだ三十代前半に見える。

「山内さん、毎日大量の新刊が発売されますが、『転生の海』をとにかく一人でも多くの読者に届けるために、できたら依怙贔屓《えこひいき》してください。どうかよろしくお願いします」

柴田はそう言って鼻筋にしわを寄せてクシャッと笑い、ぺこりと頭を下げた。その笑顔が一瞬誰かに似ているように思ったが、それが誰なのか思い出せない。

柴田と濱口の後ろ姿を見送り、バックヤードに戻りかけて、弟だと気づいた。もう何年も会っていない四歳下の弟は、中学生の頃はとにかく反抗的で、母親に苦労をかけ通しだったが、高校に上がってとてもやさしい恋人ができると、人が変わったように素直で温厚な青年になった。彼女のおかげだね、と言うと、「よせやい」と弟は言って、鼻筋にしわを寄せてクシャッと笑った。そのときの弟にそっくりだったのだ。

〇

三年ぶりに会った柏原貴久は驚くほど老けていた。顔の皮膚がたるんでいるし、腹の突き出た中年体型になっている。髪も頭頂部が薄くなり、白いものがめっきり増えた。もう五十四歳になるのだから年相応なのかもしれないが、たった三年でこれだけ変わってしまったことには、何かはっきりした原因があるのだろう。百恵はそう思ったが、それをあえて知りたいとは思わなかった。

「有機野菜入りコラーゲン鍋なんてどうだい？　女性客にはとても人気があるらしい」

柏原はメニューを指して、百恵の反応をうかがうように上目づかいになった。

「じゃ、それいただきます」

「ワインはぼくにまかせてくれるね？」

三年のブランクをほとんど感じさせないほど、柏原は自然に振る舞っているが、やはりどこか無理があった。

百恵は二十九から三十六までの七年間、柏原と関係を続けた。柏原にとっては四十四から五十一までの七年間だ。一回り以上離れていれば、不倫カップルに見られるのが普通だろうが、かつて二人で京都や金沢《かなざわ》を旅行したとき、客を見慣れているはずの旅館の仲居にさえ、掛け値なしに夫婦として扱われたものだった。柏原は五十近くになっても、まだ三十代に見られたのだ。

だが、こうして年相応に老けてしまった柏原を前にすると、あの頃の彼の若さがひどく異様なものに思える。それはまるでクローゼットの下の方から見慣れない派手な服を発見し、なぜここにこんな服があるのだろう、と訝《いぶか》しんだ次の瞬間、その原色づかいの服を着てはしゃいでいた昔の自分をふいに思い出し、顔面にさっと血が上るような気恥ずかしさに似ている。

「断わられるかと思ったよ、飯《めし》なんか誘っても」

柏原はそう言って肩をすくめてみせた。かつて婦人服の有能なバイヤーとして飛ぶ鳥を落とす勢いだった頃なら、自分を卑下《ひげ》するようなそんな台詞はむしろ自信の裏返しだったが、いまは言葉通りの意味に受け取れる。

店員がいそいそと白ワインを運んできた。百恵はそのワイングラスを軽く掲げて、「断わられない自信があったから誘ったんでしょ?」と言った。

「いや、どうだろうな」と柏原は言い、グラスのふちを軽く合わせる。

「断わられて元々、断わられなかったらラッキー、それぐらいの気持ちだよ。人間、加齢とともにどんどん図々《ずうずう》しくなる」

柏原との会話は相変わらずテンポがいいが、その軽妙さが逆に痛々しく思える。

「急に老けたから、びっくりしただろ? いろいろあってね。でも、きみはまったく変わらない」

「変わらないなんてありえない。私も三年分だけ歳を取った」

百恵はそう言いながらも、なぜ電話で誘われるままに二つ返事で会うことにしたのか、自分の気持ちが急に分からなくなった。

三年前、柏原は会社の金を横領《おうりよう》して百貨店をクビになった。大した額ではない。架空の領収証を使って七十万円ほど着服したのがばれたのだ。その頃の柏原はサラ金から借金をしてまで競艇《きようてい》にのめり込んでいた。その金は百恵が工面《くめん》して会社にすぐに返したので、警察沙汰《ざた》にならず、懲戒《ちようかい》処分にもならなかったが、その場で退職願を書かされた。二十年以上勤務したのに、もちろん退職金は一円も払われなかった。

柏原はワインを飲み、食事をしながら、その後の三年間のことを問わず語りに話し始めた。三ヶ月ほどは失業保険でしのぎながら職探しに奔走《ほんそう》し、首尾よく大手の不動産会社に再就職が決まった。中古住宅の販売という慣れない仕事だったが、わずか一年のうちに十条《じゆうじよう》支店でトップの成績を上げ、その半年後には副支店長に抜擢《ばつてき》されて、より規模の大きな赤坂《あかさか》支店に異動となった。

「それが去年の今頃のことだ。おれには天性の営業センスがあるんだろうな」

「順風満帆《じゆんぷうまんぱん》だったじゃない」

百恵がそう言うと、柏原はニヤッと笑った。

「相変わらず鋭いね」

「え、なにが?」

「いや、順風満帆だった、と過去形で言うところ。そう、きみとは会えなくなったけど、第二の人生は思っていたより順調にスタートしたはずだった。異動になった途端、女房から離婚を切り出されたんだ」

「そんなことだと思った」

「おれの顔に書いてある?」

まあね、と百恵はうなずいた。でも、そんな話を聞かせたくてわざわざ食事に誘ったの? 柏原を一目見たときの予感が的中してうんざりしたが、重い病気を患《わずら》ってしまい五年後の生存率が何パーセントという話をされるより、ましかもしれなかった。

「とにかく娘と息子が二人とも大学を出るまでと思って、女房は我慢していたと言うんだ。息子の就職が決まったからには、一日でも早くあなたと別れたい。三十年近くにわたって犠牲と忍耐を強《し》いられてきた人生に別れを告げて、これからは一人で自由に生きていくと」

百恵は柏原の妻と一度会ったことがある。彼女は百貨店の従業員専用口で終業時刻に待ち伏せていた。

「私は主人を愛していません。指一本触られても悪寒《おかん》がするほどです。だから、あなた方が陰で何をしていようと勝手ですが、でも、私は絶対に離婚しませんから。今日はそのことを申し上げに来ました。私はあなた方を軽蔑《けいべつ》しています。世間も法律も、あなた方には一切味方しません。それでも主人との関係を続ける気なら、あなたも一生日陰《ひかげ》の身に甘んじる覚悟でお願いします」

冷たい風の吹く冬の夕暮れだった。柏原の妻は厚手のフリースの上にショートコートを羽織って、震えながら早口でそんなことをまくし立てた。

そのとき百恵は三十二歳で、愚かなことに、いままで付き合った中で柏原貴久ほど魅力的な男はいないと信じていた。妻には申し訳なかったが、柏原と別れる気はまったくなかったし、二人の子どもと自分の生活を守るためには、どんな屈辱を受けても絶対に離婚しないと宣言する専業主婦を不憫に思い、同情さえした。

だが、むしろ自分の方こそ同情されていたのだろう、といまになって気づく。柏原は結婚後も入れ代わり立ち代わり女と関係し、百恵が付き合い始めたときには、夫婦関係はもうとっくに崩壊していたのだ。

きみが最後の女だ、と歯の浮くようなことを言う男を、なぜ好きになってしまったのか分からない。身体の相性が良かったという以上に、赤い糸で結ばれているような運命的なものを確かに感じたのだった。だが、もちろん恋はいつか必ず終わりが来るものと分かっていたし、柏原から一円たりとも援助を受けていなかったので、自分を日陰の身とはまったく思っていなかった。

年齢を逆算してみると、あのとき柏原の妻は四十二歳だった。自分がその歳に近づくと、彼女の気持ちが身に沁みてよく分かる。

「奥さんに捨てられて、さみしくなったから、また私のことを思い出したわけね」

口に出して言ってみると、ほんとうに安っぽい演歌のようで、百恵は恥じ入る気持ちになった。

「それだけじゃない」と柏原は言った。「きみとよりを戻せるなら、戻したいと」

「冗談ですよね?」

百恵は呆気にとられて柏原の顔を見た。あまりの情けなさに笑いが込み上げてきて、その笑いは止まらなくなり、しまいには涙が滲んだ。

三年前、別れを切り出したのは柏原の方だった。失業保険が下りれば、七十万円はすぐに返せる。それで終わりにしよう。会社をクビになり、そのうえ家庭を失ったら、おれは再起できなくなる、と彼は涙ながらに訴えたのだ。

大丈夫です、私は貴久さんの味方ですから、と百恵は言ったが、おれはきみが考えているほど強くない、別れるしかないんだ、これはきみの将来のことを思って言っているんだ、と柏原はくりかえすばかりだった。

「きみはそうして笑うんだね。いいよ。こちらにはいつでも冗談にする準備はできているから」

なんだ、この男は……。百恵は呆然とした。一時期はほんとうに心から愛した男だった。未婚の母になってもいいから、身ごもった彼の子を産みたいと思った、その男がいま目の前で無残で滑稽《こっけい》な姿をさらしている。

いつでも冗談にする準備はできている？　百恵はそんな柏原に誘われるまま、今日ここに来たことを後悔したが、もう二度とこの人と会うことはないだろう、と心に決めてしまうと、まるで若い頃に流行《はや》った映画のリバイバル上映をふたたび二人で見ているような、ちょっぴり甘悲しい感情が押し寄せてきた。

「きみはどうだい。書店の仕事はだいぶ慣れた？」

いかにも知っている口ぶりだった。この三年間、柏原とはまったく連絡を取っていない。なぜ知っているのかと訊くと、柏原はかつて百貨店で同僚だった女性社員の名前を出した。百恵はいまでも彼女と連絡を取り合っている。だから近況が柏原の耳に入っても少しもふしぎなことではなかった。

「ええ、仕事の方はなんとか」

百恵はそう答え、皿の上のペンネと温野菜を一口ずつ食べてから顔を上げた。

「それより、結婚相談所に登録して何人か紹介してもらったの。でももうやめました。どなたとも縁がなくて」

「結婚相談所」と柏原はくりかえした。「本気で結婚相手を？」

「当たり前じゃないですか。冗談でけっこうな額の会費を払ったりしませんよ。私の場合、条件を初婚に限ったから尚更《なおさら》だと思うんですけど、結婚相談所に登録する男性って、自分から女性にアプローチできない人ばかりで、生まれてから四十数年間、まったく女性とつきあったことのない人たちがほとんどなんです。そういう人たちの中から、残された人生を共にしたいと思えるような人を見つけるなんて、到底無理だと分かったんです。実際、何人お会いしても、そんな人はいなかった」

そうか、と柏原はつぶやき、がっくりとうなだれた。

なんなのその顔、芝居じみている、とかつての百恵なら笑って言い返しただろうが、柏原はほんとうに憔悴《しょうすい》した顔をしている。

「きみのような女性なら望みさえすればいつでも結婚できた。言い寄ってくる男はたくさんいただろう？　それなのに七年間もおれが独占してしまった。申し訳なく思っているんだ、そのことをいままでも」

「申し訳ないと言われて、喜ぶ女がいると思います？」

「いや、きみは後悔してないと言ってくれたけど、でもいまになってみると、やっぱり悔やんでいるんじゃないかと」

「ねえ、悔やんでないから、安心して」

これ以上それをあなたに言われたら、ほんとに悔やむことになってしまうから、という言葉を百恵は呑み込んだ。柏原は少し安心したのか、涙目になっている。

「じつはね、聞いてほしいことがあるんです。話したところでどうなるわけではないんだけど」

百恵がそう言うと、柏原の顔が急に明るくなった。

「いつか父の話をしたことあるけど、覚えてます？」

「ああ、ストーリーの骨格しか覚えてないけど」

柏原のそんな言い回しがとても洒脱《しゃだつ》に思えて、それが昔はたまらなく魅力的にも思えたものだった。

「こんな話だったな」と柏原は記憶を辿るように言った。「子どもの頃、母に暴力をふるう父を嫌悪していた。きみ自身も父の言葉の暴力におびえて育った。きみが中学生のときだったか、父がギャンブルのために莫大《ばくだい》な借金を抱えて夜逃げをした。押印《おういん》済みの離婚届を置いて、一人でどこかに失踪《しっそう》した。父の消息が分かったのは数年後のことだ。スキー場の近くの雪深い町で二人の女性と暮らしていた。しかも二人は高齢の姉妹だった」

「そう、だいたい合ってる。その越後湯沢に住んでいる姉妹の妹の方から、このあいだ突然電話が入ったの。父が末期癌で余命半年だと。生命保険の受け取り人をあなたに指定したから受け取ってほしい。そのかわり葬儀の喪主《もしゅ》を務めて、親戚への連絡など失礼にならないように納骨まで取り仕切ってほしい。それが父の願いだと。家族を捨てて二十五年間音信不通のままで、最後だけ娘にそんなことを頼むなんて、いったいどういう神経してるの」

百恵は話しているうちに無性《むしょう》に腹が立ってきた。

「ごめんなさい。やっぱりあなたに言ってもどうにもならない話だった」

ううん、と柏原は首を振った。

「保険金はいくら」

「大した額じゃない。三百万円」

「いや、大した額だよ。お父さんはいくつなの」

「六十八。姉妹は七十七と八十二」

「ああ、ほんとにおばあさんなんだ? ふしぎだよね、当然、性的な関係もあったんだろうし」

柏原ののんびりとした口調に、百恵は目のふちがカッと熱くなるのを感じた。

「どうして、そんな話をするんですか」

「ごめん。でも、きみがひっかかっているのは、そういう部分もあるわけだよね。三人で暮らし始めたのはいつごろだか分かる？」

「二十年前ぐらいだと思う」

「じゃ、お父さんはそのとき四十八。で、姉妹が五十七と六十二か。ありうるな、十分。その姉妹がお父さんの借金の肩代わりをしてくれたんだろう？」

「自己破産したはずだから、肩代わりしたわけではないと思います。でも一文無《いちもんな》しの父の面倒を見たのは確か」

「その辺の事情は誰から聞いたの？」

「叔母がね、父の妹がたまに連絡を取って、母にそれを伝えていたの。でも母は八年前に亡くなったし、叔母も四年前に亡くなった……。そうだ、叔母の葬儀のとき、その姉妹が香典《こうでん》を持って突然現われたんです、父の代理だと言って。私はそのときに一度会っただけ。ねえ、母は女手一つで私と弟を育てて、二人とも大学まで行かせてくれた。休む暇もなく働いて五十六で亡くなった。母は父に殺されたようなものなんです。そんな父が最後に娘に頼ってくるなんて、虫が良すぎませんか」

「うーん、でもね」と柏原は上目づかいになって言った。「おれにも二十五の娘と二十三の息子がいる。離婚してから二人とは会ってないが、もしおれが倒れたら、子どもたちは病《やまい》の床《とこ》に訪ねてきてくれると信じている。妻とは他人になっても、血のつながりは死ぬまで続くんだから」

こんなお涙頂戴《なみだちょうだい》の話になるなら、相談などしなければよかった、と百恵は思った。

「つまり保険金を受け取って、娘としての務めを果たすべきだと言ってるわけですか」

「いや、きみはこうすべき、なんておれには言えない。父親の気持ちを伝えただけだよ。その姉妹がお父さんの身の回りの世話をしてくれているなら、保険金の受け取り人を姉妹のどちらかに書き換えて、二人にお任せするという手はあると思うけど」

そうしよう、と百恵も思っていた。だが、そんな金は受け取れない、と大河内愛子は答えるだろう。姉妹はそれなりの財産を持っている。先日の電話の様子からすれば、これはお金の問題ではないのだ、と答えるにちがいない。どんな事情があったのか知らないが、姉妹は二人とも生涯独身だった。

「さて次、何を頼もうか」

柏原はメニューを開いた。面倒な話は一段落ついたと思っているような口ぶりだった。

百恵はため息をつき、「もうお腹いっぱい」と言った。

「じゃ、ここはいったん締めるか」

柏原はあっさりとそう言って精算をすませると、店長に見送られて店を出た。いかにも神楽坂らしい石畳の細い路地が続いている。柏原はその道を右に左に曲がりながら、さりげなく百恵の手を握ってきた。

「二人だけになれる、静かなところに行きたいね」

耳元でそう言って、いきなり肩を抱き寄せてきた。

「なんなんですか」

百恵は身をよじって、柏原の腕から逃れた。

「ごめん、焼きが回ったな、ちょっと焦《あせ》りすぎだ」

柏原は頭をかきながら坂道を下っていく。

「やり直しはできないんだね？」

「はい」と百恵は短く答えた。

「あの頃に戻りたいなんて、老人のたわごとなのか」

「はい、たわごとです。まだ老人ではないですけど」

「ねえ、どうだろう。最後にもう一度だけきみを抱きたい。そうしておれは今夜の思い出を宝物のように大切にして、これから一人で生きていく」

いったいどんな顔をしてそんなことを言っているのだろう。百恵は横目でちらりと柏原の顔を見た。だが、暗くてよく分からない。

「それって、臨終《りんじゅう》のとき、娘にはベッドの脇にいてほしいって、それと同じことですよね。違いますか」

「いい歳をして甘えるな、ってわけだな」

「そうです。もう一度言いますね。私は後悔していません、あなたとおつきあいした七年間のことを。いつまでも大切な思い出として、心にしまっておこうと思っています。でも、とっくに終わったんですよ、貴久さん、もう私を解放してください」

柏原の顔がみるみる歪《ゆが》んで泣きそうになった。

「悪いが、山内くん、おれはここで煙草を一本吸う。駅はすぐそこだ。ここで別れよう」

山内くん。それはまだ知り合って間もない頃の呼び方だった。百恵はクスッと笑い、「さようなら」と言った。

うん、と柏原はうなずいただけで、煙草をくわえたままそっぽを向いている。五十四にもなって、なんて子どもっぽい男だろう、と百恵は思ったが、同情は禁物だ。妻に捨てられた男の淋しさにいちいちつきあっていたら、また人生の足元をすくわれてしまう。

「さようなら、貴久さん」

百恵はそう言って深々と一礼し、飯田橋《いいだばし》駅に向かって踵《きびす》を返した。

6

百枚用意した整理券は、サイン会の当日になっても大量に余っていたし、開始時刻まで三十分と迫っても七人の客が列を作っているだけだった。

「柴田さん、呼び込みやりましょう」

販売部の濱口に声をかけられて、直太朗は文芸書売り場の山内百恵とともに店頭に立った。

七月半ばの金曜日、夕方五時半。暑さはもう昼間ほどきびしくないが、客たちはシャツの襟元をつまんでパタパタと肌に風を送り込みながら書店に入ってくる。

「まもなくサイン会が始まります！　ただいま、黒崎冬馬先生の新刊『転生の海』をお買い上げのお客様に、サイン会の参加整理券をお配りしております！」

三人で声を合わせて連呼し、チラシを撒《ま》いた。だが、サイン会場に足を向ける客はほとんどいない。フロア責任者の中沢美佐が文具売り場のスタッフにも声をかけ、総勢十名ほどが店頭に立って呼びかけを続けた。それが功を奏したのか、黒崎冬馬が書店に到着したときには、列は三十人ほどまで伸びていた。

おかげさまで助かりました、と百恵はホッとしたように頭を下げたが、礼を言いたいのは直太朗のほうだった。数人しか集まらなかったら、サイン会は十分足らずで終わってしまう。それではあまりにも淋しいので、その場合はすぐに近くの喫茶店に移動して読者との茶話《さわ》会に企画を変更したい、と黒崎は冗談で言っていたが、それが現実になりそうだったのだ。

直太朗は黒崎を控え室に案内し、段取りを簡単に確認すると、スタッフとともに特設会場に入った。列の先頭にいる二人の中年女性は熱心な読者なのだろう。一時間ほど前から並んでいたが、黒崎が姿を現わすと、「あ、いらっしゃった」と目を輝かせた。

まず中沢美佐が会場の客に礼を述べ、続いて直太朗が『転生の海』の内容を手短に紹介し、それから黒崎冬馬がマイクの前に立った。

執筆中のエピソードを交えながら、この長編にかける意気込みを十分程度で、と打ち合わせたのだが、黒崎の話はたちまち熱を帯びて、十五分経っても終わらない。

「深夜の書斎で亡き妻と会話をしながら、この小説を書き続けました。それはこのうえなく楽しい時間であり、私の生き甲斐《がい》でもあった。しかし最後の一行を書いた途端、妻との会話は途絶えてしまう。それが恐ろしくて何度も読み返しては推敲《すいこう》し、妻のつぶやきに耳を傾けながら、一言一句《いちごんいっく》に磨きをかけた。そうしていつまでも書き続けていたかったのに、担当編集者の柴田くんが無理やり原稿を奪い取って印刷所に入れてしまったものだから、私はしばらく呆然自失の体《てい》となって……」

黒崎の話にじっと耳を傾けていた客たちも、直太朗自身も、それをジョークだと思ってクスッと笑ったが、黒崎は笑みも見せずに話し続けた。

「いや、泣き言はこれぐらいにしましょう。じつはこの書店の一人の店員さんがいち早く拙著を読んで、とても嬉しい感想を書いてくださった。一部分を紹介させていただきますね」

黒崎はそう言ってメガネをかけ、上着の内ポケットから一枚の紙を取り出すと、静かに読み上げた。

「読み終えて本を閉じたあと、私は言葉を失ったまま、しばらく呆然としてしまいました。主人公が抱えた喪失感の大きさに、そして愛の深さとちょうど釣り合うだけの孤独の深さに、身震いするほどの衝撃を受けたのです。でも経験したにしろ、一夜の夢に見たにしろ、誰もがここに描かれた恋愛に身におぼえがあるのではないでしょうか。切なくて、苦しくて、でも懐かしい。この小説には、死を覚悟した男が最後にめぐりあう奇跡の瞬間が描かれています。しかもそれは、映画やドラマではなく、小説だからこそ起きた奇跡です。一人でも多くの読者がその大いなる瞬間に立ち会えますように」

黒崎は手元の紙から顔を上げ、百恵に向かって小さくうなずいてから続けた。

「まことに作家冥利《みょうり》に尽きる言葉です。どうもありがとう、山内さん」

百恵は恥ずかしそうに目のふちを赤らめ、山内という名前を隠すようにエプロンの名札に手を当てて、少女のようにはにかんでいる。

色白できりっとした細面《ほそおもて》の顔と、いつもぴんと背筋を伸ばして応対するその姿から、直太朗は普段からとても落ち着いた大人の女性の印象を受けていたので、そんな彼女を見るのは初めてだった。

会場を見渡すと、黒崎が話しているあいだも客の列が少しずつ伸びていくのが分かった。文庫の棚や雑誌コーナーにたむろしていた人々が、黒崎の話に興味を引かれたのか、間仕切りの向こうから一人二人とこちらにやってくる。

「……でもそれは、小説の中だけで起きた奇跡であり、私の現実の人生でそのような瞬間はいまだ訪れていません。もう一度妻と会いたい。もう一度会って、どうしても訊きたいことがある。そのために私はこの小説を書き続けてきました。もう少しで、ほんとうにもう少しで、奇跡は起きたかもしれないのに、こうして一冊の本という商品になってしまったことで、その至福の瞬間は、物語の闇の中で永遠に宙づりになったまま……」

黒崎は目を潤《うる》ませ、声をつまらせた。列の先頭二人の女性はもらい泣きをしている。目頭にハンカチを当てている女性の姿も見えた。

「申し訳ない。また泣き言だ。とはいえ、編集者の熱意がなければ、この小説は永遠に未完のまま世に出ることもなく、こうして皆さんにお読みいただく機会も訪れなかったでしょう。その意味では、編集と営業のスタッフ、書店の方々、そして読者の皆さんに感謝しなければならないと思います。どうもありがとう」

黒崎がそう言って一礼すると、会場から大きな拍手が沸き起こった。その拍手につられて客がさらに増えていき、黒崎が着席してサインを始めたときには、列はすでに六十人近くに達していた。

先頭にいた女性は尋《たず》ねたいことを忘れないように書きとめてきたのだろう。テーブル越しに黒崎と対面するなりメモ用紙を開いて、矢継ぎ早に質問をした。

黒崎はそれらの一つ一つに丁寧に答え、新刊の見返しに筆ペンで署名すると、相手の名前を確認して為書《ためがき》を入れ、さらに短い一文を書き添える。それだけでたっぷり五分かかった。この調子で続けたら、六十人のサインを終えるまでに五時間かかってしまう計算になる。

直太朗は黒崎のとなりに腰かけて、署名の下に落款《らっかん》を押し、朱肉でページが汚れないように半紙を挟んで読者に本を手渡した。そうして十人ほど進んだとき、ポケットの中で携帯がブルブルッと震えた。確認すると母親からだった。直太朗は押印の係を濱口に代わってもらい、席を外して電話に出た。

「ああ、直ちゃん、じつはね、菜摘が大変なの。今日はこっちに帰れない?」と母はこちらの都合も確認せずにいきなり話し始めた。

「帰るとしてもかなり遅くなるけど、何があったの」

「もう大変なことがいろいろあって、いまやっと家に帰って来たところなんだけど、先方の言い分と、先生のおっしゃることが全然違うから、菜摘が被害者なのか、加害者なのか、それさえ分からなくて……。でも先方は、学校管理下でのケガについては学校の監督責任だから、今後の対応次第では、学校に損害賠償を請求することも検討するなんて、難しいことを言い出すし」

「母さん、落ち着いて」と直太朗は言った。「だから何があったの。菜摘がケガしたわけじゃないんだね?」

「それがね、菜摘が友だちにケガを負わせたって連絡を受けて、担任の先生といっしょに先方のお宅に行って来たの。肩の関節の脱臼《だっきゅう》ですって。転んだときに身体を支えようとして腕を後ろ向きに無理に動かして外れたらしいの。でもね、話を聞いてみると、その子が脱臼したのは菜摘のせいじゃなくて、菜摘はただ巻き込まれただけで……」

　母の話はまったく要領を得なかったが、相手は女の子ではなく男の子で、医師の診断は全治三週間だったことや、菜摘がショックでずっと部屋に閉じこもっていることなどを確認すると、直太朗はさらに話を続けようとする母をさえぎった。

「ごめん、いまは仕事中なんだ。作家先生のサイン会。まだ始まったばかりなんだよ」

「ねえ、直ちゃん、菜摘の様子がとにかくいつもと全然違うの。いくら話しかけても一言も口もきいてくれないし、こんなの初めてよ。いったいどうしたっていうの。だからあなたからも聞いてほしいの。何があったのか、菜摘から直接」

「分かったよ、母さん。でも仕事を終えてすぐに帰っても深夜になってしまうから、明日の朝、いつもより早くそっちに行くようにするから」

「お父さんもひどいのよ。菜摘が反抗的な態度をとるようになったのは、おまえの躾《しつけ》が悪いからだとか言って、さっさと風呂に入って、もう一人で晩酌《ばんしゃく》始めているのよ。菜摘と話もしようとしないで」

　母は興奮していて会話にならない。サイン会の終了後には打ち上げが入っている。二次会に流れずに帰ったとしても、我孫子の実家に着くのは十一時をすぎてしまうが、しかたない。

「分かった。じゃ、遅くなるけどとにかく帰るから」と直太朗は言って、電話を切った。

○

サイン会の参加者は最終的に七十七名に達し、大盛況のうちに終えたので、黒崎冬馬は打ち上げの席でもひどく機嫌がよかった。

中沢美佐は黒崎に寄り添うように座って、おしぼりを手渡したり、黒崎の好みを確認して料理を小皿に取り分けたりと、甲斐甲斐《かいがい》しく世話を焼いている。

予約を入れておいた居酒屋の個室は五人がテーブルを囲むには少し狭かったが、おたがいの距離が近い分だけ、和気あいあいとした雰囲気になった。

「黒崎先生、奥さまへの思いがご本に結晶するまでのお話、大変興味深く拝聴いたしました」

美佐が黒崎のグラスにビールを注ぎながらそう言うと、濱口がテーブルに身を乗り出した。

「先生、もしよろしければ、次回はぜひトークイベントを企画させてください。中沢さん、いかがでしょう」

「それは私からもぜひ。お客様も皆さん、ほんとうに熱心に聞いて下さって大成功でしたから。先生、お忙しいとは存じますが」

「ええ、機会があれば」と黒崎は短く応じた。

さほど乗り気ではなさそうだったし、新作の刊行時期を外したトークイベントには担当編集者としてもあまり意味を見いだせなかったが、ここは販促会議の場ではない。直太朗は手帳を開いて、その件を簡単に書きとめた。

「それでは黒崎さん、実施のタイミングや内容については、また相談させてください」

うん、と黒崎は軽くうなずいただけでその話を終わらせ、少し顔を上向けてビールをごくりと飲むと、百恵に向かってクシャッと笑ってみせた。

「いや、山内さん、ほんとにいい文章でした。あなたは書店で働き始めて、まだ三ヶ月も経っていないんですって？　柴田くんから聞いて驚きましたよ。やっぱり本が好きだから、書店で働こうと？」

「ええ、本は好きですけど、でも、そんな私の個人的な話などしても、全然おもしろくないと」

百恵は困惑したように肩をすぼめ、目を瞬《しばたた》いた。

「大丈夫。私は興信所じゃないからね、普通に話してくれたらいい。第一、新刊を読んでくれた書店員さんと、こうしてゆっくり話す機会なんて滅多《めった》にないんだ」

「はい」と百恵は小声で答えたが、なかなか話し出そうとしない。作家に失礼にならないように慎重に言葉を選んでいるのだろう、と直太朗は思ったが、沈黙が長引くにつれ彼女はテーブルの料理をぼんやり眺めているだけのようにも見えてきた。心なしか顔色もすぐれない。

美佐が業《ごう》を煮やしたように口を開いた。

「山内さんは百貨店でキャリアを積んでいるので、安心して文芸書の担当をしてもらったんです」

「なるほど、そうでしたか」と黒崎がうなずいた。「百貨店は長くお勤めだったんですか」

「はい、十六年、婦人服一筋でした」

「私は今年で作家生活二十年だから、うん、それは十分なキャリアだ」

「転職するにあたって同業他社をいくつか受けたんですが、でもキャリアを評価していただこうにも、それ以前に年齢がネックになってしまって……。苦戦しましたが、幸いにも当店に採用していただきまして」

「やっぱりこうして話を聞いていると、興信所の調査みたいになってしまうね。本がお好きですか、と初めから訊けばよかったんだな」

「学生時代は小説を夢中になって読みましたが、就職してからは、せいぜい月に二冊か三冊で」

「それなら、かなり読んでいるほうじゃないか？」

「ですね。データによれば、小説は年に三、四冊といったところですから、サラリーマンの平均値は」

直太朗はそんな受け答えをしながらも、先ほどから頭の隅では別のことを考えていた。肩関節の脱臼で全治三週間。もし菜摘がそんなケガをしたなら、こんなに落ち着いてはいられない。黒崎に事情を説明して、娘の元に駆けつけているだろう。いや、菜摘の身になって考えれば、むしろ自分が被害者だったほうが気が楽かもしれない。理由はどうであれ、友だちにケガを負わせてしまったのだから。居たたまれない思いに苛《さいな》まれて子ども部屋で悶々《もんもん》としている娘の姿を思い浮かべると、息苦しくなってビールも喉を通らない。

「あの」と百恵がおずおずと言った。「先生の小説のお話をしてよろしいですか」

その言葉に黒崎が顔をほころばせた。

「うんうん、やっと本題に入ったね。どうぞ」

「こうして直接お話しできるなら、改めて読み直してくるべきだったんですが、すみません、ずいぶん前に読んだので記憶も曖昧《あいまい》になってますが、先生のご本はデビュー作から四冊読ませていただきました」

「なんだ、それを先に言ってくれればよかったのに」と黒崎が嬉しそうに言い、「山内さんは、そんなに前から先生のファンだったんですね」と濱口が応じた。

そこから急に二人の会話が弾んだ。直太朗は口を挟むことなく、聞き役に徹することにした。

「ハードボイルドと言ってよろしいんですよね。初めて読むジャンルだったので、ちょっとびっくりしました」

「何に驚いたの」

「とにかく主人公が強靱《きょうじん》な意志の持ち主で、どんな困難にも果敢に立ち向かっていく姿ですとか、見えない相手を何十時間もノンストップで追い続ける姿ですとか」

「そうそう、主人公はいったいいつ寝て、いつ食べてるのかと、よく揶揄《やゆ》されたものです。何度か大きな賞の候補に入れてもらったが、この作者は人間が描けていない、と意地の悪い選考委員に必ず言われて落とされた」

「その選考委員の先生」と濱口が皮肉めいた口調で言った。「女性と食事する場面と寝る場面、よく書いてらっしゃいますよね。というか、その場面が交互に出てきて、男女が深みにはまっていく。そんな話ばかりで」

「まあ、そうだね」と黒崎は苦笑した。「でも、その話はやめときましょう。あなたのところからも、先生は何冊か出しているでしょう」

「はい、そうでした。すみませんです」

濱口は肩をすくめ、中指の先を曲げて頭をかいた。

「ええ、でも」と百恵は話を続けた。「人間が描けていない、なんてことはないと思います。先生のお書きになる主人公、うまく言えませんが、意外なときに人間の脆《もろ》さを見せるんですよね。そこが魅力的で、だから感情移入できたんだと思います。それまで読んでいたのは、女性作家の恋愛ものばかりで、いわゆる道ならぬ恋や、叶《かな》わぬ恋の話ばかりだったんですが、でも先生の小説はいつも男女のあいだにきちんとした信頼関係が築かれています。それがとっても新鮮で、読みながら励まされたり、勇気づけられたりしました」

「いや、それにしても嬉しいな。二十年前のデビュー作について、こんなに熱っぽく語ってくれる読者がいるなんて。それはいつ頃読んでくれたの」

「はい、ほとんどリアルタイムで。大学に入った年に先生がデビューされて、四部作が完結した年に卒業したんです。なので、すみませんが、就職してから先生のご本とはちょっと離れてしまって」

「当時のボーイフレンドに勧められて読んだのかな、私の小説は」

百恵は少しためらってから、ええ、とうなずいた。

「そうだろうね。あの頃の私の読者はとにかく男ばかりで、若い女の子が読んでいるなんて話は聞いたことがなかった。でもそうか、あなたは二十年前に十九歳だったわけだ」

「あら、先生」とそれまで黙っていた美佐が口を挟んだ。「女の歳をわざわざ確認するなんて！」

黒崎は横目でちらっと美佐のほうを見たが何も言わず、ビールをぐいと飲み干した。美佐は間髪をいれず黒崎のグラスにビールを注ぎながら、「失礼よねえ？」と百恵に同意を求めた。百恵は困ったように首をかしげただけで黙っている。

「ねえ、山内さん」と黒崎は続けた。「また妻の話になってしまうが、三十九で亡くなったからね」

「ええ、『転生の海』を読んで真っ先に気になったのが、そのことでした。奥さまはまさに、いまの私の歳で」

「そんな若さで逝《い》ってしまった妻にとって、最期は無念の二文字だったろう。ずっとそう思っていたのに、あなたは懐かしいと言ってくれた。まずそこに意表をつかれたんだ」

「はい、自分でもふしぎでした。奥さまはいまの私の歳で亡くなってしまわれたのか。そう思った途端、奥さまの人生がとても愛おしくなって、主人公と妻の霊の逢瀬《おうせ》の場面では、デジャヴュというんでしょうか、まるで自分がかつて、そっくりそのまま同じ経験をしたような懐かしさが込み上げてきて……。それに実際、その場面を初めて読むはずなのに、一行一行がとにかく懐かしく感じられたんです」

「それはどういうことなんだろう。あなたはこう書いてくれましたよね。経験したにしろ、一夜の夢に見たにしろ、誰もがここに描かれた恋愛に身におぼえがあるのではないかと。きっとあなたにもそんな経験がおありなんでしょう。私の小説とあなたの思い出がシンクロして、懐かしさを覚えたのではないですか」

黒崎の問いかけに、百恵が一瞬眉をひそめた。すぐに温和な表情に戻ったが、唇の端をしぼり上げて無理に笑みを作っているように見える。

直太朗はそんな百恵を見て、急に落ち着かない気持ちになった。だが、それが恋愛感情でないことは、すぐに分かった。少年時代からずっと自分が一目惚れしやすい男だと直太朗は自覚している。初恋の相手から別れた妻まで、ほとんど出会い頭《がしら》に恋に落ちたのだ。

でも、百恵に対してはそうではなかった。恋愛感情を抜きにして、一人の女性として強く意識する。この人と親しくなりたいとか、露骨に言えば自分のものにしたいという欲望ではなく、この人のことをもっと知りたいと思う。この歳になるまで、それは経験したことのない心の動きだったので、直太朗は少し戸惑った。

「いや、失礼」と黒崎がしばらくしてから言った。「不躾な物言いでした」

いいえ、と百恵は首を軽く横に振って続けた。

「私はご本を読みながら、そのとき奥さまの霊と一体になっていたのではないかと思うんです。私が先生の本を読んでいるのではなくて、三十九歳で亡くなられた奥さまの霊が、同い年の私の目を通して逢瀬の場面を読んでいる。妙な言い方ですが、そんな気がしたんです。だからこんなにも懐かしく感じられるのだろうと、本を閉じてしばらくしてから、気づいたんです」

「ああ、そうなのか」と黒崎は感嘆したように言った。「あなたが奇跡と言ったのは、主人公と妻の霊の一度限りの逢瀬のことではなくて、そのことを指していたんですね。だからこそ懐かしく感じられたと」

「そうです。とってもふしぎな読書体験でした。言葉足らずですみません」

百恵はそう言ってハンドバッグを手に持って腰を上げると、「すみません、ちょっと失礼します」と頭を下げ、ドアを開けて個室から出ていった。

「黒崎さん」と直太朗は言った。「山内さんのような読み方もあるんですね。感心しました。切なくて、苦しくて、でも懐かしい。それは小説の感想であると同時に、妻の霊のつぶやきでもあったんですね」

「うん、そういうことなんだろうね。亡き妻が読者の目を借りて、私の小説を読む……。こんなに深い読まれ方をしたのは初めてかもしれない」

黒崎はそう言って上着のポケットに手を入れ、美佐の顔を見た。

「えーと、あなたは」

「はい、中沢です」

「うん、中沢さん、申し訳ないが私はニコチン中毒なので、ちょっと煙たいけど、我慢してください」

黒崎はそう言って煙草を取り出し、ライターですばやく火をつけた。深々と吸い込み、ゆっくりと吐き出す。美佐が灰皿を差し出すと、ありがとう、と黒崎はきちんと礼を言い、煙草を軽く叩いて灰を落とした。

「それにしても」と濱口が言った。「小説は初めから終わりまで主人公の視点で書かれていますよね。それを妻の視点から読むなんて、まったく思いつきもしなかった。やっぱり女性特有の読み方なんでしょうかね」

うんうん、と黒崎は満足そうにうなずいただけでそれには答えず、「冷酒を少しいただこうかな」と言った。

それ以後、話題は小説から離れ、熱中症の予防策や、ＮＨＫの朝のドラマの人気について、漱石《そうせき》や太宰《だざい》などの文学作品が無料の電子書籍で読めるようになって文庫の売り上げはどの程度影響を受けているか、などなど話はあちこちに飛び、酒が進むにつれて黒崎もしばしば冗談を口にするようになり、他愛ない雑談へと移っていった。

中沢さんも山内さんも土日勤務なので、会社員の彼氏ができても休日にデートもできないわけですね、と濱口が言い、美佐がそれに対して、休日はおろか平日も午後一時から十時までの遅番シフトが基本なので、自由になるのは午前中しかない。そんな時間にデートできる男性がいたらぜひ紹介してほしいと言った。

そんな話の流れから気安く出た言葉なのだろう。美佐が黒崎のぐい呑みに冷酒を注ぎながら言った。

「先生、再婚はまったく考えてらっしゃらないんですか？　伴侶《はんりょ》の七回忌をすませた頃、再婚する男性が多いと聞きましたよ」

そのあまりに無遠慮な物言いに直太朗は面食らった。『転生の海』には妻の七回忌法要の場面も出てくる。

「中沢さん、ちょっと……」

直太朗が口を開きかけたとき、黒崎がそれをさえぎるように「まあ、そうだねえ」とのんびりした口調で言った。「風邪を引いて寝込んだときなどは、そんなことを考えないこともないがね、平熱に戻って体力が回復すると、やっぱり一人暮らしのほうが気楽でいいと……。でも、そうか、女性お二人が独身なら、今日は全員が独身なんだね。事情はそれぞれ異なるにしても」

「事情ですか?」と濱口が言った。「柴田さんはともかく、私には取り立てて事情も何もありませんが」

「あなたはいくつになりますか」

「今年、三十になります」

「そうか、私はその歳で所帯を持った。デビュー作が本になって少しばかり印税が入ったからね。その金で結婚指輪を買って、アパートの敷金礼金を払った。ダイニングのテーブルも印税で買ったんだったかな。それで使い果たしたから、早く二冊目を書くしかなかった」

「先生、その頃の奥さまとのお話も読んでみたいです」

美佐がそう言うと、黒崎はうなずいた。

「そんな声があるなら、いつか書かないといけないね」

黒崎は見た目よりも酔っているのだろう、と直太朗は思った。いつもそんな心にもない軽口は叩かない。

腕時計に目をやると、まもなく九時半だった。直太朗は会話が一段落したときを見計らって席を立った。そしてトイレで用を足すと、部屋に戻る前に廊下の隅で携帯電話を取り出して、メールを打った。

〈菜摘、もう寝ていたかな。起こしちゃったらごめん。おばあちゃんから少しだけ話を聞いたけど、今日は大変だったね。今夜は遅くなるけど、帰ります。明日の朝、久しぶりに二人でジョギングしないか？　父さんはもう一ヶ月近くサボっているから、息がすぐに上がっちゃうかもしれない。だから菜摘、父さんにつきあってね。じゃ、おやすみなさい〉

送信ボタンを押すと、メッセージは瞬時に菜摘のスマートフォンに届く。きっとまだ起きているだろうから返事が届くかもしれない。直太朗はそう思い、その場で五分ほど待ってみた。だが、メールは返ってこない。

ベッドの中でスマホの画面をちらりと見ただけで、それをすぐに枕元に戻す。そして枕に顔を押しつけて、ため息をつく。そんな菜摘の姿を思い浮かべながら個室に戻ると、濱口が声をかけてきた。

「山内さんを見かけませんでした？」

いや、と直太朗は首を振った。確かに百恵が席を立ってからたっぷり三十分は経っている。トイレにしては長すぎると、あえて口にするのは憚られるが、誰もがそのことを気にかけていたにちがいない。

「まさかトイレで倒れてるなんてことはないだろうな」

黒崎の言葉に、美佐があわてて腰を上げた。

「ちょっと様子を見てきます」

そのときドアが開いて、百恵が戻ってきた。

「大丈夫?」と美佐が小声で言った。

「すみません。長いこと中座してしまって」

百恵は軽く頭を下げて、自分の席に腰を下ろした。

化粧を直してきたのだろう。直太朗にさえそれが一目で分かった。顔色の悪さをカバーするためなのか、頰のチークがやけに目立つ。

「調子が悪いようですね。そろそろお開きにしましょうか」と黒崎が言った。

百恵はあわてて首を横に振った。

「お料理もお酒もまだたくさん残ってますし、私はもう大丈夫ですから、先生、どうぞお気づかいなく。柴田さんも濱口さんも、どうぞお気になさらずに」

恐縮しきっている百恵を見て、黒崎はうなずいた。

「そうだね、せっかくの料理をこんなに残しちゃバチが当たる。男子諸君は残らず平らげるように」

「了解です」と直太朗と濱口は口を揃え、体育会の学生のように大皿の料理を次々と口に運び、ピッチャーの生ビールをたがいのグラスに注ぎあった。

どうぞ、と百恵に冷酒を注がれて、黒崎は目を細めてそれを飲みながら、ふと思い出したように言った。

「そうだ、さっきの柴田くんの話」

「えっ、何の話ですか」と直太朗は訊いた。

「柴田くんの場合、再婚願望があるのに、なぜ相手が見つからないのかという話」

呂律はしっかりしているが、黒崎は上半身を前後にゆっくりと揺らしている。

「待ってください。ぼくがちょっとトイレに行ってるあいだに、そんな話をしてたんですか」

「柴田さん、その件で朗報があるんです」

濱口がそう言って、もったいぶるようにグラスのビールをゆっくりと飲み干してから続けた。

「中沢さんはシングルファーザーでも全然ＯＫですって」

えっ、と直太朗は声を上げ、美佐の顔を見た。美佐より百恵のほうが驚いた顔をしている。

「たとえばですね」と濱口は続けた。「相手に恋人がいるとか、遠距離恋愛とか、親子ほどの歳の差があるとか、障害があるほど恋愛は燃えるでしょう？　それに加えて好きになった相手が子持ちだったりしたら、子どもにも好かれたい一心で、もっと燃えるんじゃないかと」

「違いますよ」と美佐があわてて言った。「柴田さんご本人のことを言ったわけじゃないですからね。あくまでも恋愛の一般論ですから、誤解しないでくださいね」

障害があるほど恋愛は燃える。とりわけ子どもの存在は大きな障害。それは確かにそうなのだろうが、いまだに恋愛が人生の最大の関心事である女性と、恋愛の障害について語り合いたいとは思わない。そんな話で盛り上がっている濱口と美佐を見ているだけで疲労感を覚え、直太朗は自分が急に年老いた気がした。

予定通り十時半に一旦お開きにした。会計をすませて店を出ると、二次会はカラオケで、と濱口が提案した。一時間ぐらいなら、と黒崎はそれなりに乗り気だったが、「私はこれで失礼しますが、みなさんはどうぞ」と百恵が言うと、「じゃあ、お開きにしましょう」とあっさり態度を変え、濱口と美佐を拍子《ひょうし》抜《ぬ》けさせた。

直太朗は大通りでタクシーをつかまえ、黒崎にタクシー券を手渡した。そして黒崎を乗せたタクシーが交差点を曲がるまで四人で見送ると、踵《きびす》を返して駅に戻った。美佐は西《せい》武《ぶ》池袋線、濱口は地下鉄有楽町《ゆうらくちょう》線へと向かう。

二人と別れてJRの自動改札を通り、「どちらまで」と直太朗が訊くと、百恵は柏だという。

「ご近所だったんですね。ぼくは我孫子ですから」

山手線で日暮里《にっぽり》まで十二分。そこで常磐線に乗り換えて、我孫子まで三十分。柏はその二駅手前だった。

金曜日の夜、電車はいつにも増して混んでいた。百恵は相変わらず顔色がすぐれず、ドアの脇の手すりにつかまって、ひどくつらそうにしている。

「大丈夫ですか」と直太朗は何度も訊いた。

「ええ、ご心配なく」と百恵は気丈《きじょう》に答え、じっと目を閉じていたが、しばらくしてふと顔を上げた。

「お子さん、いらっしゃるんですね」

「ええ、四年生の娘がいます」

「あの、こんなことをお訊きするのは失礼なんですが、食事はどうされてるんですか、娘さんお一人で」

「いや、実家の母親に面倒を見てもらっているんです。だからせめて土日だけは我孫子の実家でいっしょにすごしたいと」

「そうでしたか、失礼しました。というか、安心しました。じつは私も」

百恵はちょっと言いよどんだが、直太朗が首をかしげて横顔に目をやると、小さくうなずいて続けた。

「中学二年のときに母子家庭になったので、毎日夕飯を作りながら、母が仕事から戻るのを待っていたんです。あのとき私がまだ小学生だったら母もきっとつらかっただろうと……。すみません、訊かれてもいないことを」

いいえ、と直太朗は首を振り、菜摘が言ったことをふと思い出した。中学生になったら後楽園のマンションで留守番もできるし、食事も作れると言ったのだ。

「ぼくも娘が中学に上がったら、いっしょに暮らしたいと思っているんですが、どうなるか先のことは分かりません。山内さんはずっと柏にお住まいなんですか」

「はい、柏は実家です」

「なるほど、するといまは、お母さんが夕飯を作りながら、娘が仕事から戻るのを待っているわけですね」

直太朗は気の利《き》いたことを言ったつもりだったが、百恵の母親はすでに亡くなったと聞いて、ごめんなさい、とすぐに詫びなければならなくなった。

「いいえ、もう八年も経ちますから、お気づかいなく。一人住まいには広すぎる一軒家なので、売り払って都心に越すことも考えたんですが、勤め先が上野の百貨店でしたから、交通の便の良さからそのままずっと」

なるほど、とうなずいたとき、ポケットの中で携帯電話がブルッと震えて、メールが着信した。菜摘だろうと思い、あわてて携帯を取り出した。

メッセージを確認すると、直太朗はボタンを長押しして電源を切った。ここ数日、小暮冴美から頻繁にメールが届く。一昨夜も一時間近い長電話につきあったばかりだった。ため息をつき、顔を上げた。電車の窓が黒い鏡になって、二人の姿が影のように映り込んでいる。

その鏡の中で百恵と目が合った。百恵は視線を外そうとせず、じっと見つめ返してくる。直太朗は思わず照れ笑いを浮かべたが、すぐに思い違いと分かって、そんな自分に恥じ入った。百恵はこちらを見つめているわけではなく、窓の外を流れる景色をただぼんやりと眺めているだけだった。

7

菜摘にはジョギングの誘いをすげなく断わられたが、そればかりか、いくら声をかけても、二階の子ども部屋に閉じこもったまま、まったく口もきいてくれない。直太朗はいったんあきらめて、居間に戻った。

「やっぱりだめなのね」と母が肩を落とした。

「うん、朝ごはんも食べたくないって」

直太朗は嘆息し、ソファに腰を落とした。父は一人でテレビを見ている。音が大きくてうるさいのでボリュームを絞りたいが、耳が遠いのでしかたない。

昨日、母が担任教師から伝えられたのは、次のような話だった。菜摘は同じクラスの拓《たく》真《ま》という男の子にからかうようなことを言われて、拓真を突き飛ばした。拓真が簡単に尻もちをついたので、そばで見ていた一輝《かずき》が腹を抱えて笑った。拓真が怒って一輝に飛びかかり、菜摘は喧嘩を止めようとして割って入った。そうして三人でもみ合っているうちに拓真が肩関節を脱臼してしまったのだ。

「ねえ、菜摘はまったく悪くないし、何の責任もないでしょう。それなのにどうして謝らなければならないの。とにかくそれが悔しくて」

母は何度も悔しいと言ったが、直太朗はそれよりも、拓真少年がいったい菜摘に何を言ったのか、それが気になった。普段はとてもおとなしい菜摘がそれほど怒るのだから、よほどのことを言われたにちがいない。もちろん担任教師もそのことについて問いただしたが、菜摘は口をつぐんだまま答えなかったという。

「えっ、いまの何?」と母がふいに言った。

直太朗はあわてて腰を上げ、天井を見上げた。確かに二階から「えいっ!」と菜摘の声が聞こえたのだ。まるで勇ましい祭りの掛け声のようだった。

居間を出て、子ども部屋へ向かう。階段の途中にプラスチック製の白い箱が転がっていた。菜摘が放り投げたのだろう。直太朗はその小箱を拾い上げた。この十年、一度も開けたことはなかったし、思い出すことさえなかったが、それはチャペル型のオルゴールだった。

ねじを巻いてみると、懐かしいメロディが流れ出した。小田和正《おだかずまさ》の「伝えたいことがあるんだ」。祥子が選んだ曲だった。小さな扉を開くと、婚礼衣装を着けた直太朗と祥子の写真が入っている。それは披露宴の引き出物として作ったものだった。

直太朗は階段を上っていき、子ども部屋のドアの外から声をかけた。

「菜摘、このオルゴールは大切なものなんだ。だから父さんはとっても悲しい」

すぐに内側からドアが開いて、菜摘が顔を見せた。

「うっそー。すっごい埃《ほこり》だらけだったよ。だからゴミだと思った」

たとえそんな言い方でも菜摘が会話に応じたのは意外だった。

「だからといって、放り投げることもないだろう。ちょっと入っていいかい」

うん、と菜摘はうなずき、シングルベッドの端にちょこんと腰を下ろした。直太朗は部屋の奥に進み、学習机の椅子をくるりと半回転させて座ると、オルゴールの小箱を掲げてみせた。

「納戸《なんど》で見つけたの？　父さんと母さんの結婚式の引き出物なんだよ。祝ってくれた人たちへのおみやげ」

「キモッ」と菜摘がつぶやいた。

「まあね」と直太朗は同意した。「いったい誰がこんなもの聴くんだって、式に呼んだ友だちから一斉にブーイングを浴びたよ。実際、これを喜んで聴いたのはお母さんだけだったかもしれない。お母さんは毎朝、ねじを巻いて、メロディに聴き入っていた」

「覚えてる」

「このオルゴールを？」

直太朗の声は少し上ずった。

「うん。さっき聴いてみたの。そしたら急に気持ち悪くなって、だから捨てた」

菜摘はそう言って、口をつぐんでしまった。

「ねえ、もう少し話してくれないか。なぜオルゴールを聴いて、そんな気持ちになったのか」

「そんなの分からないよ。でも赤ちゃんのとき、いつもいつも聴いてた気がする」

菜摘には母親の記憶がほとんどないと思っていたが、このメロディは幼心《おさなごころ》に覚えていたのだ。これがきっかけとなって、母親にまつわるつらい記憶が呼び覚まされるのではないか、直太朗はそれを危惧《きぐ》した。

「納戸で何を探していたの?」

小声で訊くと、「別に」と菜摘は答えた。

「このオルゴール、古いアルバムやビデオテープなんかといっしょに段ボール箱に入っていただろう?」

「そうだったかも」

「ねえ、菜摘」と直太朗は言った。「昔のアルバムを見ていたんだろう? 父さんたちの結婚式の写真とか、菜摘が赤ちゃんだった頃の写真とか。それって昨日のことと関係があるのかな。拓真くんや一輝くんとのこと」

菜摘が顔をそむけ、唇をかんだ。涙をこらえていたが、その目がたちまち潤んだ。直太朗は椅子から腰を上げ、菜摘のとなりに移動した。

「やっぱりそうなんだね。拓真くんに何を言われたの」

肩にそっと手をまわすと、菜摘はうつむいたまま小さな声で、でもはっきりと答えた。

「おまえはママに捨てられたんだって」

直太朗は絶句して声も出なかったが、菜摘は続けた。

「二年生のとき、家族について調べてみんなの前で発表する授業があったでしょ。拓真ったら、あのときと同じこと、またしつこく言うのよ」

「えっ、拓真くんというのは、あのときの子?」

「なんだ、忘れてたの。おばあちゃんと同じじゃん」

「いや、授業のことはもちろん覚えているよ。でも、名前までは覚えてなかった」

あの授業では、赤ちゃんの頃の写真も学校に持っていく必要があった。菜摘は家族紹介の中で、おばあちゃんのことをいちばん長く書いていたので、直太朗は菜摘がおばあちゃんの膝の上で笑っている写真を、アルバムの中からやっと一枚探し出し、さらに担任教師に電話を入れて、授業では十分に配慮してほしいと伝えた。

だが、授業は混乱した。うちの親もバツイチだけど、ぼくは母親と暮らしている。それが普通だと思っていたが、菜摘ちゃんはなぜ父親と暮らしているのか、と一人の少年に訊かれ、いっしょに暮らしているのはおばあちゃんとおじいちゃんで、お父さんが来るのは休みの日だけだ、と菜摘が答えたため、いっしょに住んでいない父親は家族と言わないいんじゃないか、と少年はさらに疑問を呈《てい》した。菜摘ちゃんのお父さんは単身赴任《たんしんふにん》と同じよね、と担任は助け船を出したが、子どもたちはそのことをうまく理解できず、さらに何人かの女の子たちが、菜摘ちゃんはママがいなくてかわいそうだと言い出したので、菜摘はショックを受けて寝込んでしまった。そんなことがあったのだ。

授業中のそんなやりとりについて担任教師から説明を受けたとき、その少年の母親が放課後の学童保育を拒否するので、少年はいつもアパートで一人、夜遅くまで母親の帰りを待っているという話を聞いて、直太朗は深く同情したものだった。それが拓真だった。

菜摘の通う小学校で母子家庭はさほど珍しくないが、父子家庭は学年でも菜摘だけだった。

「そうか、あのときの拓真くん、クラス替えしてもまたいっしょになったんだ」

直太朗はそう言って、菜摘の顔を覗き込んだ。

「拓真くんはお父さんがいないんだろう？　だから菜摘のことが気になってしかたないいん

だよ、きっと。意地悪で言ったんじゃないと思うよ」

「でもさ」と菜摘は人さし指の甲で涙を拭って言った。「お母さんは菜摘を置いて、家を出てったんだよね」

「それは違うよ、菜摘。全然違う！」

直太朗は思わず強い口調になった。菜摘の肩がビクッと震えたので、少し声を低めて続けた。

「前から何度も言っているように、菜摘が三つになったばかりの頃、お母さんは重い病気にかかって入院したんだ。三ヶ月かけて治療して、やっと退院できたんだけどね、静かなところでゆっくりしないと病気が再発するって先生に言われて、それで北海道の実家に帰ったんだ。実家というのはお母さんが生まれた家だよ。お母さんにも、お母さんとお父さんがいる」

菜摘はぼんやりしていたが、ふと口を開いた。

「病気は治らないの？」

「お父さんは医者じゃないから分からないけど、お母さんの病気はね、少しずつ良くなることはあっても、完全に治ることはないんだ。そこがすごく難しいんだ」

あれは二年生の夏休みだった。お母さんはどこが悪いの、と突然訊かれて、神経の病気なんだよ、と答えた。まだ七歳の娘に母親の病気を正確に伝えるのは難しい。同じことをまた訊かれたら何と答えようか、直太朗は考えたが、菜摘は別のことを口にした。

「じゃあさ、お母さんが静かなところでゆっくりしないといけないなら、お父さんと菜摘もいっしょに北海道に行けばよかったんじゃないの？」

だって父さん、会社を辞めるわけにはいかないだろう？　直太朗はその言葉を呑み込んだ。

「でも、いっしょに北海道へ行っても、お母さんは身体が弱いから、菜摘のためにご飯を作ったり、宿題をいっしょにしたり、塾の送り迎えをしたり、そういうことができないんだよ。だからね、お母さんは、菜摘のことをどうかよろしくお願いしますって、何度も何度も言って、そうして実家に帰ったんだ」

いや、それは嘘だ。菜摘に嘘をついてはいけない、と直太朗は思ったが、事実をありのままに伝えることもできない。

祥子は三ヶ月の入院を経て、病院から一時帰宅したのだが、その夜はとにかく不安定で、ちょっと目を離したすきに七階のベランダから飛び降りるのではないか、と不安になるほどだった。だから直太朗は実家に電話をかけ、母に来てもらったのだ。

母は祥子の様子を一目見るなり、すぐに北海道の実家に連絡を入れた。あちらの両親にもこの現実を知ってもらうべきだと言う。翌日、祥子の両親が朝一番の飛行機で駆けつけてきた。直太朗は祥子を再入院させたいと言ったが、祥子の両親はこれ以上迷惑をかけることはできないと言い、祥子も実家に帰りたいと訴えるので、病院への連絡は後回しにして、三人はその日のうちに北海道へとんぼ返りをした。そしてそのまま別居生活に入ったのだった。

「だからね」と直太朗は言った。「お母さんは菜摘のことが気になって気になってしかたなかったんだけど、病気を治すためには北海道に帰るしかなかったんだよ」

うん、と菜摘が大きくうなずいた。少しつかえがとれたような顔をしている。

「じゃ、朝ごはん食べようか。父さんも食べないで待っていたから、お腹ペコペコだよ」

直太朗は菜摘の手を軽く握り、ベッドから腰を上げようとした。だが、菜摘は首を振り、上目づかいにこちらを見た。

「お父さんとお母さんが離婚したのは、病気が治らないから？」

直太朗はふたたびベッドに腰を下ろし、「それもある」と言った。そして言葉を選びながら続けた。

「お父さんと菜摘が二人で、お母さんの病気が治るのを待っている。いまかいまかと待ち続けていると思うと、一日でも早く治さなくちゃいけないって、お母さんも思うよね。とっても焦るよね。そういうことがお母さんにとっては、すごいプレッシャーになるんだ。病気がますます重くなってしまう。だからね、お母さんをプレッシャーから自由にさせてあげるために、病気を早く治してもらうために、お父さんは離婚することにしたんだよ」

「ふーん」と菜摘がマンガの吹き出しのように言った。なにか腑《ふ》に落ちないという顔をしている。

確かにそれも真実ではなかった。そんな仮定は成り立たないが、もし菜摘が生まれていなかったら離婚はしなかった、と直太朗は思う。祥子の心の病と一生寄り添って生きていく覚悟はできていた。離婚したのは他でもない。祥子の暴力から菜摘を守るためだった。

「じゃあさ、訊くけど、お父さんはいまでもお母さんのこと好き?」

突然の質問に直太朗は答えることができなかった。

「菜摘の新しいママを早く探してもらわなくちゃねとか、おばあちゃんはいつも言うけど、お父さんはお母さんの病気が治るのを待ってるの?」

「病気は治ってほしいと思ってる。でもね、でも……」

直太朗は逡巡《しゅんじゅん》しながらも、思い切って続けた。

「病気が治っても、お母さんともう一度暮らすことはないと思う。というのもね、菜摘。仲のいい友だちが去年転校しちゃったよね、大阪に」

「彩佳《あやか》ちゃん」

「そう、彩佳ちゃんが転校したときはとっても淋しかったけど、でも、菜摘にはまた新しい友だちができたし、彩佳ちゃんだって大阪の小学校で新しい友だちができただろうね。でも、彩佳ちゃんのことは、これからもずっとずっと忘れない。そういうことなんだよ」

「ふーん」と菜摘がもう一度言った。やはりまだ腑に落ちないという顔をしているが、自分は母親に捨てられたわけではない。そのことには確信が持てたようだった。

「さ、朝ごはん！　おばあちゃんが待ってるよ」

直太朗はそう言って、菜摘の手を握って引っぱり上げた。その手は微熱を帯びてとても温かい。

赤ん坊の頃、ぐっすりと眠った菜摘を抱きかかえるたびに、ずしりとした重みと火照ったような体温の高さに驚き、これが命そのものなんだ、と直太朗は思ったものだ。そのときの菜摘を思い出し、目頭が熱くなった。

8

会計を終えて西新宿の総合病院を出ると、百恵は日傘を差して、新宿駅へ向かった。八月に入ってから猛暑日が一週間以上続いている。今日も三十五度を超えているだろう。ガーゼのハンカチで額《ひたい》の汗を拭い、腕時計に目をやると、すでに午後二時をまわっている。食欲はまったくないが、何か食べないと身体に悪い。

陽射しを避けるように地下街への階段を下りていき、イタリアンの店に入ると、百恵はいちばんあっさりしていそうな醬油《しょうゆ》ソースのパスタを注文し、グラスビールを飲みながら、なんとか胃の中におさめた。

パスタはべたべたしておいしくなかったし、禁煙席と喫煙席の境があいまいな上、従業員同士が客に聞こえる声で平然と雑談しているような店だったが、昼間に飲むビールの軽い酔いも手伝って、百恵はさほど不愉快な気分になることもなく、ごちそうさま、とレジの女性に声をかけて店を出ると、百貨店の婦人服売り場に足を向けた。

入院の際には前開きの寝巻きを用意してください、と看護師に言われたからだ。パジャマ売り場を一周して、裾の長い前開きのネグリジェを見つけたが、入院はまだ四ヶ月も先のことだった。いますぐ買う必要もないし、ネットの通販で探したほうがバリエーションも豊富だろう。そう思い直して、近づいてきた店員に軽く会釈をして、その場を離れた。

今日、明日と、書店勤務は休みだった。二日続けての休日シフトは久しぶりだったし、急いで自宅に帰っても誰が待っているわけでもないが、人々があわただしく行きから雑踏《ざっとう》はやはり気が休まらない。百恵は少しうつむき加減になって、ＪＲの改札へ向かった。

山手線のホームに上がると、外回り電車がすぐに入ってきた。空いた座席に腰かけ、ふぅーと長い息をつく。手術前検査から手術日の予約まで、今日のうちにすべてすんでしまうとは思ってもいなかった。まもなくドアが閉まり、電車はひと揺れして走り出す。

前回の定期検診では、子宮筋腫はやや大きくなっているものの、引き続き経過観察を行なうことになったのだが、ここにきて生理痛がひどくなり、二日目から四日目あたりは痛み止めも効かず、仕事に支障が出るほど出血量も増え、夜中に何度も着替えが必要なほどの寝汗をかくようになったのだと、百恵は医師に訴えた。

それが一週間前のことだ。そうして再度精密検査を受け、その結果をもとに今日、腹腔《ふくくう》鏡《きょう》による筋腫の摘出手術を受けることが決まったのだった。

患者が若い既婚女性なら、妊娠希望の有無を確認するだろうが、医師は初診のときに、妊娠の可能性のなくなる子宮全摘術と、筋腫のみを摘出して卵巣などは残す筋腫核出術の違いについて説明しただけだった。しかたなく百恵のほうから、妊娠への影響についてたずねてみたのだが、逆に訊き返されて面食らってしまった。

「結婚のご予定でもあるんですか？」

「いいえ、それはありませんが……」と百恵は消え入りそうな声で答えた。

医師はうなずき、パソコンのカルテに目を向けたまま言った。

「以前にもお話ししたように、筋腫がこのまま大きくなると、不妊の原因になる場合もあります」

「あの、お訊きしたいのは、今回の手術を受けることによって妊娠できなくなる可能性についてです」

「その可能性はゼロではありませんが、ごく稀《まれ》な事例だと思ってください。いや、それ以前に、三十九歳というあなたの年齢を考えますとね、筋腫を摘出するしないにかかわらず、不妊の原因は加齢そのものにもありますから、その点はご承知おきください」

そんな医師のストレートな物言いが百恵にはかえって心地よかった。ぶっきらぼうで愛想がなく、こちらから質問しないとろくに説明もしてくれない医師だと思っていたが、未婚女性に対して妊娠の希望を確認するようなマニュアルはないのだろう。

「この歳で独り身ですからね。赤ちゃんはいつか欲しいと思っているんですが、もう無理かなと、あきらめてもいるんです。でも独り身だからこそ、いつどんなことがあるか、分からないじゃないですか？」

百恵があえてくだけた調子で言うと、まあ、そうですね、というように医師は軽くうなずいた。

「付け加えればですね、手術後三ヶ月から半年ほどは、避妊する必要があります。つまり子づくりはできませんのでご注意ください。それで失礼ながら、結婚のご予定を伺ったんです。手術の予約日までまだ日数がありますので、そのあいだに何か体調の変化などありましたら、遠慮なく受診してください」

「ご丁寧にありがとうございます。今後ともどうぞよろしくお願いします」

百恵は医師に礼を述べて診察室を出た。続いて看護師から手術を受ける際の細かい説明を受け、さらに病棟を案内してもらい、個室を見学させてもらった。

手術予定日は十二月二十日だった。その日が病院では年内で最後の手術日にあたるという。四泊五日でクリスマスイブに退院するが、十日ほど自宅静養が必要になり、勤務に出られるのは、年明けの一月四日になる。

年末年始休暇を含めて連続二週間の休みを申請しなければならない。中沢課長には迷惑をかけるが、致しかたない。実際、課長は女性スタッフの生理予定日を確認しながら、毎月のシフト表を作成しているが、生理の重いスタッフの勤務シフトについては、それなりに配慮してくれている。二週間はさすがに長いが、なんとかなるだろう。百恵はそこまで考え、でも、自分は契約社員の身なので次の契約更新は難しいかもしれないと、少し弱気にもなった。まあ、そうなったらそうなったで、そのときに考えればいい。いまはとにかく手術までの四ヶ月間を、鎮痛剤と鉄剤で乗り切るしかない。

百恵は日暮里駅で下車すると、常磐線に乗り換えた。月曜日の午後四時すぎの車内は乗客もまばらだった。

スマートフォンを取り出し、ツイッターにアクセスする。柴田直太朗に勧められて、半月ほど前に始めたばかりなので、フォローしているのは直太朗と営業の濱口の二人と、ブックス・カイエの公式アカウント、競合する書店を十店ほど、それから小説家やジャーナリストやスポーツ選手を数人、あとはニュースと地震速報ぐらいのものだった。黒崎冬馬もフォローしたが、彼は三ヶ月ほど前に〈若い編集者に勧められて遅ればせながら始めてみました〉と一度つぶやいただけで、ぱったり途絶《とだ》えている。

アカウント名は「本が大好き」としたが、プロフィール欄には性別も何も書いていないし、直太朗と濱口の二人と何度か他愛ないやりとりをしただけなのに、驚いたことにまったく知らない人たちが次々とフォローしてくる。昨日は四十一人だったのに、今日は四十八人に増えている。百恵にはそれが少し不気味に思えて、フォロー返しをすることはなかった。

念のために新たな七人のフォロワーの中に直接の知り合いがいないことを確認してホーム画面に戻ると、直太朗の書き込みが流れてきた。彼は同じメッセージを毎日定期的にツイートしている。

〈黒崎冬馬先生の『転生の海』絶賛発売中！　池袋のブックス・カイエさん作成の手書きPOPが大好評です。他店での使用許可をいただきましたので、POPをお使いになりたい書店様は、どうぞお声掛けください。至急お送りいたします！〉

メッセージに添付された画像をクリックすると、百恵の手書きPOPが表示される。

【あなたもぜひ「奇跡の瞬間」に立ち会ってください。私は自分の過去が書き換えられるほどの衝撃を受けました。心のざわめきがいまだに静まりません（ブックス・カイエ文芸書担当）】

直太朗にはフォロワーが二千人以上いるが、自分には四十八人しかいない。直太朗のメッセージを広める効果があるとは思えないが、百恵はいつものようにリツイートボタンを押した。

〈リツイート、ありがとうございます！〉

間髪をいれず直太朗の書き込みが表示される。

〈毎日、数多くの書店様からPOPを使用したいとの連絡があり、嬉しい悲鳴を上げております〉

〈どういたしまして〉と百恵はごく簡単に返信した。

ツイッターは匿名《とくめい》でやっているが、誰が見ているか分からないので、個人が特定されるようなことはあまり書きたくない。

当初、中沢課長は他店への使用許可などあり得ないと言っていたが、『転生の海』は発売から一ヶ月間にブックス・カイエ単店で二百冊売って、全国の調査書店・百店舗で一位になり、それが手書きPOPの効果によるものだと業界紙で話題になったこともあって、POPにブックス・カイエのロゴを入れることを条件にして、他店での使用を了承したのだった。

そんなに大げさなことかな、と百恵は決まりが悪い思いをしたが、実際、渋谷の書店で、自分が作ったPOPが使われて大々的にディスプレイされた『転生の海』のコーナーを見かけたときは、晴れがましい気持ちよりも先に、自分の仕事が他店の売り上げに貢献している事実に、やはり戸惑いを覚えたものだった。

『転生の海』は新聞二紙に書評が載って読書家のあいだでは話題になっているが、最大手チェーン書店のPOSデータを見ると、売上ベスト百位にも入っていない。

それでも発売から一ヶ月半後に増刷がかかった。

「ブックス・カイエさんの売れ行きの良さが他店への刺激になって、追加注文が増えた結果です。ありがとうございます。これからもよろしくお願いします」

先日、直太朗はわざわざ礼を言うために訪ねてきたが、増刷部数を訊くとわずか千部だった。

「え、それだけなんですか」

百恵は思わず失礼なことを口にしたが、直太朗は笑みを浮かべて答えた。

「でも、たとえ少部数でも増刷がかかれば、社内では強化商品に指定されますし、ロングセラーになる可能性もありますから、これからが楽しみです」

確かにスリップの回転数が少なくても、奥付を見て増刷がかかっていたら、返品せずにもうしばらく棚に置いておこう、と書店員なら思う。だが、売れるのは映画やテレビドラマの原作本ばかりで、文芸書は新聞に書評が載ったぐらいではほとんど動かない。半年前に刊行された小説が急に売れ始めたので何ごとかと思うと、読書好きのお笑い芸人がテレビで勧めた影響だったりする。

「黒崎先生もお喜びで、山内さんにはくれぐれもよろしくお伝えくださいとのことです。とにかく山内ＰＯＰの効果は絶大だと、社内でも評判ですから」

そんな大げさな賛辞を中沢課長に聞かれたらどんな嫌味を言われるか分からないし、二百冊売ったとはいえ、サイン会での販売分七十七冊がそれには含まれている。

「柴田さん、その山内ＰＯＰという言い方だけはやめてください」と百恵は他の従業員の目を気にしながら懇願した。

ツイッターにリンクされた話題のニュースをいくつか読んで、スマートフォンをバッグにしまおうとしたとき、直太朗からダイレクトメッセージが入っていることに気づいた。

〈書店員座談会、いよいよ明日になりました。お休みのところ、ご足労おかけして申し訳ありません。じつは娘の菜摘が夏休みの宿題「お仕事研究」で編集者の仕事内容を調べることになり、座談会の様子を見てみたい、と言っております。お邪魔にならないようにしますので、よろしくお願いします〉

そうか、夏休みの宿題か……、同い年の直太朗からそんな話題を振られると、三十九歳という年齢の現実をあらためて思い知らされる。

〈菜摘ちゃんは確か四年生ですよね。急に難しくなる年頃かもしれませんが、娘さんの成長はほんとうに楽しみでしょうね。明日の座談会で、宿題に役立つような話をできるのかどうか、心もとない限りですが、こちらこそよろしくお願いします〉

百恵はメッセージを入力しながら、あのとき産んでいれば、自分の子ももう五歳になっているのだと、改めて思った。

五年前の自分には、柏原の子を産む選択肢などなかった。百貨店勤務を続けながら一人で子どもを育てていく。経済的にも精神的にも、そんな余裕はまったくなかったのだ。でも、三十四歳の自分と、三十九歳の自分は明らかに違う。

認知はできないし、養育費も払えない。いまのおれには、お腹の子もきみも幸せにしてあげられない。とにかく今後の話はすべて妻と別れてからだ……。柏原のそんな言葉の嘘も、いまなら即座に見抜ける。相変わらず経済的な余裕はないし、給料はむしろ低くなったが、柏原がどんなに反対しようと、いまの自分ならためらわずに産むにちがいない。

でもそれは、柏原と別れてから三年、新しい恋をする気にもなれないのに、結婚願望が高まるばかりの自分を持て余してきたからだろう、と百恵は思う。一年分の会費を前払いした結婚相談所も半年で脱会してしまい、そうして昔なら初老と呼ばれる年齢が近づいたいま、子どもに愛情を注ぐことで得られる母親の幸せがこの世でもっとも確実なものだと思うようになった。病院の待合室には赤ちゃんを連れた若い母親が多く、誰もがひどく疲れた顔をしていたが、疲れた分だけ幸せになれそうに思えるのだった。

〈やっぱり四年生は難しい年頃ですか……。そうですよね、いつまでも子どものままでいてくれませんね。返信は不要です。では、明日！〉

ふたたび直太朗からダイレクトメッセージが入り、百恵は現実に引き戻された。

まもなく柏駅に着く。二つ先は直太朗の実家のある我孫子駅だ。黒崎冬馬のサイン会以降、ＰＯＰの件や増売企画の打ち合わせなどで、直太朗はたびたび書店を訪ねてきたが、皆さんでどうぞとクッキーやプリンを必ず手みやげに持ってくるし、スーツ一辺倒の営業マンと違って、身につけている服もおしゃれでセンスがいいので、バイトの若い女の子たちに人気があった。

「熱心ねえ、誰かお目当ての子でもいるわけ？」

中沢課長にからかわれると、照れ臭そうに鼻をクシャッとさせて笑う。そんな直太朗の顔を、百恵はぼんやりと思い浮かべた。

中沢課長が濱口から聞いた話では、直太朗の元妻は出産直後から精神的に不安定になり、職場にひっきりなしに電話をかけてきたり、夫の残業が多すぎると上司宛てに苦情のFAXを送りつけてきたり、さらに赤ん坊を連れて突然会社を訪ねてきたりと、常識はずれの行動が目立った上、リストカット癖《へき》もあったらしい。同僚たちはそんな妻について表立って何も言わなかったが、直太朗には大いに同情していたという。

眉をひそめながらも嬉々《きき》として、そんな他人の噂話をする中沢課長にうんざりしながらも、百恵はそのとき、直太朗に対して申し訳ない気持ちになった。その屈託のない童顔から、これまで大手出版社の編集者としてさして苦労のない恵まれた人生を送ってきた男性なのだろうと、勝手に決めつけていたのだ。

電車が柏駅に滑り込む。ホームに降りた途端、ものすごい熱気に包み込まれ、頭がクラッとした。五時をすぎても、暑さはいっこうに衰えない。

駅前のスーパーで買い物をすませると、百恵は片手で大きなレジ袋を提《さ》げ、もう一方の手で日傘を差して埃っぽい舗道を歩き出した。家に帰ったらすぐにシャワーを浴びて、きりっと冷えたビールを飲みながら先週借りてきたＤＶＤを観よう。まだ観ていない映画が二本ある。都会的なラブストーリーより、スリリングなアクション大作のほうが今日の気分だ。手術のことを考えると気分が重くなるので、鼻歌を歌いながら、日傘をくるくると回す。

一方通行路に入ると、まもなくマサキの生け垣に囲まれた古い一軒家が見えてくる。百恵は鉄の門を押し開き、赤いペンキが剝《は》げ落ちた郵便受けに手を入れた。そして夕刊と投げ込みチラシの束を取り出したとき、一通の封書が足元に落ちた。

屈み込んで手に取り、封筒を裏返して思わず顔をしかめた。越後湯沢の大河内愛子からだった。

百恵がその手紙を読んだのは、それから六時間後のことだ。仏壇に線香をあげて手を合わせると、母の位牌の前に封書を置いたまま、浴室でシャワーを浴びた。そしてビールを飲みながら映画を一本観終わると、少し食欲も出てきたので、ホタテとアボカドにワカメをふんだんに使ったサラダを作って大皿に盛りつけ、寄せ豆腐にミョウガと枝豆を添え、作り置きしておいたラタトゥイユを小鉢に盛り、白ワインを飲みながら、ゆっくりと夕食をとった。

食後にはコーヒーをいれて、NHKのニュースを途中まで見てテレビを消し、明日の座談会で勧める本をもう一度ぱらぱらとめくりながら簡単なメモを作り、それを終えるとまだ十二時前だったが、布団を敷いた。

そしてようやく封筒から便箋《びんせん》を取り出し、ボールペンの小さな文字に目を走らせた。

余命半年の宣告を受けてから、早くも三ヶ月がすぎました。腫瘍マーカー値は上昇していませんが、このまま無事に年を越せるかどうかは分かりません。痛み止めと睡眠薬を服用して、一日中ベッドでうつらうつらしています。意識はまだしっかりしていますが、抗癌剤の副作用で味覚がマヒしたためでしょう。食事の量が減り、面変《おもが》わりするほど痩《や》せてしまいました。

手紙には時候のあいさつもなく、病状が淡々《たんたん》とつづられていた。父は入院しているとばかり思っていたが、大河内姉妹に自宅で介護され、抗癌剤治療を受けるために週に一回、通院しているのだった。なぜ姉妹はそこまで手厚く面倒を見るのか、百恵には分からなかったが、そのことについては深く考えたくなかったし、面変わりするほど痩せてしまったと言われても、父の顔などもうほとんど憶えていない。

以上、正勝さんの病状をお知らせします、と二枚目の便箋の最後に書いてあり、三枚目の便箋を開いた途端、目のふちがカッと熱くなるのを感じた。

「どうか、生きているうちに、ゆるしておくれ」

鉛筆で一言だけ書かれている。文字は弱々しく震えているが、それは父の筆跡だった。

百恵はあわてて目を閉じたが、得体のしれない不安の渦に巻き込まれて、たちまち胸が苦しくなった。父に突き飛ばされて、椅子に座ったまま後ろに転倒する自分。その場面がふいに脳裏をよぎった。それはクリスマスの夜。小学四年生のときのことだ。テーブルクロスといっしょに皿が何枚も宙を舞い、母の手作りのご馳走が床に散乱する。リボン飾りのついたローストチキン、トマトクリームパスタ、ポテトサラダ、カップケーキ……。

そう、母にはハンカチ、弟には消しゴムだった。二人にプレゼントを渡したあと、父にはリコーダーで「ウィンター・ワンダーランド」を聴かせてあげようとして一生懸命に練習した。それなのに父は握り拳を振り上げ、「おれにはプレゼントはないのか！」と怒鳴った。次の瞬間、大きな手のひらで突き飛ばされたのだ。

「なんてことするの！　それでも父親なの！」

母は血相《けっそう》を変えて叫んだが、次の瞬間、父に腹を蹴《け》り上げられて床にくずれ落ちた。弟が泣きながら母の元に駆け寄る。父は爪先でなおも母の肩や背中を蹴り続けたが、やがてふと我に返ったように蹴るのをやめ、ウィスキーのボトルをつかんで寝室に入っていった。そのすきに母はトートバッグに財布だけ入れて、子どもたちの手を引いて家を飛び出したのだ。

心臓の鼓動が高まり、呼吸が浅く速くなり、唇がしびれてきた。鎮静剤がどこかにあったはずだが、探す余裕はない。落ち着け、と百恵は自分に言い聞かせ、左右の鎖骨《さこつ》に挟まれた首の付け根のくぼみに、親指と人差し指をそっと当て、ぐいっと押した。激しく咳き込んだが、喉の奥につまっていた息を吐き出すことができた。

過呼吸の発作は二年ぶりだった。百恵は台所に行き、シンクの端に手をついて、コップ一杯の水をゆっくりと飲んだ。あの夜、母は駅前のビジネスホテルに泊まったのだった。いつまでも泣きじゃくっている弟に、大丈夫よ、もう安心して、と母は声をかけた。自宅から徒歩で十五分ほどのホテルに緊急避難しただけなのに、翌日から学校が冬休みだったからだろう、百恵はまるで夜行列車で見知らぬ遠い土地に運ばれたような気分になり、容易に寝つけなかった。

翌日は、開店時刻と同時にデパートに行き、屋上の遊園地でたっぷり遊んだあと、食堂でお子様ランチを食べて家に帰った。父はすでに出勤していたが、家の中は昨夜の状態とまったく同じで、床にはご馳走が散乱したままだった。

ようやく落ち着いて布団に戻ると、タオルケットの上に便箋が散乱していた。無意識のうちに指先に力が入ったのだろう。三枚目の便箋は半分ほど破れている。

百恵は便箋を拾い集めながら、でも、あの夜の父の怒りは、じつはそれほど大きくはなかったのだと思った。翌日の晩、父はひどく機嫌が良く、鯛《たい》の押し寿司のみやげを携えて帰宅したのだから。母はもっと残酷でもっと理不尽な暴力を、長年にわたって父から受け続けた。

それにしても、あれから三十年も経つのに、まだこんなことに苦しめられなければならないのか……。百恵は過去の記憶がよみがえらないように、便箋を何度も折りたたんで封筒に戻した。

9

文泉書房のPR誌「文泉」には現在八人の作家が小説を連載しているが、その他の企画ページとして、旬の作家のインタビューや、「売れてる本・売りたい本」と題した書店員三名による座談会がある。

直太朗はその次号の座談会のために、丸《まる》の内《うち》、池袋、下北沢《しもきたざわ》に店舗を構える三つの書店の文芸書担当に声をかけて集まってもらった。それぞれの立地によって売れ筋の本がずいぶん違うので、その点も興味深いが、いずれの書店も『転生の海』の売り上げ上位店リストに入っている。「売れてる本」は他社の刊行物を含めて誌面で三冊取り上げるが、そのメインの話題にしてもらうのが狙いだった。

午前十時から始まった座談会は、出席者同士が初対面だったこともあり、初めのうちこそ遠慮がちな発言が続いたが、途中からにわかに活発になった。三人がそれぞれの書店ならではの売れ筋の一冊を紹介したあと、直太朗が話の流れとは別に、あえて『転生の海』のPOPの話題を振ったからだった。

「そうそう、今日はその話をしないと始まりませんね」

丸の内の書店の木村和幸《きむらかずゆき》がすぐに話を引き取った。

「うちはビジネス書・経済書がメインで、文芸書の動きが鈍いだけに、POPの効果には正直、あまり期待していなかったんですが、これが予想を上回る反響があって驚きました。売れ行きは二日か三日に一冊、といったところですが、そのペースがずっと続いていますからね、これはすごいことです」

「当店も同じです」と下北沢の書店の岡松朋美《おかまつともみ》が続けた。「山内さんのPOPを使わせていただいてから急に動くようになったので、メインの新刊台にもう一度戻しました。小説の内容からして、お客様は高齢者が中心かと思っていたんですが、これもＰＯＰの影響でしょうか、若い女性読者が急に増えてきたように思います」

なるほど、と直太朗はうなずき、菜摘のほうにちらっと目をやった。菜摘は会議室の隅の席におとなしく座り、テーブルにノートを広げて、熱心に何か書いている。

カメラマンは座談会の全体風景を撮り終えると、右手にカメラ、左手にレフ板を持ち、さりげなく場所を移動しながら、書店員を一人ずつ撮影しはじめた。

「いやね、こういう言い方をすると、編集の柴田さんは嫌がるかもしれないけど、自己啓《じこけい》発《はっ》本の売れ方に近いんですよね、『転生の海』って」

木村の発言に、岡松が首をひねった。

「それはどういうことですか」

「自己啓発本の場合、ネットや雑誌の書評で気になった本をメモしておいて指名買いするお客もいるけど、それより何かおもしろい本はないか、書店の中をぶらぶら見て歩いて衝動買いする。そんなお客のほうが多いように思うんです。だからＰＯＰやパネルが威力を発揮する。『転生の海』もそんな買われ方をしているような」

百恵は先ほどから黙ってうなずくばかりで聞き役に回っている。直太朗は百恵に声をかけた。

「いまのお話、山内さんはどう思われます？」

「あの、私は……」と百恵はおずおずと言った。「書店員になってまだ三ヶ月余りなんです。ですからほんとうは、まだこのような座談会に出る資格はないんです」

「そんなこと、ないですよー」と岡松が笑顔で言った。「百貨店勤務が長かったんですよね？」

「ええ、婦人服の販売を」

「婦人服売り場に行くと、店員さんが絶妙なタイミングで声をかけてきますものね。買おうかやめようか迷っているとき、さりげなく近づいてきて的確なアドバイスをされると、ついその気になってしまう」

岡松の言葉に、百恵は二度うなずいた。

「そうです、そうです。でも書店ではそうはいきませんよね。同じ販売の仕事でも、接客のしかたが全然違う」

「立ち読みしているお客に、お気に召しましたか？　なんて声はかけられない」

木村が茶々を入れたが、百恵はそのまま続けた。

「だからいまはＰＯＰひとつ作るにも、試行錯誤の連続ですし、『転生の海』に関しては、自分が感動したことをただそのまま書いただけですから……」

「でも、山内さん」と岡松が言った。「婦人服もよくフェアやりますよね？　その辺のところは同じなんじゃないですか、本も婦人服も」

「あ、そうなんです。ほとんど毎週のようにフェアを開いていました。服だけでなく靴やバッグのお店にも声をかけて、フロア全体で統一テーマを掲げてお客様を誘導する。岡松さんのお店ではほんとうによくフェアをなさってますよね」

百恵はそこまで話して、直太朗のほうを見た。

「すみません。話が脱線してませんか？」

「いいえ」と直太朗は言った。「話題の間口が広がって、読者にも興味深いと思います。どうぞ続けてください」

百恵はうなずき、岡松に視線を戻した。

「そちらのお店の公式サイトを拝見しました。文芸書以外の売り場とも頻繁に連携して、大きなフェアを催されてますでしょう？　毎回の企画立案もそうなんですが、複数の版元さんと連絡をとって協力をとりつけるだけでも大変なんじゃないかと」

「確かに大変ですけどね、私、とにかくフェアが好きなんです。でも、これぱっかりは経験の積み重ねというか、以前、下北沢が舞台になっている小説を集めてフェアをやったんです。純文学、ミステリーから、ライトノベルまで、単行本と文庫の区別なく一堂に集めて、ご当地本のPOPを立てて。これはかなり反響がありました。売り上げ的にも目標を大きく上回って、店長からお褒《ほ》めにあずかりました」

「あ、それはいいですね」と百恵が弾んだ声を出した。「池袋バージョン、今度真似していいですか？」

「どうぞ、どうぞ。で、調子に乗って第二弾をやったんです。下北沢と言えば演劇の街、アートの街でしょう？　だから第一弾の小説に加えて、演劇関係の本や、アートブック、写真集や画集、在庫僅少《きんしょう》本から品切れ中の本まで、それこそ版元の倉庫を探してもらって、さらに古着屋さんやレストランのガイドブックも加えて、下北沢本の決定版と銘打ってフェアをしたんです。でもこれが、ものすごい手間がかかった割に売り上げがついてこなくて……、ショックでした」

「でも」とそれまで黙って聞いていた木村が口を開いた。「そういうフェアをやると、一人で十冊ぐらい買ってくださるお客さんがいらっしゃるでしょう？」

「そうです、そうです。それ以来、常連さんになってくださる方も多いので、どんなに大変でもフェアはやめられない」

「うちではね」と木村が続けた。「去年は、版元の倒産が相次いだでしょう。そのうちの三社に声をかけて倒産版元の在庫処分フェアを開いたんです。で、五割から最大七割引きで販売した。そうしましたらね、かなり遠方からお見えになるお客様が多くて、段ボール箱一杯お買い上げになって宅配便で自宅に送る。そんな方も少なくなかったですよ。ビジネス街の静かな新刊書店が、その日は神田《かんだ》の古書店まつりのような賑わいでした。もっとも企画が企画だけに、複雑な気分でしたが」

直太朗の携帯にメールが着信した。手に取って確かめると、小暮冴美からだった。直太朗はそれを読まずに、携帯をテーブルに戻した。冴美の用件は二週間前に預かった原稿のことだと見当がつく。

「一口にフェアと言っても、いろいろあるんですねえ。他に印象に残っているフェアはありますか?」

直太朗がさらに話を促すと、大切な人にプレゼントしたい本フェア、人気作家のデビュー作フェア、酒好き書店員のお勧め本フェア、新進気鋭・未来の文豪フェア、泣きたい本・笑いたい本フェア、島暮らしをしたくなる本フェアなど、木村と岡松がいままで催したフェアを交互に紹介し、それらのひとつひとつのエピソードに、なるほどと感心する声や笑いが起きた。百恵は手帳を開いて、二人の話を熱心にメモしている。

「山内さん、どうですか、ヒントになりましたか」

木村に訊かれ、百恵はペンを握ったまま顔を上げた。

「はい、参考になります。じつはいま考えているフェアがあるんですが、でもですね、それがはたして……」

「もったいぶらずに教えてくださいよ」

「もったいぶっているわけではないんですが、こういう企画が集客につながるのかどうか……」

百恵は口ごもったが、小さくうなずいて続けた。

「図書館の予約待ちランキングフェアと、いちおう名づけてみたんですが」

「わっ、おもしろーい！」

まっさきに声を上げたのは菜摘だった。それで全員の視線を集めてしまい、菜摘はぺこりと頭を下げた。

「それ、おもしろいですよ。小学生のお嬢さんが反応するぐらいだから、インパクトがある」

木村にそんなふうに誉《ほ》められても、百恵はあまり自信がなさそうだった。

「でも、ベストセラー小説フェアなんて、あまりにも当たり前すぎて、どこもやりませんよね。基本的にはそれと何も変わらないんじゃないかと」

「でも」と岡松が言った。「実際に図書館の予約待ちの状況と連動したフェアになるわけですよね」

「豊島《としま》区内の図書館に協力してもらって、予約待ちランキングベスト一〇〇を発表して、そのうちの上位五十冊を並べようと考えています。人気作家は発売の三日後の段階で、もう百人待ちとかでしょう？　それじゃ一年待っても順番が回ってきませんよね」

「なるほど、それは購買《こうばい》意欲をストレートに誘う企画だなあ。それ、うちでやりますよ、すぐにやります。でもあれか。この座談会の記事が出たら、山内さんのアイデアを盗んだことがバレバレになるわけだから、ブックス・カイエさんには、少しでも早くやってもらったほうがいいわけだな。実際、そのフェアの反響を見てから、うちでやっても遅くはない」

木村の発言に笑いが起きたところで、直太朗は五分だけ休憩することにした。編集部に内線電話をかけてコーヒーとジュースのお代わりを頼み、それから菜摘のほうに目をやった。

「何か質問あるかな」

菜摘はノートをめくりながら、首を横に振った。

「特にない」

「そうか、特にないか」

直太朗が苦笑すると、木村が菜摘に声をかけた。

「編集者ってどんな仕事をするのか、それを調べているんだよね。本を作ったり、その本を売るためにこうやって座談会を開いて宣伝したり、たくさん仕事があって、調べるのは難しそうだね。本屋の仕事ならぼくも教えてあげられるけど、特に訊きたいことはない？」

「あの、本屋さんは、やっぱり本が好きですか」

菜摘のストレートな質問に、木村は相好《そうごう》を崩した。

「うん、本は好きだよ。特に好きな本はお客さんに手に取ってもらいたいから、お店の中でいちばん目立つ場所に置く。でも、一日に二百冊も三百冊も新しい本が届くからね、それを店頭に並べるだけでも大変なんだ」

「そんなにたくさん！」と菜摘が目を丸くした。

「そう、だから好きな本、売りたい本がどんどん増えていくと、お店の中で目立つ場所もどんどん少なくなっていく。それればかりか置く場所もなくなってしまうんだ」

コーヒーとジュースが運ばれてきた。時計を見ると、すでに十一時だった。座談会は十一時半までの予定なので、後半は急いで進行しなければならない。

「さて、木村さん」と直太朗は口を開いた。「いまおっしゃっていた売りたい本の紹介に移りましょうか」

座談会の最後にお勧めコメントとともに掲載する「売りたい本」として、木村は海外ミステリーを二冊、岡松は女性作家の小説とエッセイ集をそれぞれ紹介したが、百恵が持参したのは、意外にも小説ではなく、『ひとりで苦しまないための「痛みの哲学」』というタイトルの人文書と『ボクのせいかも……──お母さんがうつ病になったの──』という絵本の二冊だった。

一冊目は、脳性まひの小児科医の先生が、哲学や社会学、臨床などの分野を代表する人たちと「痛み」をめぐって語り合った対談集で、二冊目は、お父さんやお母さんがうつ病になったことを、子どもにどのように伝えればいいのかをテーマにした絵本だと、百恵は用意してきたメモを読み上げながら、淡々と紹介した。

「痛みというのはきわめて個人的な体験なので、他人にはなかなか理解しにくいものですけれど、この本を読むと、どんなにつらくても一人で苦しまなくていいんだと、救われた気持ちになれますし、絵本のほうは、親が心の病気にかかると、その家族は呪文《じゅもん》をかけられた状態になる。特に子どもはそれを自分のせいだと思い込んで心を痛めるのですが、その呪文はいったいどうしたら解くことができるのか、主人公の少年の姿を通して、分かりやすく描かれているんです」

木村と岡松がお勧め本を紹介したときは、菜摘はもう飽きてしまったのか、テーブルの下で足をぶらぶらさせたり、ほとんど氷だけになったジュースの残りにストローを入れて音を立てて吸ったりして、直太朗はそのたびに小声で注意したが、百恵がお勧め本について話し出した途端、菜摘は真剣な表情になり、身を乗り出すようにして聞き入っていた。

座談会は予定をオーバーして十一時五十分に終わった。直太朗は謝礼の入った封筒を手渡しながら三人に礼を述べた。木村と岡松はともに午後一時からの勤務なので、これから急いでそれぞれの職場に向かう。

「ここでちょっと待っていて」と直太朗は百恵と菜摘に声をかけ、二人をエレベーターまで案内した。そして閉まる扉に向かって深々と一礼すると、ふたたび会議室に戻った。

菜摘は百恵が勧めた絵本をさっそく読んでいた。かたわらでは百恵がその様子を静かに見守っている。

「ねえ、これはどういうこと?」と菜摘が絵本のページを指して小声で訊いた。百恵は額に落ちた前髪に手を当てて、「そうね、とにかく最後まで読んでみて」と答える。菜摘はうなずき、静かにページをめくる。直太朗は会議室の入り口で息を詰めるようにして、そんな二人を眺めた。

「貸してあげるから、おうちでゆっくり読んだら?」

百恵の言葉に、「いいの?」と菜摘が目を輝かせた。

「菜摘ちゃんが気に入ったなら、プレゼントしてもいいんだけどね、でも私、中学生のとき、大好きな友だちと本の貸し借りをして、それがすごく楽しかったの。これすごくよかったから、あなたに貸してあげるって、そういうの、いいと思わない?」

「いいと思う」

菜摘はそう言って、絵本を胸に抱いた。

「山内さん」と直太朗は声をかけた。「今日はお休みだから、お時間はありますよね。この近くにちょっとおいしい洋食屋があるんです。そこでランチをとりませんか、菜摘もいっしょに」

「はい、ごいっしょさせていただきます」

百恵はにこやかに答え、菜摘にうなずいてみせた。

そのとき会議室の内線電話が鳴った。受話器を取ると、受付から来客の知らせだった。名前を訊くと小暮冴美だという。直太朗は携帯を取り出し、先ほど届いたメールをあわてて確認した。

〈原稿はもうお読みいただけたでしょうか。もしよろしければ、その件で三十分でもお時間をいただきたいのですが、いかがでしょうか。今日は用事があって近くまで来ましたの

で、一階のロビーでお待ちしています〉

冴美はメールの返事がないので十二時ぴったりになるまで待って、受付から編集部に連絡を入れたのだろう。直太朗は少し混乱しながらも、百恵と菜摘とともに会議室を出て、エレベーターに乗り込んだ。

冴美も誘って四人で食事をしてもいいが、百恵と菜摘の前で小説原稿をめぐって議論をするわけにもいかない。いや、それ以前に、冴美との関係にまったくやましさを感じていないと言えば嘘になる。こんなささいなことでたじろいでいる自分が情けなかったが、いずれにしても冴美をロビーに待たせたまま、三人で食事に行くわけにはいかないだろう……。そこまで考えたとき、エレベーターは一階に着いた。

「急な来客なんだ。ちょっとだけ待っていて」

直太朗は百恵と菜摘に声をかけて、冴美の元に向かった。やあ、と軽く手をあげると、冴美は満面の笑みを浮かべ、ソファから腰を上げた。

えっ、と直太朗はつぶやき、胸の内で舌打ちをした。冴美がいつにも増して胸元が大きく開いた服を着ていたからだ。

「柴田さん、突然すみません」と冴美が頭を下げた。

ほんの少し前屈みになっただけで、ふくよかな乳房が覗いてしまう。そんな挑発的な服をあえて着てきた冴美を見て、一瞬のうちに直太朗の考えが変わった。

「じつはいま、座談会が終わったばかりで、その出席者の方とこれから食事に行くところなんです。事情があってうちの娘もいっしょなんですけどね。午後一時にまたここに戻ってきます。申し訳ないけど、それまで待っていただけませんか。そのあとは一時間ぐらいなら、時間はとれますから」

「分かりました。そのあいだ私は別の店で食事をとっています。一時にまたここに来ればいいんですね?」

冴美があっさりと言ったので、直太朗はホッとして、いつもの口調になった。

「そうしてくれるかな、悪いけど」

「気にしないで。アポイントも取らずに押しかけてきた方がいけないんですから」

「いっしょに食べればいいじゃない」

声にビクッとして振り返ると、知らぬ間に菜摘が背後にいて、唇をとがらせている。

「あら、私のこと憶えてる?」

冴美に訊かれて、菜摘はこっくりとうなずいた。

「小説を書くのが仕事の人」

「憶えてくれてるんだ?　一度会っただけなのにね」

直太朗は百恵のほうに目をやった。彼女は少し離れたところで所在なげに立っている。

「それじゃ、小暮さん」と直太朗は言った。「ランチをとりながら原稿の話はできないけど、それでよかったら」

「私だって、ごはん食べながら小説の話なんてしたくないですよー。菜摘ちゃん、ありがとうね」

冴美はそう言って、唇の両端をきゅっと絞り上げた。

10

洋食店はビルの地下一階にあった。赤いテーブルクロスと、背もたれの高い木製の椅子、古びたレンガ壁の内装が落ち着いた雰囲気を醸《かも》している。

どうぞこちらへ、と店員に案内されたのは、店のいちばん奥まったところにある四人掛けのテーブル席だった。先ほど紹介されたばかりの小暮冴美がごく自然に直太朗の隣の席に腰を下ろしたので、百恵は菜摘と並んで座る格好になった。メニューを開くと、さして大きな店ではないのに驚くほど品数が多い。

それぞれが時間をかけて料理を選び、直太朗がそれを店員に伝えると、つかのまの沈黙があった。菜摘は膝の上に絵本を開いて、熱心に読んでいる。

百恵はそんな菜摘の横顔をじっと眺めた。絵本『ボクのせいかも』は、子どもに向けて書かれた本だが、巻末には大人のための解説も収録されている。菜摘の母親が心の病を患っていたことは、多少耳に入っていたが、菜摘がこの絵本にこれほど惹かれるとは思っていなかった。

この絵本を初めて目にしたとき、ブルーを基調にした装画の美しさと、主人公の少年がスカイという名であることから、百恵は海外作家の絵本の翻訳物とばかり思ったが、それは二人の日本人女性ユニットによる作品だった。とても絵の上手な精神科の看護師さんが絵と文を書き、精神保健指定医が専門家の見地から解説を書いている。物語自体は短くすぐに読めてしまうので、菜摘は何度も最初のページに戻って読んでいる。

「あの、最後にお勧めした本ですが……」と百恵は直太朗に小声でたずねた。「二冊とも小説ではなかったですが、やっぱりまずかったですか。小説のPR誌なのに、人文書と絵本なんて」

「いやいや、そんなことはありません」

直太朗は長めの前髪をボサッとかき上げ、テーブルに身を乗り出した。

「書店で売れている本ではなくて、書店員さんが実際に読んで売りたいと思った本ですから、どんなジャンルの本でも、本好きなら絶対に興味を持ちますよ。それにいくらＰＲ誌だからといって自社本ばかり取り上げていたら、読者にそっぽを向かれる。特に今回は三人の方がそれぞれまったく違う本を勧めてくださったので、誌面もバラエティに富んで、よかったと思います」

「でも、ほかのお二方と違ってエンターテインメントの読み物ではないし、どちらかと言えば非常に特殊な問題を扱っている本なので……」

「ですから、その点も心配ご無用です。ぼくは山内さんの推薦コメントをお聞きして、二冊とも大変興味をそそられました」

直太朗はそう言って、菜摘の顔を覗き込んだ。

「ね？　読んだら、次、貸してね」

菜摘はそれに答えずに、百恵の肘を指でつついた。

「パパが貸してほしいって言ってるんですけど、どうしたらいいですか」

少し思いつめたようなその眼差《まなざ》しに、百恵は笑みを浮かべた。

「もちろん、いいわよ」

「よかったね、パパ。いいって！」

「おお、そうか。それはよかった。では娘の許可も下りたので、私もお借りします」

「ええ、どうぞ」と百恵はいささか恐縮して答えた。

絵本は小学二年生のスカイ少年にやさしく語りかける。たとえお母さんがイライラしたり、急に怒りっぽくなったりしても、きみを嫌いになったわけじゃないんだよ。自分が悪い子だからとか、もっといい子にしていたらとか、決してそういうことじゃない。お母さんの病気は、きみのせいじゃないんだ……。百恵はこの絵本を初めて読んだとき、自分が子どもの頃にこの絵本があったらどんなに救われただろう、とつくづく思ったものだ。

冴美が軽く咳払いをして、上目づかいに百恵を見た。

「もしかして、私、お邪魔虫？」

百恵は意味が分からず、ちょっと首をかしげた。

冴美は百恵から視線をそらさずに、隣の直太朗の二の腕を自分の二の腕で軽く押すようにした。

「ねえ、柴田さん、私って天才かもしれない」

「なんですか、いきなり」

直太朗は苦笑し、肩の凝《こ》りをほぐすように首をゆっくりと左右に曲げている。

「だって、まったくの想像で書いたんですよ、あれは。それがどうでしょ。ゆうべ見た奇妙な夢がすべて正夢《まさゆめ》だった。まさにそんな感じ。驚くなと言われても、それは無理な話ですよ。ああ、ほんとにびっくりした！」

直太朗の表情がたちまち険《けわ》しくなった。

「だから、小説の話はあとでゆっくりしようと」

「違いますよ。私がいま言っているのは、小説の話じゃなくて、現実の話です。とにかく正夢だったんだから。こういうことなら柴田さん、はっきりとそうおっしゃってくだされば、私だって遠慮したのに」

「ちょっと、何を言ってるんだ、きみは……」

直太朗は声を上ずらせた。

正夢？　現実の話？　百恵には何の話か分からなかったが、いま自分がここにいることが問題になっているのだろう、ということぐらいは見当がつく。

「ご飯はみんなで食べたほうがおいしいよねえ？」

直太朗は自ら気を取り直すように菜摘に同意を求めた。菜摘は絵本から目を離さず、こくりとうなずく。

「だって、せっかくの三人のお食事の席に、いきなり部外者が押しかけちゃったみたいで申し訳なくて」

冴美はそう言って片眉だけ吊り上げ、恥じ入るように顔をそむけた。

「あの、小暮さん」と百恵は言った。「座談会のほかの出席者の方もランチをごいっしょする予定だったんです。ですが皆さん、お仕事があるとおっしゃって急いで帰られたので、私だけになってしまったんです。そういうことですから、どうぞ誤解なきように」

「そうだったの？　バカみたい、私、ほんとうに変なこと言っちゃって」

冴美は頰をかすかに染め、ごめんなさいね、失礼なことを言って、と何度も頭を下げた。そのたびにV字型に深く切れ込んだワンピースの胸元から、豊かな半円形のふくらみが覗く。

料理が運ばれてきてからも、直太朗は気難しそうな顔をして黙っていたし、菜摘も口をきかない。百恵にとってはあまり居心地がよくなかったが、冴美はすっかり機嫌を直したのか、楽しそうにしゃべり続けた。

「子どもの頃、憧れたな、本屋さん。女の子の将来の夢って、ケーキ屋さん、花屋さん、あとは保育士さんとかでしょう？　でも、私は断然本屋さんだった。夜、お店を閉めたあと、読みたい本を一人で思う存分自由に読めるなんて、ほんとうに夢みたいで」

菜摘はスペイン風オムレツの中から赤ピーマンだけを選び出して皿の脇に寄せ、直太朗が黙ってそれをつまんで食べている。百恵はそんな二人の様子をぼんやりと眺め、それから冴美に視線を戻した。

「でもね、そんな子どもっぽい夢で終わらせとけばよかったのに、本屋さんに自分の書いた本が並んだらどんなに素敵だろうって、いつのまにかそんな悪い夢を見るようになって」

「悪い夢」と百恵はあいづちを打つかわりに同じ言葉をくりかえした。

「そう、まさに悪夢。高二の夏に決めたの、私はいつか一冊の本を書くって。あれからだから、もう十二年か。やだ、干支《えと》が一回りしちゃった」

「小暮さんの作品、弊社の新人賞の最終候補作になったんですが、それがとっても印象的で」

直太朗が百恵に向かって言いかけると、「やだぁ!」と冴美は言い、直太朗の手の甲をピシャッと叩いた。直太朗はチキンソテーの皿にフォークを落としそうになり、横目で冴美を軽くにらみつけたが、冴美はまったく気にもかけず、百恵に話しかけてきた。

「八ヶ月かけてやっと書き上げたの、七百枚の新作長編。いまね、原稿は柴田さんに預けてあるけど、これでデビューできなかったら、もう書くのは止めようと思ってる」

えっ、と直太朗がつぶやき、冴美の顔に目をやった。

「ごめんなさい。食事中にこんなつまらない話」

「いや、だから原稿の話はあとでしますから」

直太朗は顔を伏せたまま答え、食事に戻った。

それからは会話もほとんど弾まず、四人がデザートまで食べ終えると、まもなく一時になるところだった。

「一人でおうちに帰るのよね？」

百恵が訊くと、うん、と菜摘はうなずいた。

「よかったら、いっしょに見に行かない？　大学のときの友だちが個展を開いてるの」

百恵はそう言って、展覧会のＤＭをバッグから取り出した。案内ハガキには若い女性の肖像画が印刷されている。

「どう？　こんな絵を描いてる人なの」

「うん、行く！」と菜摘は目を輝かせた。

「柴田さん、いいかしら」と百恵は直太朗に申し出た。「立ち寄るのはほんの小一時間だし、画廊は銀座《ぎんざ》だからそんなに遠回りにならないし、そのあといっしょに帰りますから」

「すみませんが、それじゃご厚意に甘えて。一人で電車に乗っても、もう不安はないんですが、山内さんがいっしょなら、もっと安心です」

直太朗はそう言って、菜摘に向き直った。

「迷惑をかけないように、大人しくしてるんだよ」

「いつも大人しいもん」

菜摘は唇をとがらせ、花の刺繡《ししゅう》入りのアーミーキャップを目深《まぶか》にかぶると、小さな赤いポシェットを肩から斜め掛けして、絵本を入れた紙袋を小脇に抱えた。

会計をすませ、エレベーターで地上に戻る。

「いいな、菜摘ちゃん、展覧会。じゃ、バイバイ」

冴美は手を振りながら、直太朗とともに会社へ戻っていった。百恵と菜摘は最寄りの駅へ向かう。

「ねえ、あの人のこと、どう思う?」

唐突な質問に百恵が困っていると、菜摘は続けた。

「小説を書いてる人って、みんなあんな感じなのかな」

「あんな感じって?」

「自由に振る舞う私ってス・テ・キ、みたいな」

最近の小学生はみんなこんな大人びた話し方をするのだろうか。百恵は菜摘のあどけない顔立ちと、思いがけず辛辣《しんらつ》な口調の落差に愕然とした。

「いま会ったばかりだし、ほんのちょっと話したぐらいじゃ、人のことなんて分からないよ」

百恵はそう言ってしばらく口をつぐみ、地下鉄に続く階段を下りながら訊いた。

「でも、なぜ?」

菜摘は口角を上げてニッと笑うと、ICカードを改札機にタッチさせ、地下鉄のホームに入ってから答えた。

「あの人が新しいママじゃ嫌だなーって思ってたけど、なんかそういう雰囲気じゃないみたいだから、よかったー助かったー、とか思って」

新しいママ、と百恵は胸の内でつぶやいた。返す言葉が見つからず、菜摘の顔をまともに見ることもできない。そんな自分に少なからず動揺した。

直太朗の仕事熱心なところや、その気の置けない人柄や、ときおり見せる屈託のない笑顔には好感を持っていたが、仕事を通して何度か会っただけで、個人的な話はほとんどしたことがない。それなのに同い年の気安さも手伝って、ツイッターやメールで何度かやりとりをしているうちに、知らぬ間に親しみ以上の感情を抱いていたのかもしれなかった。

いや、それにしても、と百恵はため息をついた。新しいママという言葉が少女マンガの台詞のようにしか感じられない。菜摘にとっては切実な問題なのに、まるで架空の物語のようで現実感が伴わない。それはいったいどういうことなんだろう。この三年、恋愛から遠ざかっているうちに私はすっかり浮世離れしてしまったんだろうか。小動物のように愛くるしい菜摘を見ていると、自分がまるで両手できつく絞った形のまま乾いてしまった雑《ぞう》巾《きん》のようにさえ感じられる。

百恵はつかのま呆然としたが、菜摘は信頼しきったように話しかけてきた。

「おばあちゃんがね、早く菜摘のママを見つけなさいってうるさいの。お父さんったら、またその話かよって顔してるけど、でもまだ若いでしょ。コブ付きだって恋愛するでしょ。独身なんだからしょうがないよね。だから誰とつきあってもかまわないけど、でも、その人は菜摘のママになる人なんだから、やっぱり気になる。はっきり言って、あの人は、嫌」

「そうなんだ?」と百恵は今度は口に出して言った。

菜摘はテディベアプリントのTシャツに、デニムのショートパンツを組み合わせている。すらりと伸びた長い脚が子どものくせにやけに眩《まぶ》しい。

「でも、菜摘ちゃんは、今日会ったばかりの私に、なぜそんなことまで話してくれるの」

「うーんとね、先生みたい……」

地下鉄の車両が轟音《ごうおん》を響かせてホームに入ってきて、菜摘の声をかき消した。半蔵門線《はんぞうもんせん》で大手町《おおてまち》駅まで行き、丸ノ内線に乗り換えれば、銀座まで十五分ほどだ。

「小学校の先生みたいに見えるの？　私って」

空席を見つけて並んで腰を下ろし、会話を続けた。

「じゃなくて……。勉強を教える先生じゃなくて、分からないことを訊いたら、なんでも教えてくれそうな人」

「でも、菜摘ちゃんから見れば、普通の大人は誰でもそうなんじゃないの？」

「誰でもじゃないよ。友だちのうちに遊びに行くでしょ。いろんなこと話したくなるママと、さっきのあの人みたいに全然話す気になれないママがいる」

そうか、自分は友だちの母親と比べられているのか。百恵は軽いめまいを覚えた。

「辛辣ねえ。でも、彼女はまだ若いから」

「歳は関係ないと思うなー。あの人、歳とっても変わらないと思うよ？　だって友だちのママにもたくさんいるもん、子どもより自分のほうが、よっぽど好きな人」

菜摘は座席に浅く腰かけたままそう言うと、急にしんみりとした口調になった。

「子どもは親を選べないでしょ」

「そうね。この世に生まれてくるとき、親を選べたらいいのに、って思ったことがあるな、私も子どもの頃」

「でも、菜摘の場合、親を選べるから」

え、と百恵が首をかしげる前に、菜摘は続けた。

「二回目は、選べるでしょ。あの人は嫌だって言えば、お父さんもあきらめるじゃない」

そうね、と百恵はうなずくしかなかった。

「でも、おばあちゃんにお見合い写真とか見せられて、この人がママだったらどうって訊かれて、なんか怖そーとか思っても、やっぱり言えないよね。この人がいいとか、この人は嫌とか、ほんとは言えないよね」

返事に困っているうちに大手町駅に着いた。電車を降り、階段を二回続けて上って丸ノ内線に乗り換える。

空席がなかったので、立ったまま話を続けた。

「子どもは親を選べないって話の続きだけど、ちょうど菜摘ちゃんと同じ歳の頃だったかな。どうして私を産んだのよ！　なんて、母に何度もひどい悪態《あくたい》をついたの」

「へえー、山内さんが」

「うん、いまから思うとね、ほんとうに母に申し訳なくて。そんな自分が情けなくて」

「でも、子どものときでしょ」

「そうね、さすがに大人になってから、母にそんなことを言ったことはないけど、でも、いまでも後悔してる」

母親のいない菜摘に向かって、亡き母の話をするのは残酷かな、と百恵は思いながらも、もう少しだけ話の続きをしたかった。

「母はね、五十六で亡くなったの。まだまだ若かった。八年前、私が三十一のとき。職場の仕事にも慣れたし、そろそろ親孝行しなくちゃって、そう思った矢先に亡くなった。ねえ人生って、なかなか思い通りにいかないものよ。そんなにつらいことばかりじゃないけどね」

そか、と菜摘はつぶやき、眩しそうに目を細めた。

そんな菜摘の顔を見て、百恵はあわてた。

「ごめん、どうかしてる、私。小学四年生の子に何を言ってるんだろうね。いい歳をした大人が泣き言なんて、恥ずかしいよね」

「えーっ、なんで?」

菜摘はふしぎそうな顔になり、抱えた絵本をギュッと胸に押し当てた。

「スカイのお母さんみたいだったの?」

「え、誰が?」とちょっと驚いて訊くと、菜摘は声を低めて申し訳なさそうに言った。

「うーんと、山内さんのお母さん、うつ病?」

「そうなの」と百恵はうなずいた。「母の症状はかなり重くて、何年も何年もつらい状態が続いたの。でも、なぜスカイのお母さんと同じだと分かったの」

「なんとなく、そうかなーと思って。お父さんがうつ病になっちゃって会社辞めて家に引きこもったりとかして大変な子、クラスにけっこういるし」

「そうなんだ、けっこういるんだ?」

百恵はおうむ返しに答え、次の言葉を探した。幼い頃に別れた母親に関する記憶が、菜摘にどの程度あるのか分からない。でも、この絵本にこれだけ興味を示すのだから、何か心に響くものがあるのだろう。

「菜摘ちゃんは、絵本のどこがいちばん気に入った?」

「ココアを飲むとこかな」

菜摘は即座にそう答え、絵本をぱらぱらとめくって、そのページを開いた。それはスカイ少年がお父さんから母親の病気について説明を受けて、お母さんが元気じゃないのは自分のせいじゃない。自分は我慢しなくていいんだ、とココアを飲みながら安心する場面だ。

「そこ、私もいっしょ」と百恵は頰笑んだ。「お父さんの作ったココア、甘くておいしそうだったね」

「だね。ほんとは分からないんだけど、でも……」

菜摘の表情がにわかに曇《くも》った。百恵はためらいながらも、「でも?」と先を促した。

「これ読むとね、なんか頭がモヤモヤして、いろんなことを思い出したり、急にドキドキしたり、変な気持ちになるの。でもココアを飲むとこで、ホッとする」

菜摘はそう言いながらも顔をしかめている。

「そうね、ここ読むとホッとするよね。だから、ホッとココアって言うのかな？　わっ、つまらないこと言っちゃった！」

百恵はそう言って笑ってみせたが、菜摘は眉間《みけん》にしわを寄せたまま、首を横に振った。

「違うか。ホッとするんじゃなくて、なつかしいんだ。なんか、ちっちゃい頃、これとそっくりなことがあった気がして」

「ココアはやっぱりお父さんが作ってくれた？」

「それがね、よく分からないの。さっき初めて読んだとき、あっ、なつかしいー、こんなことあったって思ったんだけど、二回読んだら、それって夢で見ただけじゃない？　とか急に思って。だからココアは夢の中で飲んだだけかもしれないし、まだバラ組だったから」

「バラ組？」

「うん、年少さん」

そうか、菜摘ちゃんは絵本を読んで、幼稚園に入ったばかりの頃を思い出したのね、と百恵は口を開きかけたが、そんな会話を続けることが残酷に思えて少しためらった。その瞬間、菜摘は絵本をパタンと閉じて紙袋の中に入れた。電車が銀座駅に着いたのだ。

九歳の女の子とこんな綱渡りのような会話をするとは思わなかった……。百恵は小さく息をつき、菜摘に続いて電車から降りた。

ホームを歩き始めた、そのときだった。百恵は軽く息を呑んだ。菜摘が何も言わずに手をつないできたのだ。百恵はそっと握り返した。手の温《ぬく》もりとともに、菜摘の緊張感が伝わってくる。

そうして二人で手をつないだまま階段を上り、四丁目の交差点に出た。夏の強い日差しがアスファルトの路面に照りつけ、三越《みつこし》や和光《わこう》のビルが白っぽく霞《かす》んで見える。菜摘はキャップのつばを上に折り返して、眩しそうに空を見上げると、ふたたび手をつないできた。

そのとき、百恵はやっと気づいた。絵本の中でお父さんはスカイの手をギュッとしっかり握ってから、お母さんの病気について語り始めたのだ。子どもにとっては、手を握りしめてくれる大人の存在が何にも増して大切なのだと、絵本は静かに訴えている。百恵は汗ばんだ菜摘の小さな手を握り返して歩き始めた。

中央通りをしばらく進み、一本裏手の通りに入った。

「もうすぐよ」

百恵が声をかけると、菜摘は歩きながらポシェットから財布を取り出した。

「あの、子ども料金はいくらですか」

「菜摘ちゃんね、遊園地や映画館と違って、画廊で絵を見るのはタダなの」

「えっ、タダで見れるんですか」

「そうよ」

「お友だちだから、タダになるんじゃなくて？」

「そう、友だちでも、友だちじゃなくてもタダ」

百恵はそう言って思わず菜摘の肩を抱き寄せた。菜摘はくすぐったそうに身をよじる。

そんなことさえ新鮮に感じられ、胸がときめいた。

それはふしぎな感覚だった。もし自分が菜摘の母親なら、三十歳で出産したことになる。傍目にはごく普通の親子に見えるかもしれない。でも、手をつないで歩きながら百恵が思ったのは別のことだった。

小学生の頃の自分は、父親の理不尽な言葉の暴力にたえず怯《おび》えていたので、こんなに自然に大人と会話を交わすことはできなかった。近所の人たちには無愛想《ぶあいそう》で可愛《かわい》げのない子どもと思われていたにちがいないし、とても慕《した》っていた四年生のときの担任が転勤で学校を去ることになったときは、ひそかに先生への感謝の手紙を書いて持参したのに、「あなたにはもっと心を開いてほしかった。それが残念でなりません」とはっきり言われ、ショックのあまり手紙を渡すことができなかった。

思い出すのはそんなことばかりだが、特に苦手だったのは父方の親戚だった。法事の席などでたまに会っても、彼らとは目を合わせることもできない。というのも、母が大学を出たことを鼻にかけているとか、その落ち着き払った態度が尊大で気にくわないとか、彼らは何かにつけて母を非難し、暴力を振るう父を庇《かば》う発言をしたからだ。

こんな人たちとは大人になっても絶対に親戚づきあいはしない、と百恵は子ども心に思ったものだ。こうして菜摘と手をつないで歩いていると、まるであの頃の頑なな自分と手をつないでいるような、そんな奇妙な錯覚にとらわれる。

案内ハガキの地図にしたがってたどりついた雑居ビルの入り口には、友人の個展を案内する看板が立てられていた。エレベーターに乗って四階まで上がり、重い鉄製のドアを開ける。そこが個展会場だった。広さは五十平米ぐらいだろうか。銀座の画廊としてははけっして狭くない。

入り口付近にあった芳名帳《ほうめい》に住所と氏名を書き入れて顔を上げると、友人は数人の客を相手に歓談していた。あいさつは後にしようと思い、百恵は菜摘とともに、展示された作品を一点ずつゆっくりと観ていった。

　ここ数年、彼女が描き続けているのは、日本画の伝統を受け継いだ美人画というジャンルに入るのだろうが、誰もが一目見ただけで、そこに描かれた若い女性たちの存在感に圧倒されるにちがいない。ほとんどの絵が和紙に墨一色で描かれており、不穏《ふおん》な空気を漂わせている。そこに百恵は強く惹かれているのだが、九歳の少女にも作品の衝撃は伝わったようだった。菜摘の柔らかな表情がたちまち強ばってしまったのだ。

「この絵、すごくいいねー」と百恵は菜摘の緊張をほぐすように、あえてのんびりした口調で言って、一枚の絵の前で足を止めた。

　若い女性の横顔がやはり岩絵の具の墨で描かれている。色といえば頰と肩のあたりにわずかに薄桃色が加えられた程度で、背景も一切描かれていない。

　目鼻立ちの整った美しい女性だが、長い髪が額から頰にかかるのも厭《いと》わず、唇の下に指を当てて呆然としている。二重まぶたの大きな目はどこか遠くを眺めているように見えるが、その瞳には何も映っていない。いや、その虚《うつ》ろな視線は遠くのものではなく、むしろ自分の内面に向けられているのかもしれない。

　菜摘は顎を軽く上げ、両腕をだらりと下げ、その絵に真剣な眼差しを注いでいる。

「この絵の題名は〈泣けない〉だって。確かに泣きたくても泣けないことってあるよね」

百恵は独り言のように言った。この作品がただきれいなだけの絵ではないことを、菜摘なら分かるような気がしたからだ。

菜摘はかすかにうなずき、足を一歩踏み出すと、絵に息がかかるほど顔を近づけて、「泣けない」とつぶやいた。そして一歩後ろに下がって、ふたたび絵を見つめる。

その姿があまりに真剣なので、百恵のほうが不安になったほどだったが、菜摘はまったく飽きたそぶりを見せず、時間をかけて一点ずつていねいに観ていった。

〈私を忘れないで〉〈知恵熱〉〈透明になりたい〉〈異星人〉。絵にはそれぞれ印象的な題名がつけられている。〈私は私の声を聞く〉の女性からは生への強い意志が感じられるし、〈断罪したい病〉の女性は人生に尻込みをしているように見える。

「山内さん、ありがとうね、いつも」

声をかけられ振り向くと、友人が立っていた。

百恵は照れて肩をすぼめた。

「でも、いつも観るばかりで、買えないから」

「何言ってるの。こうして足を運んでもらえるだけで、ほんとに嬉しいのよ。どう？　前回とは印象が違う？」

「うーん、題名が短くなった？　〈誰かが作った価値の中では生きられないのを忘れて溺《おぼ》れた〉だったっけ？　あの長い題名の作品、すごく好きだったけど」

百恵がそう言うと、彼女はふふっと笑った。

「こちらはどなた？」

「知り合いのお嬢さんで、菜摘ちゃん、四年生」

「そうか、四年生か。さっきからずっと熱心に観てくれてたでしょう？　だから声をかけづらかったの」

彼女は菜摘の背丈《せたけ》に合わせて腰を屈めた。

「絵はどうでした？」

菜摘は恥ずかしそうに目を伏せた。

「怖くて……」

「あら、そんなに怖い？　私の絵って」

「うん、怖くて、きれい」

「わっ、すごい誉め言葉、ありがとう」

彼女は顔の前で合掌《がっしょう》して一礼すると、指の先だけ叩き合わせて、音を立てずに拍手をした。

菜摘は彼女と目を合わせようとせず、一枚の絵をじっと見つめている。その頬がかすかに紅潮していることに気づいて、「どうしたの?」と百恵は訊いた。だが、菜摘はやはり何も答えず、その絵に視線を注いでいるだけだった。

二十歳前後の髪の長い美しい娘がこれから始まる人生に胸をときめかせている、そのように見える可憐な絵だったが、よく見ると、ナイフにキャビアをのせて食べようとして誤って口の中を切ってしまったとでもいうように、その愛らしい唇から少量の血が流れている。

「この絵にもモデルさんがいるんでしょう?」

百恵はその〈手負いの蕾《つぼみ》〉という題名がつけられた絵を指さして、彼女に訊いてみた。

「うん、この人がいちばんきれいだったな。でも全体的にちょっと整いすぎていて」

「だから唇に?」

そうね、と彼女はうなずいた。

「少しだけ傷をつけてみた。でも、そうしたら、ますますきれいになっちゃって」

「この絵が気になるの?」と百恵は訊いた。

菜摘はぎゅっと口を結んだまま、相変わらず何も答えない。百恵はあきらめて友人のほうに向き直った。彼女は結婚してすでに二人の子どもの母親だが、見た目の印象は美大生の頃とほとんど変わらない。

「お子さん、もう大きくなったんでしょう?」

「そうなの、上はもう中学二年よ。女の子は家のことを手伝ってくれるから、いろいろ助かってるけどね」

「でも、すごいよね、ほんとに」

百恵がため息まじりに言うと、彼女は首をひねった。

「何が」

「若い女性の戸惑いや憧れ、不安やあきらめ、生きていくことへの切ないほどの欲望。どの絵を見ても、現代に生きる女性たちの内面そのものが描かれている。子どもを二人も育てながら、なぜこんなにしんどい創作活動を続けられるのか……。きっとどの絵も、旦那さんも子どもたちも立ち入ることのできない、あなただけの聖域なんでしょう? ほんとうにすごいと思う」

「山内さん、学生時代とちっとも変わらない」

「私が?」と百恵はびっくりして言った。「ちょっと何を言ってるの。あの頃の自分なんて思い出せないくらい、すっかり変わっちゃったわよ」

「ううん、おんなじ。相変わらず硬い言葉づかいで、なつかしいな」

「まあ、確かに」と百恵はそれを認めた。古い友人と会話を交わしているうちに美大生の頃の自分に一気に戻ってしまったのだろう。この二十年間、内面なんて言葉を口にしたことなど一度もなかったはずだ。

高齢の男性客が少し離れたところから、ときおりこちらに視線を送ってくる。彼女と話す順番を待っているのだろう。百恵はそのことに気づき、もう一度招待の礼を述べると、菜摘とともに会場を出た。

日が少し傾いて暑さは和らいだが、アスファルトの路面からはまだムッとするような熱気が立ち上っている。

「ママに似てたの」

銀座駅に戻る道すがら、菜摘がぽつりと言った。

「それって、さっきずっと見ていた絵のことよね」

確認するように訊くと、菜摘は小さくうなずいた。

「ふーん、それじゃ、ママはすっごくきれいな人だったんだ?」

きれいな人だった、とまるで亡くなった人のように言ってしまったことに気づいて、百恵はあわてて訂正しようとしたが、その前に菜摘が付け加えた。

「写真で見ただけだけどね」

そっか、と百恵はつぶやくしかなかった。

銀座線で上野駅まで行き、常磐線に乗り換える。菜摘の最寄りの我孫子駅までは一時間ほどだった。

「おうちには五時頃に着くから、大丈夫だよね」

百恵が訊くと、「全然」とだけ菜摘は答えた。

写真で見ただけ、という言葉が切なかった。幼い頃に別れたため、アルバムに収められた母親しか知らないのだろう。百恵は歩きながら思わず菜摘の手を握ったが、電車に乗り込むなり、菜摘はその手をさっと放し、ポシェットからスマートフォンを取り出した。

個展会場にいるあいだにメールが何通か届いていたのだろう。菜摘はすべての返信をすませると、今度はツイッターに没頭した。画面をスクロールしながら、ときおりピッと指先ではじく。百恵はそんな菜摘の姿をしばらく眺めた。この子が生まれてからまだ九年しかたっていない。そのことがどうにも信じられない。

「私もやってるんだ」と百恵は声をかけた。

菜摘はそれに答えず、液晶画面を指で軽く叩いたり、検索窓に文字を入力したりしている。

「ツイッター、私もやってるのよ」

もう一度言ってみたが、やはり返事がない。無視されて軽く落ち込みそうになったとき、菜摘が顔を上げた。

「もしかして、本が大好きさん?」

「え、なぜ」

「やっぱりそうだったかー。だってお父さんとよくやりとりしてるじゃない」

菜摘はそう言って、「これよね?」と百恵のアカウントを画面に表示して見せた。

「じゃ、フォローするね。鍵かけてるけど、よかったらフォロバして」

百恵はバッグから自分のスマートフォンを取り出し、ツイッターにアクセスした。新たに〈ぬっこ〉という鍵付きのアカウントからフォローされている。菜摘は自分のつぶやきを非公開にして、相互にフォローしている人しか読めない設定にしているのだった。

「ぬっこ?」

「そそ。パパには内緒だよ」

菜摘はそう言ってクシャッと鼻にしわを寄せて笑った。その笑顔が直太朗にそっくりだった。

11

尚也《なおや》は腰に両手を当てて仁王立ちになり、硬く反り返ったディックを、沙英子《さえこ》の頰にこすりつけてきた。

熱くそそり立ち、ひくひく動くそれを、沙英子は喉の奥までくわえ込みたい。そうして温かい舌で思う存分なぶってあげたいのに、尚也は望みを叶えさせてくれない。腰をグラインドさせながら、頰や耳やこめかみに執拗にこすりつけてくる。

たまらずに首を振ると、今度は目の中にねじ込もうとしてきた。沙英子は悲鳴を上げ、あわてて目をつぶったが、ディックはまぶたの上から眼球を責め立てる。歓喜のあまり沙英子は嗚咽《おえつ》し、あふれる涙に恍惚《こうこつ》となった。

尚也はそれを誤解したのだろう。狼狽《ろうばい》したようにベッドに倒れ込み、「ごめん、つらかったよね」と言いながら、沙英子をぎゅっと抱きしめ、「愛してるよ。愛してるのはきみだけだよ」と耳元でささやく。

冒頭部分を読んだだけで、直太朗は原稿を放り投げたくなったが、冴美がこんな書き出しを選んだのは、小説の構成上、なんらかの企みがあるのだろうと思い直し、深呼吸をしてから続きを読んだ。

尚也は四十四歳の文芸編集者で、沙英子は三十二歳の新進作家だった。二人の関係はすでに五年続いている。尚也は離婚歴のあるシングルファーザーで、娘の瑞奈《みずな》は高校一年生になる。

瑞奈は父親と沙英子の関係を知っているが、批判めいたことは一切言わないし、沙英子に嫉妬《しっと》するようなこともない。というのも、二人が結婚をまったく考えていないからだ。籍を入れないなら二人が何をしようと、娘の自分には関係のないことだと思っている。

沙英子は編集者という父の立場を利用し、父もまた割り切った関係を維持することで、いつまでも若々しくいられる。瑞奈はそのことを正確に理解できるほど早熟な娘だった。そのおかげで沙英子はこれまで瑞奈とも友好的な関係を保ってきた。

だが、そこに邪魔者が入る。海外の絵本や木製玩具の輸入販売を手がける野梨子《のりこ》だ。フエアトレードを通じて途上国の子どもたちへの教育支援に熱心な女性起業家として、経済誌や女性誌にたびたび登場する有名人だが、尚也とは高校の同級生だった。

その野梨子と尚也が国際ブックフェアの会場で二十数年ぶりに再会し、急接近する。それぞれに事情は異なるものの現在は独身である身軽さと、年輪を刻んで魅力を増したかつてのクラスメートを誇らしく思う気持ちとで、二人は年甲斐もなく恋に落ちたのだった。

娘の瑞奈も初めのうちは、知的で優雅でバイタリティにあふれた野梨子に憧れを抱き、三人で芝居を観たり、セミナー付きの早朝座禅に参加したり、パティシエから洋菓子作りのレッスンを受けたりと、いままで経験したことのない目先の変わったイベントへの誘いに胸を躍《おど》らせるが、半年も経つうちに野梨子の存在をうとましく思うようになる。父と娘だけで謳歌《おうか》した放恣《ほうし》な日々をなつかしく思い出し、このままでは野梨子の教養やプライドによって自分の人生が捻《ね》じ曲《ま》げられてしまうかもしれない、と恐怖するのだ。おまけに二人は大真面目に結婚を考え始めたらしい。

瑞奈はそのことを沙英子に打ち明け、二人の結婚話を破談に持ち込もうと、あれこれと画策する。

そこからのストーリー展開は、確かによく練られている。沙英子が招かれざる客として三人の昼食の席に割り込むシーンには、特に謎めいたものはなさそうに読めるが、じつは尚也の同僚がレストランの客として、その食事風景を目撃しており、それが後半の展開につながっていくところや、尚也と野梨子が京都を旅行する場面では、嵐山《あらしやま》の天台《てんだい》宗の古《こ》刹《さつ》で沙英子とばったりと鉢合《はちあ》わせするが、それは偶然を装ったプラン通りの出来事ではなく、瑞奈の連絡ミスが原因だったことなど、伏線がからみあって物語は予想外の広がりを見せ、ミステリーとしてはそれなりに読み応えがある。

だが、読み始めてまもなく、これはフランスの著名な女性作家のベストセラー小説の翻案なのではないか、と直太朗は気づき、アマゾンで文庫を取り寄せて読み比べてみたところ、ちょっと気の利いた言い回しや特徴的な比喩などは十数ヶ所も剽窃《ひょうせつ》していたし、エンディングのエピソードに至ってはそっくりそのまま、原作の焼き直しにすぎなかった。

冴美の長編小説は次のようにしめくくられている。

この小説が世に出るとき、首都高速環状線で追突事故を起こし死亡した女性起業家の遺族により、沙英子はすでに告訴されているかもしれない。さらにいえば、検察官の請求に基づいて裁判所がこの小説を証拠として採用する可能性も否定できない。だが、そのような危険を冒《おか》してもなお、この小説は書くべきであり、本にして世に問うべきだ、と沙英子は判断した。

「全部小説に書いちゃえばいいのよ」と瑞奈にそそのかされたことが沙英子の背中を押したのは事実だが、もちろん小娘の望みを叶えるために書いたわけではない。

小説家として次の段階に進むために、沙英子はこの小説をどうしても書いておかなければならなかったのである。

昼食をすませて会社に戻ると、直太朗はロビーの応接スペースで冴美と向かい合い、これは『悲しみよこんにちは』のあからさまな焼き直しであり、細かな言い回しや文章表現にも多数の盗用が見られる上、野梨子が瑞奈の仕組んだ悪だくみに動揺して、車を猛スピードで走らせて事故死する結末は、同作の盗作と言われてもしかたないほど酷似《こくじ》している、とはっきりと指摘した。

だが、冴美は少しも動揺せず、明るく言ってのけた。

「はい、柴田さんにはそう言われるんじゃないかな、と思っていました。フランソワーズ・サガンへのオマージュって、堂々と銘打てばいいんじゃないかと思うんですが、やっぱりだめですかね」

「だめです」と直太朗は答え、さらに問題点を挙げた。「冒頭部分を初めとして、ストーリー展開と関連しないセックスシーンがたびたび出てきますが、これはいったいどういう意図によるものか、いくら読み直しても理解できなかった。しかも女性読者の反発を招くようなサディスティックで、卑俗《ひぞく》な性描写がくりかえされる。エンターテインメント作品として、これは致命的な欠陥です。それが二点目」

直太朗の口調はいつにも増して厳しくなったが、冴美はさほど顔色も変えずぼんやりしている。

「あと三点目は、きみも分かっていると思うけど、七百枚という枚数の問題。新人賞の規定を大きく超えているので、賞にまわすことはできない。いや、それ以前に、ぼくが指摘した点を全面的に受け入れて書き直すとすれば、まったく違う作品になってしまうと思う」

「つまり、ボツということですね」

冴美の切れ長の目からたちまち涙があふれ、頬を伝わり落ちた。だが、彼女はそれを拭おうともしない。隣のテーブルでは宣伝部の社員がポスターの見本刷りを広げて外部スタッフと打ち合わせをしていたが、彼らは先ほどからちらちらと視線を向けてくる。

「いや、ボツということではなくて、このままでは刊行できないという判断です」

直太朗は苦し紛れにそう答えながら、もっと言葉を尽くしてきちんと話す必要があると思った。

冴美はなぜストーリーと関係のないセックスシーンを何度も執拗に挿入したのか。父親の結婚相手の女性を死に追いやっても、娘は決して後悔しない。そんな悪意に満ちた小説をなぜ書いたのか。冴美がエンターテインメントとして破たんした小説をあえて書かずにいられなかったのだとすれば、そんな彼女の屈折した思いをきちんと受け止めなければ、これから先どれだけ書き直しても、同じ場所で堂々めぐりをくりかえすだけだろう。

腕時計に目をやり、直太朗は口を開いた。

「これから早急に片づけなければならない仕事がいくつかあるんです。もし七時すぎでよかったら、話の続きをしませんか」

「ありがとうございます。では、後ほどメールします」

冴美はそう言って、さっと席を立った。そして一度も振り向かずに正面玄関から足早に出て行った。

その態度があまりにもあっさりしているように見えたので、直太朗はちょっと拍子抜けしたが、エレベーターに乗って編集部に戻る途中、冴美はあれ以上一秒たりともその場にとどまっていることに我慢ならなかったのだろうと気づき、それほどまで追いつめられた彼女の気持ちを想像して、ますます憂鬱になった。

デスクに戻ると、直太朗はさっそく書店員座談会の原稿をライターに発注する準備を始めた。二時間の座談会でも、四ページの誌面に使う箇所だけピックアップすれば、合計で三十分ぐらいのものだ。ボイスレコーダーの録音を早回しで聞きながら、重要と思われる発言をチェックし、それぞれの録音経過時間をメモしていく。そしてそれをすべて終わらせると、メモを見ながらあらためて座談会を四部構成にする案を作り、各部ごとにポイントとなる出席者の発言をライターが一発で頭出し再生できるようなインデックスを作る。

何もそこまでしなくても、と編集部の同僚には言われるが、ライターの原稿が上がってから、この発言も入れてほしいと頼むぐらいなら、初めからここまで作業しておいた方があとの進行がスムーズだった。それにこちらとしては、入れてほしい発言をチェックして渡すだけなので、全体の文字数に合わせてさらに座談会のどの部分をふくらませるかは、ライターのセンス次第になる。

座談会の録音データをＺｉｐファイルに圧縮し、それに全体構成のメモを加えたファイルを添付して、ライターに原稿依頼のメールを送信すると、早くも五時になるところだった。

菜摘は展覧会を観たあと、無事に帰宅しただろうか。山内さんにはいつかきちんとお礼をしたいが、それはどんな仕方がいいのか……。そんな思いが脳裏をよぎったが、宣伝部から来月刊行図書の新聞広告のラフが至急便で回ってきたので、ＩＳＢＮコードをチェックしたり、すでにアマゾンや楽天《らくてん》などのネット書店に送った新刊情報と突き合わせしながら、各新刊の紹介文やデータを最終確認したりしているうちに、そのことはすぐに忘れてしまった。

担当する作家三人に、それぞれ新作の感想を中心とした長文のメールを書き、それから二人の作家に電話を入れて来週と再来週の打ち合わせの日程を確定し、最後に明後日の編集会議の企画書作りに取りかかったが、ほぼ半ばまで進んだとき、すでに七時二十分前になっていた。これは明日でも間に合う。直太朗はパソコンを落とし、デスクの上を手早く整理すると、お先に、と同僚に声をかけて、編集部を出た。

冴美がメールで指定してきたのは、かつて二人で一度入ったことのある神楽坂の居酒屋だった。魚がおいしくて、各地の地酒を揃えている店だ。

〈すみませんが、一足先に飲んでいます〉というメールが事前に入っていたが、直太朗が店に到着したとき、冴美はすでに冷酒を二合飲み、目のふちを赤くしていた。

「ねえ、小暮さん、今日は大切な話をしたいんだ。お酒は少し控えてくれないかな」

直太朗は席に着くなりそう言ったが、実際、自分がどんな話をすべきなのか、ほんとうはよく分からなかったし、冴美はいつにも増して早いピッチで飲み続けたので、一時間もしないうちに呂律が怪しくなった。

「山内さんと菜摘ちゃんが絵本の話を始めたときは、ほんと、ひっくり返りそうになりましたよ、私。まあ、ヒロインは女性起業家じゃなくて書店員さんでしたからね、事実は小説より奇なりとは言えないけど」

「ねえ、小暮さん」と直太朗はもう一度言った。「きみはなぜこの小説を書いたの。小説家として次の段階に進むために、この小説をどうしても書いておかなければならなかった、と最後に書き記していたよね。その話をしましょう。きみの真意が知りたいんだ」

冴美は冷酒を一口飲み、テーブルにグラスを戻した。

「それ、知りたいのは私の方よ。とにかく書きたいことを書こうと思っただけ、今回は。セックスシーン書くとね、ものすごく気持ちよかった。あんなことやこんなこと、柴田さんがしてくれたらきっと関係が変わる。私も一皮も二皮もむけて書くものが変わる。たぶんそう思ったんじゃないかな。うん、きっとそう。でも、途中で何度も行きづまって、そのたびに相談したいって電話したのに柴田さん、忙しくてずっと会ってくれなかったし、こうして久しぶりにやっと二人だけで会えたのに、もう昔みたいに私をいやらしい目で見ないでしょう？　興味がなくなったのよ、私に」

直太朗は思わずカウンターの向こうに目をやった。三人の若い板前がきびきびと立ち働いている。店はゆったりとした作りで、テーブル同士がけっこう離れているので、隣の客に二人の会話は聞こえないはずだが、それでも落ち着かなかった。

「酔ってるよ、きみは」と直太朗は小声で言った。

「もちろん酔ってます。でも、いま言ったことは全部本心なんです。きみには才能がない。だから作家になるのは無理だって、柴田さんにはっきり宣告される前に、これが最後の小説のつもりで、自分の夢を全部実現する物語を書いてみたわけ。つまり、そういうことなんです。恋敵《こいがたき》を交通事故で死なせちゃったり、残酷だとは思ったけど、でも、小説って夢を描くものでしょ？　だから心おきなく書いてみたの。そうしたら、現実に山内さんが正夢になって目の前に現われたりして」

冴美はそう言って顔を上向け、あはっ、と笑った。

そのとき直太朗の携帯がブルッと震え、メールが着信した。だが、ポケットから取り出して確認するのはためらわれる。

「なるほど」と直太朗はうなずいた。「でも、そこまで無理をして、そんなに自分を追いつめて小説を書くことはないんじゃないかな。三年前、最終選考に残った作品を書いたでしょう。あのときの自分の気持ちを思い出してほしい。いまとは違うよね、全然」

冴美は手酌で冷酒を注ぎ、顎をしゃくりあげるようにしてグラスを傾けた。そしてグラスをそっとテーブルに戻してから口を開いた。

「毎日書かないと、とにかく不安になって」

そうか、と直太朗はうなずき、少し声を低めた。

「しばらく書くのを休んでみたらどうだろう」

「一週間とか？」

「ううん、半年とか」

直太朗がそう言うと、冴美は急に声を荒らげた。

「それはもう書くのは止めろってことでしょ！」

「ちょっと待って」と直太朗は手で制した。「そんなことは言ってない。休養が必要なんじゃないかと言ってるんだ。いままで何人もの作家を見てきたけど、半年、一年と休んでから、また旺盛に書き始めた人もいるし、それきり書けなくなった人もいる。きみはどちらか分からないけど、いまは休養が必要だと思うんだ」

冴美は黙ってグラスを傾けた。直太朗は続けた。

「暗くて狭い穴の中でずっと書き続けていると、どっちが上で、どっちが下かも分からなくなる。そんな状態ではもう小説など書けない。そんな話をしてくれた人もいたよ。彼は将来を嘱望《しょくぼう》された純文学の新人だったけど、いまはもう文学とは無縁の暮らしをしている」

「私が書いてるのは読み物で、文学なんかじゃないし、そこまで追い詰められていないと思います」

冴美はきっぱりとそう言った。直太朗は少し迷いながらも、遠慮せずに続けた。

「でも、サガンの有名な文章をそっくり盗用しても、なんの問題もないと思ったわけでしょう？　それはちょっとおかしくないか」

「それはそうかもしれませんが……。使ってみたい台詞とか、ちょっとおしゃれな表現とか、たくさんメモしておいたんです。もちろんそのまま使うつもりなんてなかった。でも、そんな言葉がたくさんたまって、一冊の辞書ぐらいになったので、一度試しに小説の中で使ってみたんです。そうしたら、ほんとうに自分のオリジナルの表現みたいに思えてきて、だから」

ふたたび携帯電話がブルッと震えた。急用なら電話がかかってくるはずだと思い、直太朗はテーブルのグラスに手を伸ばし、酒を一口飲んだ。

「いまのメール、二通目ですよね」

冴美はそう言って席から腰を上げると、少し足をふらつかせながらトイレに向かった。

直太朗は携帯を取り出し、さっそく受信メールを呼び出した。

〈今日はおいしいランチをご馳走になり、ありがとうございました。菜摘ちゃんを我孫子のお宅までお送りしようかと思ったのですが、逆におうちの方に気をつかわせてしまうかもと思い、それは遠慮しました。ほんとうにかわいいお嬢さんですね。でも、別れ際にちょっと気になる話を聞きました〉

〈すみません。途中で送信してしまいました。別れ際に気になることを聞いたので、あれから菜摘ちゃんと少しメールのやりとりもしました。その件でお伝えしたいことがあるのですが、メールでは長くなるので、電話でお話しできたらと思います。今夜は十二時ぐら

いまでならいつでも電話を受けられます〉

末尾には百恵の携帯の番号が記されている。腕時計に目をやると、すでに十時を回っていた。冴美も今夜はこれ以上飲まないほうがいい。直太朗はそう思い、店員に会計を頼んだ。

代金の支払いをちょうどすませたとき、冴美が戻ってきた。

「もう終わりですか」と冴美は言った。

「そう、今夜は終わり。もう飲まない方がいい」

「もう会ってくれない、ということですか」

直太朗は小さく息をついた。何を言っても虚《むな》しい気がしたが、このまま冴美をタクシーに乗せて帰らせても、また同じ夜をくりかえしそうだった。

「小説の文章は書けばどんどんうまくなる。きみもこの三年でものすごく上達したと思う。でも、はっきり言うが、同じところをぐるぐる回っているような気がしないか？ つまりね、私はこれを書きたい。それだけじゃ足りないんだ。大切なのは、これを書くのは私しかいないという確信だよ。どんな作家でもデビュー作は、これを書くのは私しかいない、という確信を得てから書き始めている。それを見つけることができたら、ぼくが書くなと言っても、きみはすぐに書き始めるだろう。それまでは焦る必要なんてないんだ」

「たとえば」と冴美は即座に言った。「虚言癖《きょげんへき》の男が書きたいとか、そういう動機だけじゃだめなんですか」

「いや、とてもおもしろいと思うよ。でも、きみにしか書けない虚言癖の男って、なんだろう。そいつの尻尾《しっぽ》をちゃんとつかまえてから書き出さないと、またぐるぐる回るだけの小説になる」

「嘘ですよ。虚言癖の男なんて、いま思いついただけ。今夜はもう終わりって言うから、会話を引き延ばしただけです。それにしても、まじめすぎですよ、柴田さん。せっかく久しぶりに会えたんですから、今夜はこれから二人で何か楽しいことでもしましょうよ」

冴美はそんな軽口を叩きながらも、ほんの小指一突きで泣きだしてしまいそうなほど顔を歪めている。それほど気が弱くなっているのだった。

かつての自分は、そんな冴美を見てなんとかしてあげたいと思い、酒の酔いにまかせて抑制がきかなくなり、ふと気づいたときには、ラブホテルのベッドの上で手をつないで倒れている自分たちの姿を見出《みいだ》して愕然とした。そんなことを何度もくりかえした。愚かな行為だったとは思わないが、そんな関係をいつまで続けても、おたがいにつらくなるばかりだろう。直太朗はそう思い、酔って正体を失《な》くしかけた冴美を強引に抱きかかえるようにして店を出た。

石畳の路地を抜けて、早稲田《わせだ》通りに出る。飯田橋駅に向かう坂の途中でタクシーを止めると、直太朗は冴美を車内に押し込み、すばやくタクシー券を渡した。

「降りるときにサインして、運転手さんに渡してください。じゃ、おやすみなさい。気をつけて」

冴美はタクシー券を見て小さくうなずくと、運転手に行き先を告げ、それきりこちらを見ようとしなかった。腹を立てているのか、それとも酔ってぼんやりしているだけなのか、見分けはつかない。直太朗は走り出したタクシーが見えなくなるまでその場に立ち尽くし、それから一本裏手の静かな道に入って携帯を取り出した。

だが、自分でも気づかないうちに、けっこう酔っていたのだろう。目が霞《かす》んでよく見えない。何度か押し間違えながら、やっと百恵の番号を押した。

電話はコール二回でつながった。

「夜分失礼します。菜摘がどうかしましたか」

直太朗はいきなり切り出したが、「わざわざお電話をいただき、すみません。こちらからおかけしていいものか、迷ったものですから……」と百恵は遠慮がちに言い、口ごもったまま、なかなか本題に入らない。

「菜摘が何か気になるようなことを言ったんですよね」と直太朗は少し声を大きくして言

った。

「はい、電話ではちょっと話しづらいんですが、菜摘ちゃん、おそらく三歳の頃の記憶だと思うんですが、氷のお風呂に無理やり入れられて死にそうになったと言うんです」

「氷の風呂」と直太朗はくりかえした。

「そうです。水風呂のことかと思ったんですが、そうじゃなくて、湯船にたくさんの氷が入っていたと言うんです。ブロックアイスというんですか、大きな板状の氷が湯船にぷかぷか浮かんでいて、シロクマが暮らしている北極海《ほっきょくかい》みたいに冷たかったと」

「それは夢の話なんじゃないんですか」

「もちろん私もそう思ったんです。でも、そのときちょうど柏駅に着いたので、話はそれで終わってしまったんですが、どうにも気になって、家に帰ってから菜摘ちゃんとメールのやりとりをしたんです。そうしたら、あれは絶対に夢じゃないって言うんです。段ボール箱に梱包《こんぽう》された大きな氷のかたまりを、男の人が二人がかりで浴室まで運んで、水の入った湯船にザブンと投げ入れた。そして男の人たちが帰ると、菜摘ちゃんはその冷たい氷の風呂に無理やり入れさせられたと言うんです」

「誰に無理やり入れさせられたと？」

「それが誰だか分からないらしいんです。とにかく氷のお風呂は冷たくて、がくがくぶるぶる震えたけれど、いつのまにか身体が温かくなって眠ってしまったと。それで、目を覚ましたら病院のベッドにいたと」

えっ、と直太朗は声を上げた。

「なにか心当たりが？」と百恵が言った。

三歳のとき、菜摘は確かに肺炎で入院したのだった。でも、それがたとえ病院のベッドで見た夢であったとしても、いまでも覚えているとは到底思えない。それは菜摘の想像の産物なのだろう。直太朗は百恵にそう言おうとしたが、ふと思い当たることがあり、「いや、別に」と短く答えただけで、口をつぐんだ。

祥子はその頃、急速に不安定になり、業務用の本格的なかき氷機をネット通販で購入し、一度も使わずにマンションのゴミ捨て場に放置したことがあるのだ。

直太朗が黙っていたので、百恵が心配そうに言った。

「すみません、もちろん夢の話だと思うんですが、菜摘ちゃん、これはいままでお父さんにも誰にも言ったことがない秘密だと、ものすごく真剣に打ち明けてくれたものですから、とても気になって」

「そうですか。今度の週末、それとなく菜摘に聞いてみます。わざわざお知らせいただき、ほんとうにありがとうございました」

直太朗はそう言って、携帯を耳に当てたまま、電話の向こうの百恵に向かって何度も頭を下げた。いつかぜひ今日のお礼をさせてください、と電話の最後に言うつもりだったが、「誰にも言ったことがない秘密」という言葉に、思いがけず動揺してしまったのだった。

12

夏休みの家族旅行は、軽井沢《かるいざわ》のリゾートホテルで二泊三日の予定を立てていた。

まず一日目は、クリやサクラの木を使って創作にチャレンジする「親子で森の工作体験」、そして二日目は、森の中をワイヤーロープと滑車《かっしゃ》を伝って滑り降りる「ジップライン・アドベンチャー」。直太朗は菜摘と観光案内サイトを探索しながら、この二つの人気プログラムをすでに予約していたし、二人がアウトドアを楽しんでいるあいだ、高齢の両親は美術館めぐり、万平《まんぺい》ホテルでのランチ、バードウォッチングと、夏の軽井沢を満喫《まんきつ》する別の計画を立てていた。

そうして家族四人が楽しみにしていた旅行だったが、出発日の四日前になって突然キャンセルせざるを得なくなった。

というのも、母はその日、目の痛みを訴えて総合病院の眼科を受診し、思いがけない病名を告げられたのだった。父から珍しく会社に電話が入り、その知らせを受けた直太朗は、取るものもとりあえず定時に退社し、実家に向かった。

混み合う電車のドアにもたれて嘆息すると、受話器の向こうから聞こえてきた父の弱々しい声がよみがえる。

「大変なことになったんだよ、お母さんがね……、おまえに電話してもしかたないんだけど、どうしていいか分からなくて」

「どうしたの、何があったの」

「ああ、それがね……、ちょっと待ってくれ、目の病気なんだが、急に思い出せなくなった」

父はパニックになったように一人でブツブツとつぶやき続け、緑内障《りょくないしょう》という病名を思い出すまでにだいぶ時間がかかった。

直太朗はたちまち落ち着かなくなり、スマートフォンを操作して医療サイトにアクセスした。

〈緑内障とは、眼圧が高くなるなどして視神経が圧迫されて、視野が欠けるなどの特徴的な変化が起こる病気です。急性の緑内障以外はほとんど自覚症状がなく、気づかないあい

だに進行します〉

〈緑内障中期は、暗点が拡大して視野の欠損が広がりますが、この段階でも片方の目によって補われるため、異常に気がつかないことが多くあります。末期になると、視野はさらに狭くなり、視力も悪くなって、日常生活にも支障をきたすようになります〉

〈治療法としては、眼圧を下げる点眼薬を一種類から始めるのが一般的です。緑内障の進行が速い場合、レーザー治療や手術で眼圧を下げることもあります。また、まれに内服薬を使用する例もあります〉

我孫子までの一時間ほど、直太朗は電車に揺られながらネットの記事を読み続けた。

〈七十歳代では、十人に一人が緑内障〉といった記述を見ると、それほど深刻になることもないように思えるが、〈治療は基本的に一生続けると考えてください〉といったくだりを目にすると、電話口で狼狽するあまり、肝心《かんじん》な病名がなかなか出てこなかった父の気持ちも理解できる。

平日にもかかわらず実家に帰ってきた直太朗を見て、「何よ、お父さん」と母は顔をしかめた。「わざわざ直ちゃんにまで電話したの？　でもね、直ちゃん、これはとてもゆっくり進行する病気だし、失明に至るケースはごくわずかだって先生もおっしゃっていたから大丈夫。そんなに心配しなくていいのよ」

失明。そんな言葉を平然と口にする母は、直太朗の目にも頼もしく映ったが、父がすっかり冷静さを欠き、菜摘も動揺しているので、せめて自分は気丈に振る舞わなければ、と無理をしていたのかもしれない。

母の話によれば、正式な病名は「閉塞隅角緑内障《へいそくぐうかく》」で、急性発作により、目の痛みや充血とともに吐き気にも襲われたが、病院で最新のレーザー治療を受けたので、症状は落ち着いた。医師には、早期の段階で発見できて幸いだった、と言われたという。

「そうか、よかったよ、母さん。もし急性じゃなくて慢性だったら、気づかないうちに病気が進行して、健康診断で指摘されたときにはもう取り返しのつかない末期の状態になっていた、なんてことも多々あるらしいから」

直太朗は母を励ますつもりで言ったが、父は過敏に反応した。

「やめてくれ、そんな縁起でもない話」

「いや、違うよ。そんな状態にならなくてよかったと、ほんとに安心したから言ったんだ」

「どんなつもりでも同じだ。取り返しがつかないとか、末期とか、そんなこと軽々しく言わないでくれ！」

父が声を荒らげた。フローリングの床にペタンと尻をついて、ダッフィーのぬいぐるみを抱きしめていた菜摘がビクッと顔を上げる。

「そうだね、父さん、ごめん」

直太朗は素直に詫び、ふたたび母に向き合った。

「実際のところ、眼圧を下げるまでが大変で、レーザー治療そのものは数分で終わってしまうものなんでしょう?」

あら、と母は鼻筋にしわを寄せて笑った。

「いろいろ調べてくれたんだね。そう、レーザーは十分もかからなかったけど、とにかく眼圧を下げるのが先決だと先生もおっしゃって、ずいぶん時間をかけて点眼や点滴を受けたから、全部で三時間近くかかったかな」

「うわっ、そんなに?　大変だったねえ。今日はほんとうにお疲れさまでした」

直太朗は自分の声が不自然なほど明るく居間に響き渡るのを承知していたが、陽気に振る舞うのが自分の役目だと思った。

「じゃ、とりあえずは心配ないんだね?」

直太朗の言葉に、母の笑みが糊《のり》づけされたように強ばった。

「心配は心配よ。今日は右目を治療したけど、次回は左の目。そっちはまだ悪くないんだけど、予防のためのレーザー治療だって……。眼圧がまた急に上がるようなことになれば、経過次第では手術する必要も出てくるかもしれないし」

大丈夫だから心配しなくていい、と母は先ほど言ったばかりなのに、やはり不安でたまらないのだろう。直太朗はテーブルの上に置かれた母の手をそっと握った。かたわらでは父が冷凍庫の魚のように表情を失くし、菜摘は怒ったように口をとがらせている。母の手を握るなんて小学生のとき以来だな、と直太朗は少し照れ臭くもあったが、母もすぐにぎゅっと握り返してきた。

確かに医療サイトには、緑内障で壊死《えし》した視神経が生き返ることはないし、失った視野は二度と取り戻せないと書いてあった。だが、適切な治療によって視野欠損の進行を止め、発覚時の視野をその後もずっと維持することができる、とも記されていたはずだ。

「母さんの場合、先生もおっしゃるように早期の段階で発見されたんだから、全然怖がることはないよ。父さんは、ぼくがネットの知識だけで分かったようなことを言ってる、と思ってるんだろう？　でも、先生に任せておけば安心だから」

直太朗はそう言ってから、菜摘のほうを振り向いた。

「定期的にきちんと検査を受けていれば、おばあちゃんは大丈夫。それに旅行なんて、これから何度でも行けるしね」

菜摘はもちろん怒っているわけではなかった。祖母のことを心配するあまり、泣き出す寸前のようなしかめ面になってしまうのだ。

旅行の中止について菜摘はまったく不満を述べなかったし、そればかりか率先《そっせん》して家事を手伝うようになり、母を大いに喜ばせたが、父の変わりようには驚いた。

切れた蛍光灯の付け替えから庭の芝刈りまで、すべて母に任せきりで、自分では湯を沸かすことさえしなかった父が、下着一枚になって風呂場を掃除し、洗濯物を取り込んで丁寧にたたみ、米を研《と》いで炊飯器《すいはんき》をセットする。台所のシンクが詰まり気味なことに気づいて、ワイヤーのパイプクリーナーで配管の清掃をしている父を目撃したとき、直太朗は声をかけることも忘れて、黙々と作業を続けるその姿をじっと固唾《かたず》を呑んで見守ったものだ。

加えて父は母の通院にも必ず付き添った。足の具合が悪いわけでもないのでバスで行くと母は言ったが、金はこういうときに使うものだと言って父は電話でタクシーを呼び、病院の待合室でも甲斐甲斐しく母の世話をした。

旅行のために取得した土日を含む五連休の間、直太朗は我孫子の実家ですごした。菜摘と市民プールで泳いだり、デパートで新しい服を買ったり、図書館でいっしょに絵本作家の講演を聞いたり、夏休みの自由研究を手伝ったりしているうちに、五日間はたちまちすぎた。

そうして短い夏の休暇が終わると、ふたたび深夜残業続きの毎日が始まり、土日にのみ実家に帰る生活パターンに戻ったが、朝の早い時間に母からしばしば電話が入った。

「ねえ、聞いてよ、直ちゃん。昨日、お父さんね、散歩に行くと言って出かけて、一時間ぐらいしてスーパーのレジ袋をさげて帰ってきたの。一人で買い物なんてしたことのないあの人が駅前のスーパーに行ったのよ。なんだと思ったら、ブルーベリーのジャムとかヨーグルトケーキとか、あとはブルーベリーの杏仁《あんにん》豆腐とか、もう山ほど買ってきて」

「ブルーベリーは目の健康に役立つからって？」

直太朗は枕元の目覚ましに目をやり、母に訊き返す。午前七時半。勤務を終えて帰宅するのが毎晩十二時すぎになるので、電話がかかってくるのはたいてい朝のこの時刻だった。

「緑内障に効くなんて話は聞いたこともないけどね」

「でも、いいじゃない。変われば変わるもんだねえ、親父も」

「そう、びっくりするよねえ。たまには病気になってみるもんよねえ、ほんとに。遠慮せずにおれに頼ればいい、なんて言われて、いったいどんな返事をすればいいの」

「それはいままで父さんがいかに母さんに頼って生きてきたか、そのことの裏返しだと思うよ」

「やっぱりそう思うのね、直ちゃんも。私が失明した日には、お父さん、ショックで死んじゃうかもね。あの人、昔から威張《いば》り腐《くさ》っている割に、ほんとに気が弱いんだから」

その弾むような声を聞きながら、直太朗は改めて母の強さを思い、しみじみとした気持ちになったが、母は少し声を低めて続けた。

「いまはなんとかなってるけど、緑内障が進行していつか菜摘の面倒を見られなくなるときが来るかもしれない。そうでしょう？　そうなったときのことが気がかりなの」

医療サイトによれば、緑内障は十年単位で進行する病気だった。母の場合はどうか分からないが、十年後、菜摘は二十歳になっている。もうとっくに自立しているだろう。母がそこまで心配する必要はないと思ったが、そんなことは口にできない。加えて母が癌の告知を受けるより、失明する可能性を考えるほうが、息子としては恐怖を覚えるのだった。

直太朗が黙っていると、母は小さく咳払いをして続けた。

「あなた、お見合いの話も全部断わっちゃうし、菜摘の新しいママ、ほんとに探す気があるの？　誰かお付き合いしている方はいないの？　このままずっと独身でいるつもり？」

母にとっては、息子はいつまでたってもやはり息子だ。

「付き合ってる人はいないけど、気になっている人はいる」

直太朗はそう答え、これじゃ中学生の言い草だな、と苦笑したが、「あら、もうこんな時間。ぐずぐずしてると会社遅刻しちゃうでしょ」と母は言い、あわただしく電話を切った。

その後、週に一度の通院と一日三回の点眼治療により、母の眼圧が急激に上がることもなくなり、家族の不安も少しずつ解消されていったが、安堵したのもつかのま、思いがけない事態が発生した。夏休みが終わり、二学期が始まっても、菜摘が学校に行こうとしないというのだ。

○

微熱が続いているので風邪だと思って、学校を二日休ませたが、平熱に戻っても菜摘はベッドから出ようとせず、食事もほとんどとらない。母からそんな電話が入ったのは、二学期が始まって三日目の朝七時半だった。

「今朝はね、お腹が痛いって。無理やり学校に引っぱってくわけにもいかないし、しかたないから休ませるけど、今日はとにかく病院で診《み》てもらおうと思って」

「悪いね、母さんも通院中の身なのに……。今夜はそっちに行くから」

「えっ、今夜帰ってくるの?」

「うん。でも、終電近くになると思うから、待ってないで先に寝ていて。菜摘の様子をちょっと見てみたいだけだから」

直太朗はそう言って携帯を切ると、ベッドから出て洗面所に向かった。歯をみがきながら、鏡に映る不機嫌な顔を眺める。ここ数日、自分自身も寝不足で不調だった。だからそのときはまだ菜摘のことをさほど深刻に考えていなかった。夏風邪をこじらせると長引くが、病院で診てもらえば大丈夫だろうと、ぼんやり思っただけだった。

それは先週のことだ。「じつはこのたび娘が再婚しまして」と北海道の旭川《あさひかわ》に住む祥子の母から、直太朗の母に電話が入ったのだった。母は先方との電話を終えると、さっそく直太朗に連絡を入れてきた。話をすぐに伝えたくて、息子が実家に帰ってくる週末を待ちきれなかったのだ。

まだ夜の七時すぎだったので、編集部はほとんど全員がデスクに向かっていた。直太朗は携帯を右手に持ち替えると、椅子をくるりと回転させ、同僚に背を向ける恰好になった。

「素直におめでとうとは言えなかったの」

母はため息まじりにそう言ったが、祥子の母も話しづらかっただろう。何度か手紙を書きかけたが、うまく書くことができず、電話をかけてきたらしい。入籍したのは二週間ほど前のことで、実家の近くのアパートですでに新婚生活を始めているという。

母の話がひと通り終わると、直太朗は小声で訊いた。

「普通に家事をできる状態なのかな。あちらのお母さんは何か言ってた？」

「そのあたりのことは詳しくは分からないけど、月に一度通院して、きちんと薬を飲んでいれば、日常生活に支障はないと。でもね、ちょっと待って……。何よ、お父さん、直ちゃんよ。いいじゃないの、別に。何を怒ってるの」

母は電話を中断して、父と言い争いを始めた。だから電話で話すようなことじゃないだろうって言ってるんだ、おれは！　まだ会社なんだろ、直太朗は。父の声が聞こえ、受話器が手でふさがれた。母の緑内障であれだけ気弱になったのに、三週間も経たないうちに以前の癇癪《かんしやく》持《も》ちの父に戻っている。話は今度帰ったときに聞くから、と直太朗は言おうとしたが、母はすぐに何もなかったように話を続けた。

「ごめんなさい。それでね、日常生活に支障はないけど、でも薬の副作用で、たまに手足が震えるパーキンソン症状が出るらしいの。そんな話はしたけど、お相手は結婚相談所で紹介されたというだけで、どんな方なのか、あちらもあまり詳しく話さなかったから」

「そのあたりのことは、もう関係ないけどね」

直太朗がぽつりと言うと、母はことさら声を低めた。

「一回りも年上で、やっぱり再婚なんですって」

ふーん、と直太朗はつぶやき、一回り年上ということはもう五十歳なのかと思い、祥子の顔をぼんやりと思い浮かべた。結婚したばかりの頃、よく週末に一泊だけの旅行をした。たとえば湘南《しょうなん》まで車を飛ばし、ビーチでたっぷり遊んだあと、眼下に太平洋の広がるホテルのテラスで、きりっと冷えた白ワインを飲む。そのときの祥子のいかにも幸せそうな顔。

「あちらのお母さんが菜摘の最近の写真を見たいと言うから、お父さんに内緒で送ってあげることにしたの。孫の成長は楽しみよねえ、だって自分と血がつながっている……」

母は電話の向こうで話し続け、直太朗はときおりあいづちを打ったが、途中からほとんど聞いていなかったので、「こっちに帰ってきたら続きを話すから」という言葉とともに電話が切れたとき、「えっ、何を」と携帯に向かって思わずつぶやいた。

祥子の再婚。その知らせは思いがけないほど直太朗の動揺を招いた。母親同士はいままでも連絡を取り合っているので、祥子の病状はそれとなく伝え聞いている。ここ一年ほどは入院を免《まぬが》れているが、それまでは精神状態が安定せず、入退院をくりかえしていた。幻聴の症状もまだときおり出るらしい。そんな祥子が再婚するなど、まったく想像もできなかった。

その日、直太朗は十一時すぎに帰宅すると、台所のテーブルで昔のアルバムをめくりながら、ウィスキーを飲み続けた。

祥子との結婚生活は六年で終わったが、別れてからさらに六年経っている。小学校の六年間を二度くりかえすような長い年月だが、窓には祥子が選んだモダンな柄《がら》の遮光《しゃこう》カーテンがかかっているし、ふたりで選んだソファやベッドやインドネシア製のチェストなどはすべてそのまま使っている。

祥子を恨《うら》んだことは一度もないし、憎しみ合って別れたわけではない。祥子が退院して日常生活に復帰できたらまた三人でいっしょに暮らせると、その日が来るのを信じて待っていた時期も確かにあったのだ。だから離婚後、心機一転するためにマンションを売って引っ越したらどうか、と両親に勧められたときも、祥子と暮らした日々をすべて葬《ほうむ》り去ることのように思えて踏ん切りがつかず、入籍と同時に二十五年ローンを組んだマンションに住み続けている。

アルバムをめくる直太朗の手がふと止まった。それは十二年前の写真だ。式は挙げたものの、会社の仕事がそれぞれ忙しくて長期休暇が取れず、新婚旅行を先延ばしにしていた六月のある金曜の夜、仕事帰りに千駄ケ谷《せんだがや》の国立競技場の近くのレストランで待ち合わせて夕食をとっていたとき、祥子が急に砂丘を見たいと言い出した。

二十七歳と二十六歳。とにかく若かったし、いまとは比較にならないほど体力もあった。二人はレストランを出るとレンタカーを借り、深夜の東名《とうめい》高速を走り続けた。夜が白々《しらじら》と明けてきた頃にサービスエリアの駐車場で少し休憩しただけで一睡もせずに運転を続け、やがて中国《ちゅうごく》自動車道に入ると小雨が降り出した。雨は次第に強くなり、ワイパーがせわしなく動く。

「雨にぬかるんだ砂丘なんて、最低」

祥子ががっかりした声を出したので、「そんなことはないと思うよ」と直太朗は言った。

「きっと砂丘の中に雨音が吸い込まれていくから、静寂で幽玄《ゆうげん》な風景を眺められる」

「ふーん、直ちゃん、それも素敵ね」

そんな他愛ない会話を交わしながら、鳥取県内の県道に入ったときは雨も小降りになり、午後二時すぎに鳥取砂丘にたどり着いたときには、日も差し始めていた。

壁のような砂丘を二人で手をつないでよじ登り、ようやく頂上にたどり着いたとき、目に飛び込んできた雄大な日本海。思わず二人で同時に上げた歓声。アルバムには日本海から吹きつける風に髪が乱れるのも厭わず、満面の笑みをたたえる祥子が写っている。直太朗は空になったグラスにウィスキーを注ぎ、ゆっくりとアルバムをめくる。

年老いたラクダといっしょに写真に収まった祥子は、ひどくすました顔をして疲れをまったく感じさせず、砂丘には彼女の黒々とした影が長く伸びている。その写真は、まるで鳥取砂丘に人物をオブジェのように配置する植田正治《うえだしょうじ》の前衛的な演出写真のように神秘的で美しく、祥子がとりわけ気に入っている一枚だった。

やがて菜摘が生まれると、アルバムは菜摘の成長記録一色になる。祥子が写っている写真は、菜摘の一歳の誕生生パーティの数カットが最後だった。それ以降、祥子はたびたび心身の不調を訴えるようになり、写真を撮ることも撮られることも拒否するようになる。

祥子はいまごろ五十男に抱かれているのか……。ウィスキーで混濁《こんだく》した直太朗の意識の隅に、祥子の裸身がふいに浮かび上がる。それは菜摘を身ごもる以前のひどく華奢《きやしや》な身体だ。淡い紫の血管が透《す》けて見えるほど皮膚が薄く、肩や手足の骨がとにかく細いので、強く抱きしめると折れてしまいそうだった。

五十男に嫉妬しないといえば嘘になる。だが、幸せになってほしいと願う気持ちに偽りはない。それはとてもふしぎな感情だった。幸せになってほしい、と心の底から思うのに、祥子に裏切られたという思いも否定できない。

祥子にとって統合失調症《とうごうしっちょうしょう》は一生背負っていかなければならない病気だが、再婚するほど状態がよくなったなら、前夫のことや前夫の元に置いてきた娘のことを、懐かしく思い出すこともあるのではないか。六年間の結婚生活には楽しくて幸せな思い出もたくさんあるはずだ。祥子にしても、それらの日々はけっして忘れることはできないだろう。そう思えてならないのだ。

グラスがすぐに空になり、直太朗はウィスキーを注ぐ。氷で割らずに生《き》で飲み続ける。

いや、そうじゃない。再婚相手を探すために祥子自身の意志で結婚相談所に登録したのか、それともあちらの両親が祥子に強く勧めたのか、それは分からないが、相手の男性に多少の迷惑がかかっても、娘が世間並みの幸せをもう一度つかむことができるならと、両親は藁《わら》をもつかむ思いで再婚に賛成したにちがいない。祥子は六年間の結婚生活を頑丈《がんじょう》な記憶の木箱に閉じ込めて封印し、菜摘の存在を忘れ去るために再婚したのだ。

厄介な病気と折り合いをつけて新しい人生を始めるために、祥子はいまごろ五十男に抱かれている。抗精神病薬の副作用で生理が長いこと止まった時期もあったが、三十八歳という年齢を考えると、これから妊娠、出産してもふしぎではない。祥子は声を上げて達した後も、爪先を反らせ、内腿《うちもも》を引きしめ、ビクンビクンと身体を震わせ続ける……。酔うほどに淫《みだ》らな想像が狂ったツバメのように頭の中を飛び交い、夜が明け始めた頃、直太朗はベッドに倒れ込んだ。

寝室に響くエアコンの音を聞きながら、わずか二時間の短い眠りの間、祥子の夢を断続的に見ていた気がする。夢といっても、それは言葉の切れ端や、どこか遠くから聞こえてくる悲鳴や、意味ありげな表情の断片でしかなかったが、「いつまでも寝てると、お昼になるわよ」と耳元で声をかけられた気がして、ビクッとして目を覚ましたとき、夢の女性は祥子ではなく山内百恵だったと気づき、直太朗はしばらく呆然とした。

いや、百恵は目覚める寸前に意識に上ったにすぎない。それまでの二時間、シーツの冷たい部分を探して何度も寝返りを打ちながら、ずっと祥子の夢を見ていたのだ。それなのに目覚める間際に百恵がふいに夢に侵入してきた。百恵は背筋をぴんと伸ばし、涼しげな眼差しでこちらを見ていたが、「お昼になるわよ」と声をかけてきたときの表情はひどく険しかった。まるで直太朗の夢をとがめるような目つきだったのだ。

あわてて下腹部に手を伸ばすと、性夢を見たわけでもないのに、性器が痛いほど勃起《ぼっき》していた。しかも祥子とも百恵ともつかぬ相手の女性を、好きで好きでたまらない、という高揚した気分がはっきり残っている。

直太朗は目をつぶったまま、うめき声のような長いため息をもらした。百恵は素敵な女性だと思うし、もちろん性的な意味での魅力も感じる。だが、若い頃のように好みの女性に見境《みさかい》なく恋をする歳ではない。たぶん夢の中では二十歳の頃の自分に戻っていたのだろう。

さて、とつぶやき、ベッドに上半身を起こすと、たちまち現実が押し寄せてきて、夢の残像は跡形《あとかた》もなく消えた。

もう少しベッドで横になっていたかったが、すでに出社時刻が迫っている。朝イチの会議は遅刻できない。直太朗は顔を洗い、歯をみがいただけで、シャワーも浴びずに出社した。

朝から酒臭かったからだろう。同僚は露骨に眉をひそめた。

「申し訳ない。ふられちゃって飲んだヤケ酒が抜けないんだ」

直太朗がそう言って、首をすくめてみせると、「ったく柴田ときたら、独身生活謳歌《おうか》してるな」と本気で羨《うらや》ましがられた。

○

子ども部屋のドアをノックするたびに、「あとで行く」と小さな声が返ってくるものの、菜摘はなかなか出てこない。

いつもの直太朗なら遠慮なく部屋に入るのだが、じつは数日前に菜摘が初潮《しょちょう》を迎えたと母から聞き、そのことが少なからずショックで、何度かノックをしては引き下がった。

母の報告によれば、昨日、菜摘はかかりつけの医師に過敏性胃腸炎《かびんせいいちょうえん》と診断され、整腸剤を処方された。これで治らなければ別の病院の専門医を紹介しましょう、と言われたという。

過敏性胃腸炎について、直太朗には一応の知識があった。祥子が一時期、悩まされた病気だったからだ。腹部の鈍痛がたえまなく続き、極度の便秘や吐き気に苦しめられた。

「ねえ、なっちゃん、朝ご飯、みんなで食べよう？　食べられなかったら、ヨーグルトだけでもいいから」

母が粘り強く声をかけると、やっと子ども部屋のドアが開いて、階段を下りてくる足音が聞こえてきた。

テーブルについた菜摘の顔を一目見て、直太朗は息を呑んだ。一週間足らずで顔つきが変わっていた。食欲がなく、夜もあまり眠れないというので、寝不足でぐったりしているのかと思っていたが、目つきが妙に険しい。

「おはよう」と声をかけると、「おはよう」と菜摘は答えたが、目を合わせようとしない。母が何を話しかけても、苛々《いらいら》しているのが分かった。

朝食はポーチドエッグサラダと、ウィンナーソーセージと、トースト。サラダには明太《めんたい》子《こ》のソースがかかっている。柔らかくしたクリームチーズを牛乳で伸ばして明太子を混ぜるだけだからとっても簡単なのよ、と母は言うが、このソースがとにかくおいしい。直太朗もたまには作ってみようと思うが、朝はぎりぎりまで寝ていたいので、前夜にコンビニで買っておいたサンドイッチとコーヒーですませることが多い。

「うん、うまいね」と直太朗は一口食べてうなずき、菜摘との会話のきっかけを探したが、過敏性胃腸炎について日常会話の延長のように話しかけるのはとても難しい。

菜摘の朝食はバナナとヨーグルトだけだが、それさえもなかなか食が進まない。父はテレビをつけてニュースを見ている。耳が遠いので音が大きい。

「悪いけど、菜摘と話をしたいから」

直太朗はリモコンに手を伸ばして、ボリュームを下げた。

「切っていいよ」と父が言ったので、すぐにスイッチをオフにした。その瞬間、朝の食卓がしんと静まり返る。

菜摘はヨーグルトをスプーン三杯分だけなんとか食べると、直太朗の方を見ずに母に声をかけた。

「今日も休んだ方がいいよね」

「まあ、今日と明日休めばもう土曜日だから、今週は無理をしないで、学校には来週から行ければいいと思ってるんだけど、ねえ、直ちゃん、それでいいよね?」

こんな遠慮した物言いは母らしくなかったが、母もどうしていいか分からないのだろう。

「うん、無理する必要はないと思う」と直太朗も答えた。

「じゃあ休む」と菜摘が言った。「あとで電話しとくから」

「何を言ってるんだ、菜摘」と父が言った。「先生にはおばあちゃんが連絡するよ」

菜摘はこっくりとうなずき、半分に切ったバナナを何度もため息をつきながら食べ終えると、「じゃ、ごちそうさま」と言って立ち上がった。時計を見ると七時十五分だった。

「ちょっと待って」と直太朗は手で制した。「お父さん、あと三十分ぐらいで出なければならない。もう少し菜摘と話したいんだ」

うん、と菜摘は素直に椅子に腰を下ろした。

「ストレスって、分かるかな」

直太朗が訊くと、「分かる」と菜摘は即座に言った。

「どういうものか、説明できる?」

「なんとなく……分かるだけ」

「そうか、じゃ、ちょっと聞いて。たとえばボールを指で押すと、ぺこんとへこむよね。このへこみを起こす力がストレスなんだ。ストレスが続くと、ボールはへこんだままの状態になる」

一瞬、菜摘の眼差しが不安そうに宙を泳いだが、やや前屈みの姿勢になって黙って聞いている。

「菜摘はお医者さんから、過敏性胃腸炎って診断されたんだよね。原因の多くはストレスだと言われている。つまりね、さっき言ったボールは、菜摘のお腹なんだ。へこんだボールも時間が経てば元に戻るだろう？　人間も同じで、ゆっくり休めば、じきに健康な身体に回復する。なんにも心配することはない。人間の身体はそういうふうにできてるんだ」

直太朗はそこで言葉を切り、少しためらってから続けた。

「でもね、ボールを強く押し続けると、へこんだまま元に戻らなくなって、ぺちゃんこになっちゃう」

「怖いよ。だから何なの」

菜摘がサッシ窓の方に顔をそむけた。窓の外の庭には淡紅《たんこう》色と青色の二種類の朝顔が咲いている。

「じつはね」と直太朗は朝顔の花を眺めながら言った。「お父さんもストレスに弱くて、しょっちゅうお腹が痛くなるんだ。たとえば、いくら頑張っても仕事が終わらないのに、新しい仕事が大きな波みたいに次々に押し寄せてきたり、お父さんの判断ミスで会社に損失を与えてしまうようなヘマをしてしまって、いったいどうしたらいいのか、そんなことばかり考えて夜も眠れなくなったり。そんなとき、ああ、お腹のボールがへこんでいるな、って思うんだ。胃がキリキリ痛くなったり、訳の分からない不安に突然襲われたり、新聞をくりかえし読んでも記事の内容が頭に入ってこなかったり……。お父さんの言ってること、分かるかな」

「なんとなく」と菜摘は言った。

「うん、よかった。菜摘は小学生だから、そういうストレスじゃないとは思うけど、もしね、もしお腹のボールが強く押されて、へこんでるな、つらいな、でも自分ではどうすることもできないなって思っているなら、お父さんに教えてほしいんだ」

「あのね、痛いの。バナナ食べても痛くなるの」

菜摘は顔をゆがめ、腹に手を当てて椅子から腰を上げた。

「大丈夫?」と母が心配そうな声を上げた。菜摘はうなずきもせずにダイニングを出て行き、やがてトイレのドアがバタンと閉まる音が聞こえた。

「食べると、すぐに痛くなる?」

直太朗が訊くと、母はちょっと首をひねった。

「そういうときもあるけど、そうじゃないときもある。よく分からないのよ。昨日、病院で訊かれたの。気絶してしまうぐらいのものすごい痛みを十として、ちょっと気になるな、ぐらいの痛みを一としたら、菜摘ちゃんはどれぐらいかな、って先生に。そうしたら菜摘、ちょっと考えて、一から五までいろいろ、って答えたの。先生、感心してた。ちゃんと答えられてすごいって。それにね、心配しすぎるとよくないって」

「心配しすぎるとよくない」と直太朗はくりかえした。

「そう、先生によるとね、胃腸が知覚過敏になっているから、お腹が痛くなったりするのだけど、それじゃ、どうして知覚過敏になるのかというと、その原因は現在の医学では分からないんですって。でも、まわりがあんまり心配しすぎると、本人にとってそれがプレッシャーになると……。ちょっと様子を見てくる」

母は席を立つとダイニングから出て行き、「なっちゃん、大丈夫？」とトイレの外から声をかけ、しばらくして戻ってきた。

「つまり、そのよく分からない原因のことをストレスって呼ぶわけでしょう。お代わりは？」

母がコーヒーサーバーを持ってきた。

「うん、もらう」と直太朗は答え、カップを差し出した。

「ぼくもさっきストレスが原因だろうって、分かったようなことを菜摘に言ってしまったけど」

「そうよね、そのストレスの原因が分からないのよ」

黙っていた父が口を開いた。

「原因はあれだろ」

「あれって何」と母が訊いた。

「いや、だから、祥子さんのこと」

「えっ」と直太朗は思わず声を上げた。「ねえ、父さん、菜摘はどこまで再婚の話を知ってるの」

父が首をひねっただけで黙っているので母が代わりに答えた。

「じつはね、旭川から電話が入ったとき、たまたま電話をとったのが、なっちゃんだったの」

「でも、電話はすぐに母さんに代わったんでしょう?」

「もちろん。でも、話は脇でずっと聞いていたし……」

そうか、と直太朗はつぶやき、菜摘の過敏性胃腸炎と祥子の再婚をすぐに結びつけて考えなかった自分を恥じた。自分自身がこれほど動揺したにもかかわらず、娘の気持ちを察してやれなかったことが父親として情けなかった。

「それだけじゃないだろ」と父が言った。「再婚相手がどうの、再婚して病気が悪くなったらどうの、飯を食っている間ずっと、おまえがくどくど言うから、菜摘もうんざりしていた」

「私のせいなんですか？」

母は食ってかかる口調になったが、父は平然と答えた。

「全部とは言わないが、おまえにも原因はある」

「あなたはそうやって、私のせいにするのね。いつだって自分は正しくて、悪いのは全部私。いつもそうよ」

「まあまあ」と直太朗は軽く手をあげた。「ぼくはもう出なければならないから、菜摘のことはお願いしますね。それからくれぐれも菜摘の前で再婚の話はもう二度としないで」

「えっ、直ちゃんまで、私が悪いと言うの？」

「違うよ、母さん。ママは菜摘を捨てたわけじゃない。重い病気のせいで菜摘を育てる自信がなくなっちゃったんだ、とずっと言い聞かせてきた。それなのに、自分はやっぱり捨てられたのかと、今回のことで菜摘が思ったとしたら、こんなにつらいことはないじゃないか」

「もちろんよ。もちろんそれは分かってる。大丈夫、菜摘のことは私に任せて」と母はきっぱりと言った。

その日以降、直太朗は終電に間に合う限り、どれだけ遅くなっても実家に帰るようにした。菜摘は処方された薬を服用するうちに体調が少しずつ快復してきたので、翌週の火曜日、九日ぶりに登校した。

教室では元気だった、と担任教師から報告を受けたが、菜摘は給食を食べるとすぐに気分が悪くなり、保健室でしばらく休んだ後、早退してきた。そして翌朝からふたたび腹痛を訴えるようになり、学校を休まざるを得なくなった。

水木金と休みが続き、このままでは菜摘が登校拒否児になってしまう、と母はうろたえたが、直太朗は菜摘との会話から、学校への拒否反応によって体調を崩すわけではないと確信した。

「無理に行くことはない。父さんもそう思うよ。でも、菜摘の気持ちが知りたいんだ。学校にはあんまり行きたくない？」

直太朗が訊くと、菜摘は目を潤ませて、ううん、と首を横に振った。

「行きたい気持ちはあるけど、身体が思うように動かないんだね？」とさらに確認すると、「うん」と菜摘ははっきりうなずいたのだ。

翌日の土曜日、直太朗は朝食を終えた食卓で、新聞を読み、コーヒーを飲みながら、菜摘を待った。だが、九時をすぎても起きてこない。それでしかたなく子ども部屋を覗きに行った。

軽くノックをして「起きてる?」と声をかけると、「うん」と小さい声が返ってきた。

部屋に入ると、菜摘はベッドに上半身だけ起こしていた。まだパジャマのままだった。

「お腹の具合はどう?」と直太朗は声をかけた。

「まあまあ」と答えが返ってきたので、「そりゃ、よかった」と応じると、「そんなによくない」と菜摘は返してきた。

「座っていい?」

直太朗は一応確認してから、勉強机の椅子を回転させて腰を下ろした。菜摘はいままで誰かとメールをしていたのか、スマートフォンが枕元に置いてある。さて、何から切り出そうか、迷っていると、菜摘が先に口を開いた。

「怒ってる?」

「えっ」と直太朗は声を上げた。「なぜそんなことを訊く。菜摘のこと、心配してるよ。でも、怒るはずないじゃないか」

「だって、もう二週間も休んでる」

「じゃ、遅れた分、お父さんと勉強する?　たった二週間ぐらい、菜摘ならすぐ追いつくさ。クラスの友だちが宿題とか小テストとか、いろいろ持ってきてくれたんだろ?」

菜摘が顔を伏せ、かすかに首を振った。

「ま、今日は休みだから、勉強でもないか」

直太朗は笑みを浮かべ、言葉を選びながら続けた。

「ねえ、菜摘。これだけは言っておきたいんだけど、菜摘が体調を崩しているのは、菜摘のせいじゃないからね。だから自分が悪いとか、誰かに迷惑をかけてるとか、そんなことを考えて自分を責めたりしちゃだめだよ。父さんはいつだって菜摘の味方だからね。菜摘が早く学校に行けるように、何か手伝えることがあればいいんだけどね」

菜摘は何も答えず、うなずきもせず、膝の上に置いた自分の手をじっと眺めている。

父さんもママのことはショックだったよ。直太朗は何度かそう言おうとしてやめた。父親も動揺していると娘に伝えることで新たな苦痛を与えかねないし、父親の隠し切れない喪失感は必ずや娘の不安を呼び起こすと思ったからだ。

いや、それ以上に、祥子は再婚することで前夫と娘のことを忘れようとしている。それは事実にちがいなかった。だから、そのことを父と娘が突きつめて考えることに積極的な意味を見出せなかったのだ。

その一方で、二人が祥子のことをあえて忘れようとする必要はない。楽しい記憶もつらい記憶も、心の奥にそっとしまっておけばいい。いつかすべてが懐かしい思い出に変わるのだから。そのことを九歳の菜摘に伝えるのは、でも、不可能なことだった。

「じゃあ、散歩にでも行こうか」と直太朗は言った。「外は天気がいいよ」

菜摘は壁の方に顔をそむけ、力なく笑った。およそ子どもらしくない、自分を蔑《さげす》むようなその表情に直太朗は身震いした。あのときの祥子の面影《おもかげ》と重なって見えたからだ。

祥子の手首から肘にかけて数本のミミズ腫《ば》れが走っていることに気づいたのは、菜摘が二歳のときだった。あの日は仕事で徹夜になり、始発電車で帰宅した。ベッドに入ると、祥子は目を覚まし、寝ぼけ眼《まなこ》でしがみついてきた。ごめんね、遅くなって、さみしかったよね、と直太朗はささやき、祥子を抱きしめた。そのとき初めて、そのミミズ腫れがリストカットの跡だと気づいて、しばらく言葉を失った。

「なぜこんなことを」とようやく口を開くと、「血を見るとストレスがいっぺんに解消するみたいで楽しくなるのよ」と祥子は答えた。そのときの、まるで勝ち誇ったような、あるいは逆に自分を卑下するような、そんな矛盾《むじゅん》に満ちた表情。顔をそむけたときの菜摘と、そのときの祥子の顔つきがあまりにも似ていたのだ。

「ねえ、お父さん」と菜摘がふいに口を開いた。

「えっ、何」

「菜摘、マンションの屋上から落ちたことある？」

「なんだ、何を言い出すんだ。このあいだは氷の風呂で、今度はマンションの屋上か？　そんなこと、あるわけないだろ」

直太朗はそう言った直後、しまったと思った。氷の風呂に入ったことがあるなんて夢の話だよね、と以前、菜摘に尋ねたとき、山内さんがパパに告げ口したのね、と怒らせてしまったのだ。だが、そんなことはもう問題にしていないのだろう。

「なければいいの」と菜摘は答えた。その口調があまりに大人びていて、しかも祥子の声にそっくりだったので、直太朗は胸がつまるような息苦しさを覚えた。

「疲れた」と菜摘が言ってベッドに横になった。そしてタオルケットを顎まで引き上げ、静かに目を閉じた。

「気分が悪いわけじゃないんだね？」

直太朗はそれだけ確認して、そそくさと菜摘の部屋を出た。

十数年前まで子ども部屋として使っていた西向きの四畳半が、いまでも直太朗の寝室だった。畳にあぐらをかき、ノートパソコンを開く。祥子が世話になった精神科病院がまず思い浮かんだが、厳重に鍵のかけられた閉鎖病棟を思い出すと、菜摘を連れて行くのはやはり二の足を踏む。

直太朗はネットの評判を参考にしながら、子どもを対象にした心療内科を探した。いくつか見た中では文京区《ぶんきょう》にある子どもメンタルクリニックがＨＰ《ホームページ》の作りがいちばん丁寧で、院長による診療理念も詳しく掲載されている。それぐらいしか判断材料はない。予約コーナーにアクセスすると、初診の予約は最短でも二週間先になる旨が記されていた。一時間の枠に三名ずつの予約を受け付けている。だが、二週間も待てない。

直太朗は諦めきれずに電話を入れた。そして電話に出た女性に、予約はメールのみと分かっているが、なんとか一週間以内に診てもらえないかと、菜摘の状況を説明して散々粘った。相手も同情したのか、しばらくして別の女性が電話に出て、三日後の火曜日に一名分の予約キャンセルが出たので、時間さえ合えば、その空きに入ることはできると言った。

「何時でもかまいません。有給休暇を取りますので、大丈夫です」と直太朗は答えた。

13

古い屋敷を移築し改装したその料亭は、春日《かすが》通りの一本裏手にあった。上野駅から数分のところなのに、大通りの喧騒から離れると、驚くほど静かだった。

百恵は黒塗りの板塀を廻り込み、立派な門をくぐった。飛び石伝いに進むと、仲居が玄関口に座して客の到着を歓待している。

「柴田さんのお名前で予約が入っていると思うのですが」

百恵が小声で言うと、仲居は心得たように「ようこそおいでなさいませ。お待ちしておりました」と深々と一礼した。

直太朗はまだ到着していないようだった。玄関を上がって左手の奥に、いかにも肌触りのよさそうなビロード地のソファを配した待ち合いのラウンジがある。百恵はそこで直太朗を待とうと思ったが、「どうぞ、こちらでございます」と仲居に案内され、一足先に部屋に向かうことになった。

美しく手入れされた庭園を眺めながら、長い廊下をゆっくりと進む。それだけで気分が高揚するようだった。

案内されたのは、十二畳ほどの個室だった。大きなテーブルの向こうとこちらに二つの席が用意されている。こちらが下座《しもざ》ですよね、と百恵は確認して、手前の席に腰を下ろした。

仲居はお茶をいれて百恵の前に置くと、部屋を横切って障子を開けた。大きなガラス戸の外には庭園が広がっている。

「きれいなお庭」と百恵は言った。

「ありがとうございます。いまは萩《はぎ》と桔梗《ききょう》ですかねえ。ごゆっくりどうぞ」

仲居は一礼して、部屋を出て行った。

長らくお借りしていた絵本のお礼に食事をご馳走したい、と直太朗からメールが入ったのは、一週間ほど前だった。

〈じつは菜摘のことで相談したいこともあるんです。ですから今回は絵本のレンタル延滞料に、相談料も加えたご招待ですので、くれぐれも遠慮なさらぬよう〉

〈それでは遠慮なくご馳走になります〉

百恵は気軽に返信したが、こんなに立派な料亭とは思っていなかったので、申し訳ない気持ちになった。しかも穿《は》き慣《な》れた細身のパンツに、裾を絞ってふんわりと膨らませたシルエットの七分袖《しちぶそで》のブラウスを組み合わせただけだった。せめて上着を羽織《はお》ってくればよかった、と少し悔やんだ。

お茶をいただきながら、ライトアップされた庭を眺め、床の間の掛け軸や置物などの調度品、生けてある花の風情を楽しんでいると、「お連れ様がお見えです」と仲居の声が聞こえた。

「いや、申し訳ないです。すっかりお待たせしてしまって」

直太朗はたった十分遅れただけなのに、恐縮しきった様子で席に着き、百恵の意向を確認してから、仲居に生ビールを頼んだ。ボーダー柄のTシャツに薄地のジャケット。直太朗も同じような軽装だったので、百恵は少しホッとした。

「今日はこんなに素敵なお店にご招待いただき、ありがとうございます。大変恐縮しております」

百恵が頭を下げると、直太朗も改まった口調になった。

「こちらこそ本日はお運びいただき、ありがとうございます。この店、先生方の接待にたまに使うんですが、そうそう、黒崎冬馬先生もここを大層お気に召していて」

「わっ、ますます恐縮します」

「いや、じつは以前から、仕事ではなく、あくまでもプライベートで一度来てみたいと思っていたんです。先生方をお相手すると、どうしてもお酒はセーブするし、料理をゆっくり味わう余裕がないので。ですから、どうぞお気づかいなく」

引き戸が開いて、生ビールとともに食前酒と先付け、前菜が運ばれてきた。

「先付けは長芋《ながいも》かん、生ウニ、枝豆。前菜として、ふくら鮑《あわび》、マナガツオの西京焼《さいきょうやき》、鴨《かも》ロース、とうもろこし真薯《しんじょ》、くず玉マスカットでございます。食前酒として、柚子酒《ゆずしゅ》をお出しいたしました。ごゆっくりどうぞ」

仲居は丁寧に説明し、一礼して下がっていく。

「じゃ、さっそく」と直太朗が言い、グラスのふちをカチッと合わせて乾杯した。

直太朗は息も継がずにグラスの半分ほどを飲み干し、「ああ、うまい」と言って、笑顔を見せた。

「黒崎先生はお元気ですか」

料理に箸をつけながら、百恵が何気なく訊くと、「あ、そうでした、すみません」と直太朗はいきなり詫びた。「連絡しそびれていました。そちらのお店で先生のトークイベントを、というお話がありましたが、先生はすでに次の長編が佳境に入っておりまして、時間を取りにくいご様子なので、またいつかタイミングを見計らって、ということにしたいと思うんですが」

黒崎冬馬のサイン会の打ち上げで、上司の中沢と先方の濱口がその話で盛り上がっていたが、黒崎自身はあまり乗り気ではなさそうに見えた。だからあの話はとっくに消えたものと百恵は思っていた。

「承知しました。中沢にも伝えておきます」と百恵があっさり答えたので、直太朗はちょっと拍子抜けしたような顔になったが、ビールを一口飲んで続けた。

「『転生の海』、増刷分は書店さんの追加注文に応じたので、あらかた捌《さば》けたんですが、ここに来て初版分の返品が目立ち始めてまして、どうぞよろしくお願いしますね」

「はい、先生のご本は絶対に切らすことのないよう、十分に気をつけていますから」

百恵はそう言って笑みを浮かべたが、直太朗は急に表情を曇らせ、小さくうなずいただけだった。文芸書のメインの平台から作家五十音の棚に移したが、そのことを非難されているように思え、切ない気持ちになった。毎日、大量の新刊が入荷されてくるので、発売からそろそろ三ヶ月経つ『転生の海』を棚に二冊常備しておくだけでも大変なことなのだ。

直太朗はそんな百恵の気持ちを察したように「いや、すみません」と言って、ボサッとした髪をかき上げた。「今日はそんな話をするためにお越しいただいたわけじゃないのに」

「そんなことないです」と百恵はあわてて言った。「柴田さん、そんなに気をつかわないでください」

椀物とお造りが運ばれてきた。直太朗はふたたび百恵の意向を確かめてから、滋賀の吟醸酒を仲居に頼んだ。

「やや甘口の酒から少しずつ辛口に進んでいきましょう。間違ってこれを逆にやると、心地よい酔い方ができない」

「ああ、なるほど」

「お酒の品書きに日本酒度が表示されていますよね。この数字はそのためにあるんです」

「黒崎先生から伺ったことですが、そのとき先生、かなり酔っていらしたので、思いつきでおっしゃっただけかもしれません」

そんな話をしながらも、直太朗はときおりふっと疲れた表情を見せる。百恵はそれがとても気になり、切子ガラスのぐい呑みに注がれた吟醸酒を一口飲んでから、さりげなく訊いた。

「菜摘ちゃん、どうかなさいました?」

「はい、今日はその話でした」

直太朗はそう言って、ぐい呑みをテーブルに戻してから続けた。

「ちょっと具合が悪いので、心療内科で診てもらったんです。うつ病と診断されました」

「うつ病」と百恵はつぶやいた。

「ええ、うつ病にかかる子どもが最近増えている、ということは知ってはいたんですが、自分の娘が、と思うと」

「それは柴田さん、私もショックです。いっしょに銀座の画廊で絵を観た日から、もう一ヶ月以上経ちますか。でも、あのときの菜摘ちゃん、そんな様子はまったくなかったです。原因といいますか、何かお心当たりは?」

「娘に関しては、父親として気づかないこともたくさんあると思うんですが、おそらくいちばんの原因は、娘の母親が再婚したことです。今日はあなたに話を聞いてもらいたくて、わざわざお越しいただいたのに、でも、いきなり別れた妻の話をするなんて、とても失礼なことのように思えてきて、それでなかなか話を始められないでいたんです」

あなたに話を聞いてもらいたい。その言葉に百恵は強く心を動かされた。書店員と出版社の社員としても、それほど頻繁に顔を合わせているわけでもないのに、いつのまにかこんなに近しい関係になっていた。男女の関係とは程遠いのに、これほどまでに相手から信頼されている。百恵にとってそれはまったく初めての経験だった。

「柴田さん、どうぞお気になさらずに」と百恵は言った。「別れた奥さまが再婚されたんですね」

「はい。娘はそのことを知ってから、急に不安定になったんですが、娘の話をする前に、やはり妻の話をしなければなりませんね。少し長くなりますが」

直太朗はそう言って酒を飲み、ときおり思い出したように料理を口に運びながら、この間の事情を訥々《とつとつ》と話し始めた。

結婚した当初は共働きだった。妻は薬品メーカーで営業補助の仕事をしており、数年は子どもをつくらず仕事を続けたいと言っていたが、結婚後一年で妊娠してしまい、悪阻《つわり》の時期に退社した。彼女が精神的に不安定になったのは、その直後からだった。残業で帰宅が遅くなっただけで浮気を疑い、ものすごい形相《ぎょうそう》で拳を握りしめて殴りかかってきた。

でも、それが誤解と分かると、淋しかった、淋しくてしかたなかったのだ、と言ってさめざめと泣く。それが何度もくりかえされた。会社に電話をかけてきて、主人は昨夜、ほんとうに残業をしていたのか、と同僚に確かめることもしばしばだったので、妻の嫉妬深さは編集部では有名だった。

やがて菜摘を出産し、妻も少し落ち着いたように見えたが、一歳の誕生日を迎えた頃から、夫が娘ばかりを可愛がると言い出し、今度は娘に嫉妬して、娘に暴力を振るうようになった。初めのうちは頬をつねったり、尻を叩いたりといった程度だったが、次第に恒常化《じょうか》し、エスカレートしていった。

娘は夜泣きが激しかった。夜中に何度も悲鳴を上げながら泣きわめき、妻が懸命にあやしても泣き止まない。いつしか妻はそんな娘に冷たい視線を送るだけで何もしなくなった。泣き叫ぶ娘を呆《ほう》けたように眺めているだけだった。それで自分が代わりに娘を抱っこして、泣き止むまで部屋中をぐるぐる歩きまわった。

ある夜、不穏な気配に目を覚ますと、泣きながらすがりついてきた娘の手を、妻は乱暴に払ったばかりか、両手で娘の口をふさいでいた。あまりに泣き声が大きいので、娘を虐待《ぎゃくたい》しているんじゃないかと近所の人に疑われる。それが怖くて口をふさいだのだ、と妻は言った。

そんな妻をたびたび厳しい言葉で叱責《しっせき》するうちに、暴力はやがて自分自身へと向かい、リストカットをするようになった。彼女はうっすらと血が滲み出るのを見るだけで満足するらしく、腕のあちこちにごく浅い傷をつけるだけだったが、何度もそれを執拗にくりかえした。

このままでは危険だと判断して、娘をしばらく実家の母に預けることにして、妻をともなって心療内科を訪ねた。処方された精神安定剤の効果とともに、娘に煩《わずら》わされずにぐっすり眠れるようになったことで、一ヶ月ほどで妻の状態が安定し、実家から娘を呼び戻すことができた。

それから半年ほどは穏やかな暮らしが続いたと思う。週末には都内の公園めぐりをしたり、ショッピングモールで買い物をしたり、観光地への一泊旅行にもよく出かけた。この人と結婚して家庭を持ててよかった、と心の底から思った。

ところが、娘が三歳になった頃、妻の言動にふたたび異常なものを感じるようになり、七五三のお祝いをした直後の十一月のある日、とても恐ろしいことが起きた。編集会議で新規の出版企画案について議論していたとき、突然携帯電話が鳴った。マンションの管理会社から緊急連絡が入ったのだった。

直太朗はそこまで話していったん口をつぐんだ。仲居が料理を運んできたからだ。「鮎《あゆ》の塩焼きと蒸し物になります」と仲居は言い、直太朗のぐい呑みに酒を注ぎ、「お酒はどうしましょう」と訊いた。

直太朗は先ほどよりも日本酒度がやや高い山形の純米酒を選び、仲居が下がるのを待って、口を開いた。

「妻が七階のベランダの手すりから身を乗り出して娘を落とそうとしている、とマンションの住人が通報してきたというんです。会社を早退して、大急ぎで帰宅しました……。いや、山内さん、こんな話までするつもりはなかったんですが」

「いいえ、私でよかったら、どうぞ話してください。菜摘ちゃんのことは、私も心配なんです。それで大事には至らなかったんですね、そのときは」

「駐車場にいた住人がそのことに気づいて大声で妻を制止したので、思いとどまったようです。帰宅して妻を問い詰めると、あの人はいつも陰で私の悪口を言っていると、まるで関係のないことを言い出して、話が支離滅裂《しりめつれつ》になってきて……」

それでその日すぐに、精神科病院に妻を強引に連れて行ったのだ、と直太朗は言った。実家の母に娘の世話を頼む余裕はまったくなかったので、娘をマンションの部屋に残したまま、タクシーで病院に向かった。

外来の待合室では二時間近く待たされた。その間、妻は訳の分からないことを口走ったり、いきなり出口に向かって突進したり、なだめるのも大変だったが、それよりもマンションで留守番をしている三歳の娘のことが心配でならなかった。もちろん鍵はかけてきたが、中から容易に開けられる。マンションから飛び出して、両親を探して街を歩きまわっているのではないか。車に轢《ひ》かれそうになったりしてはいないか。交番に保護されたとしても、名前は言えても住所は言えないだろう。そんなことばかり考えて、胸が張り裂けそうだった。

「ああ、それは心配……」と百恵は思わず言った。

直太朗はうなずき、「温かいうちに食べましょう」と言い、箸で鮎の身をほぐしながら話を続けた。

「診察の結果、入院の必要があると医師に言われたとき、なんというか、ホッとしたのを憶えてます。統合失調症という診断が下って、そうか病気だったのか。病気だったのなら、悪いのは妻でもぼくでもなく、娘に対する暴力も激しい嫉妬も、すべて病気のせいなんだし、入院して治療を続ければ、いつか治るんじゃないか。退院する頃には、また結婚した当初の彼女に戻って、今度こそ明るくて穏やかな家庭を作れるんじゃないかと。でも、統合失調症はけっして完治することはありません」

「奥さまとは、そのまま……」

離婚に至ったんですか、と百恵が口に出せずにいると、直太朗はそれを察して、「そのときは三ヶ月で退院したんです」と言った。

薬をきちんと服用すれば、自宅での生活が可能になるまでに快復した、と医師に言われたが、そんなことは到底不可能なことに思えた。たとえ処方された薬を飲んで、ある程度精神的に安定したとしても、妻がもう一度娘を抱えてベランダに運ぶ可能性はゼロとは言えないし、そもそも自分のことだけで精一杯で、家事や育児に手が回るとは思えない。そうかといって、妻の手から娘を奪い取って実家の母に預け、妻がマンションで一人、ぼんやり夫の帰りを待つ姿も想像できない。

こちらの受け入れ態勢もあるので、退院をもう少し先に延ばしてもらえないか、と医師に掛け合ったが、当院は短期入院を原則としているので、長期にわたる社会的入院をご希望なら別の病院を紹介すると言われ、その日は妥協《だきょう》策として、何か問題が起きたらすぐに再入院できる仮退院の形で自宅に戻ることになった。でも、退院後の生活はたった一日で終わった。

そこまで話して、直太朗は酒をぐいと飲み干した。

「ちょっと目を離したすきに、妻がベランダから飛び降りようとしたんです。旭川の両親に連絡を入れて迎えに来てもらい、翌日、妻は実家に帰りました。そうしてしばらく別居することになったんですが、あちらの病院に入院したまま、何ヶ月経っても退院の目途《めど》が立たない。そうして一年後に、正式に離婚したんです」

「そうでしたか」と百恵はつぶやき、純米酒の入ったガラス製のちろりを差し出し、直太朗のぐい呑みに酒を注いだ。

「すみません、いささか話しすぎました」

直太朗は軽く頭を下げ、ため息をついた。

「菜摘ちゃんは、そのあたりのこと、どれぐらい憶えてるんでしょうか」

「ほとんど記憶にはないはずです。でも、あなたに話したという氷の風呂の話とか、それはもちろん実際にはあり得ないことですが、母親から虐待を受けた傷が心のどこかに残っていて、それがいまになって記憶の底から急に浮き上がってきたのではないか、とも思うんです。もしかしたら、ベランダから落とされそうになったことについても」

「えっ、それも憶えているんですか、菜摘ちゃん」

「はっきりとは分かりません。二歳以前の記憶はほとんど残らないと言われていますが、三歳児の記憶はぎりぎり残っている場合もあるらしいので」

「それで」と百恵はいちばん知りたかったことを直太朗にたずねた。「菜摘ちゃん、いまは？」

「はい、抗不安薬と睡眠薬を併用して一週間ほど経ちますが、少しずつ安定してきました。先生と相談して、三日前から保健室登校を始めたんです」

「失礼します」と仲居の声が聞こえ、酢の物と鱧《はも》のしゃぶしゃぶが運ばれてきた。直太朗は酒の品書きを見て、さらに辛口の日本酒を仲居に頼んだ。これで六合頼んだことになる。百恵も酒は飲める方だが、直太朗はよほど強いのだろう、顔色も口調もほとんど変わらない。

百恵は酢の物を一口食べ、「保健室登校」と言った。

「そうなんです」と直太朗はうなずいた。「それがどういうものなのか、初めは分からなくて不安だったんですが、授業時間はドリルや課題プリントをやるそうです。休み時間に仲の良い友だちが遊びに来ておしゃべりをしたり、給食をいっしょに食べたりするところから、教室に戻るきっかけをつかむこともあると、先生からそんな話をお聞きして、いまはそこに望みを託しています。菜摘もそれほど抵抗はないようだし」

「そうですか、まずは学校に菜摘ちゃんの居場所が確保できれば、一歩前進ですね、ここからですね」

百恵はそう言って何度もうなずいた。直太朗は運ばれてきた日本酒を百恵のぐい呑みに注ぎ、自分の分も注いだ。そして改めてグラスを掲げて、乾杯の仕種をした。

「すみません、今日は一方的にこんな話ばかりしてしまって。でも、山内さんに話を聞いていただいて、少し元気が出ました。会社にはけっこう本音をぶつけあえる同僚もいるんですが、会社帰りに酒を飲んでも、こんな話はできないんです」

「話を聞くだけでお役に立てるなら、こちらこそ嬉しいです」

百恵がそう言うと、直太朗は就職試験の面接官と対面する学生のように背筋を伸ばした。

「いや、山内さん、ほんとうにありがたいんです。でも、せっかくの料理もゆっくり味わえなかったでしょう。これから煮物と揚げ物に続いて、食事になるはずです。チリメンジャコと青じそのご飯もおいしいですが、ここの稲庭《いなにわ》うどんは絶品なので、ぼくとしては、ぜひそちらをお勧めしたいです」

それからあとは、黒崎冬馬が書き下ろしている新作長編について、最近の売れ筋の文芸書について、この店の自家製梅ポン酢がいかに手のかかったものかについて、食事をとりながら、とりとめもない会話を続けたが、山内さんに話を聞いていただいて元気が出ました、という台詞を三度目に聞いたとき、直太朗は見た目より酔っているのだな、と百恵は思った。

料理は全部で十二品ほど出ただろうか。最後に冷たいデザートとして供された赤いスープは、三種類のフルーツの甘みや酸味が微妙に混じりあってとてもおいしかった。

店を出たときは、ちょうど九時半だった。六時半に待ち合わせたので、たっぷり三時間、食事をしていたことになる。

「明日は早番のシフトですか」

直太朗に訊かれて、百恵はにっこり頰笑んだ。

「お休みなんです」

「おお、いいですねえ、水曜日が休みとは」

「だって土日とも出勤でしたから」

「じゃあ、ちょっと腹ごなしに散歩しませんか。夜風に吹かれながら、不忍池《しのばずのいけ》をぐるっと一周」

「いいですね」と百恵は答え、直太朗と連れ立って歩き出した。

上野の街路には中国語や韓国語が飛び交い、喧騒に満ちていたが、西郷隆盛《さいごうたかもり》の像を見上げながら夜の公園に足を踏み入れると、喧騒はうたかたのように去り、静寂にとってかわる。

左手に不忍池の蓮《はす》を眺めながら遊歩道をそぞろ歩き、池の中央に伸びる参道を通って弁《べん》天堂《てんどう》にお参りをしてから、ふたたび池のほとりに戻った。

直太朗は百恵の隣をつかず離れず歩いていたが、やはり少し酔っているのだろう。園内はライトアップされているものの、足元が暗くて小さな段差は見えにくい。ときおりふらついて百恵の肘や肩が触れると、「あ、失礼」とつぶやき、あわてて離れた。おまけに特に目的地もないのにやけに早足で歩く。

「ちょっと休みませんか」

百恵から声をかけて、ベンチに並んで腰を下ろした。歩いているうちに酔いが少し回ったようだった。百恵は二本の指でまぶたを軽く押さえ、ふうーと長い息をついた。

「大丈夫ですか?」

直太朗が心配そうな顔で、こちらを覗き込んできた。

「大丈夫。夜風が気持ちいい」

百恵はブラウスの両肩をつまんでパタパタ動かし、素肌に風を入れようとしたが、その動作がちょっと蓮《はす》っ葉《ぱ》な気がして、あわてて手を下ろした。

「それにしてもふしぎ」と百恵は言った。

「何が、ですか」と直太朗は首をかしげる。

あなたに話を聞いてもらいたい。まだそれほどよくは知らない男性に真正面からそう言われることのふしぎ。ああ、私はこんなに信頼されているんだ。気持ちが高揚する中で、逆に私はどんな話を聞いてもらいたいのか？　自分に問いかける。指一本触れていない相手にこんなにも近しさを感じるふしぎ。でも、そんな思いを口に出したら、あまりにも普通すぎて、ふしぎ感がなくなる。

「同級生って、同い年って気楽でいいなって」

気楽？　なぜそんな言葉が口をついて出たのか、百恵はびっくりした。自分が言ったのに、それが自分の言葉でないように感じる。ああ、やっぱりちょっと酔ってる、と百恵は苦笑したが、直太朗は生真面目《きまじめ》な顔でうなずいた。

「それはぼくも大いに感じますね」

百恵は思わず噴きだしそうになったが、次の瞬間、別に笑うことでもないと思い直した。

「柴田さん、私の話も聞いていただけますか」

百恵はきまぐれな夜風に揺れる蓮の葉を見つめて言った。

「ええ、もちろん。どんなお話でしょう」

「私の母は長年にわたって父から暴力を受け続けて、そのためにうつ病を患《わずら》ったんです。

子どもの頃の私は、そんな父に怯えて、いつもビクビクしていましたが、でも、父に殴られても黙って耐えている母のほうがさらに理解できない存在で、だから母のことをかばいながらも、母にうんざりしているような、そんな嫌な子どもだったんです」

百恵は話しながら、こんな話は相手を辟易させるだけだろうと思ったが、直太朗が真剣な眼差しでじっと耳を傾けているので、ためらいを捨てて話し続けた。

「この話、菜摘ちゃんには、ちょっと話したんですが」

「えっ、菜摘にですか?」と直太朗は言った。

「それほど事細かに話したわけではないんですが、『ボクのせいかも』という絵本を初めて手にしたとき、ああ、これは子どもの頃の私そのものだ、と思った話ですとか。菜摘ちゃんがあの絵本にあんなに夢中になった理由、今日、柴田さんのお話を聞いて、はっきり分かりました」

「そうですか、あの日、娘とそんな話をしたんですか」

「ええ、あれからも、メールやツイッターのメッセージで何度かやりとりをしたんですが、最近、ぱったり途絶えてしまったので心配してたんです」

「一冊の絵本をめぐってあなたとそんな話をした。娘にとっては、いつまでも記憶に残る、大切な思い出になるでしょうね」

直太朗は正面の不忍池を見つめてそう言い、それからこちらに顔を向けた。

「うちの親父もたいした亭主関白《ていしゅかんぱく》で、母も困ってますが、あなたのお母さんは、ほんとうにご苦労されたんですね」

「父は傍目には、実直な郵便局の職員でした」

百恵はそう言って夜空を仰《あお》ぎ見《み》た。分厚い雲の切れ目から小さな月が顔を出している。月を見ると、いつもそこに母がいるように感じるのはなぜだろう。百恵は小さく嘆息して続けた。

「職場での父は、穏やかで口数の少ない働き者と思われていたようです。父の同僚が家に遊びに来て、そんなことを言っていましたから。それなのに、突然人が変わったように怒り出す。菜摘ちゃんと同じ小学四年生のときだったと思いますが、料理を作って父を喜ばせようとして、トマトの中身をくりぬいてサラダを作ったんです。たぶんテレビのクッキング番組を見て、とてもおしゃれで素敵に見えたんだと。タマネギとキュウリをみじん切りにして、ツナとマヨネーズを加え、くりぬいたトマトの中身と混ぜて、塩コショウで味を調《ととの》え、カップの形になった元のトマトに戻す」

「おっ、うまそう」と直太朗が言った。

「でしょ?」と百恵は言い、それから堰《せき》を切ったように話し始めた。そのサラダを食卓に出すと、こんなもの食えるか！　と父が怒って食べなかったこと。大雪が降った日に家の前にスーパーマリオのキノコの形をした雪だるまを三つも作って、見て見て！　と父に言うと、なぜおれがそんなものを見なけりゃならない！　と怒鳴られたこと。朝食にたこ焼きを作ったら、朝っぱらからこんなもの食えるか！　と皿を手で乱暴に払われたこと。ある夜、父が洋菓子を買って帰ってきたが、夕飯を食べたあとでお腹一杯だったし、サバランはお酒が入っているから子どもにはちょっと、と母が言いかけると、おれが買ってきたものを食えないのか！　と怒り出し、明日食べますから、と母がすがりつくようにして言ったのに、父はそれをゴミ箱に捨てた。私はあわててゴミ箱から拾って、ぐちゃぐちゃになったサバランを泣きながら食べた。それを見て母も泣いていた……。百恵は次から次へと思い出すままに話し続け、ふと口をつぐんだ。

「なんだか、食べ物の話ばっかりですね」

「うん、雪だるま以外は、食べ物の話だった」

直太朗は髪をかき上げ、顔をクシャッとさせた。

「やっぱり」と百恵も笑いながら、私は柴田さんのこの表情が好きなんだな、と改めて思った。

「私は母を守ることも、救うこともできなかった。それどころか、陰気な顔をしていつもブツブツ小言《こごと》を言ってるような、そんなかわいそうな母をうとましくさえ思ってたんです。でも、柴田さんは違う。奥さんとは別れたくなかったけど、菜摘ちゃんを守るためには、その選択しかなかった。そうでしょう？」

「いや、そんなきれいごとじゃないです」

直太朗は思いがけず強い口調で言った。

「ほんとうはぼくも、妻から逃げたかっただけかもしれない。娘を守るため、というのはあくまでも方便《ほうべん》で、心を病んだ妻とずっといっしょにいると、自分までおかしくなりそうだった。まだ結婚する前、原宿辺りで買い物をしていたとき、お母さんに怒られてる声がする、と彼女がぽつりと言ったことがあるんです。いま考えれば幻聴《げんちょう》だったんでしょう。彼女は自分のそういう精神状態をぼくに隠していた。でもね、ほんとうは気づいていたんです、彼女が精神的に不安定な人だと。しかも彼女のそういう部分を魅力的に感じていたことも確かなんです。それなのに結局、彼女を見捨ててしまった。さらに、再婚すると聞いて動揺している。そんな情けない男なんです」

直太朗はときおり言葉につまり、声を上ずらせた。

「ここまで言ったんだから、あなたに嫌われてしまうかもしれないけど、正直に言いますね。妻はぼくの浮気を疑って嫉妬したと言いましたが、じつは一度だけ浮気したことがあるんです。毎日、会社にまで電話をかけてくる妻に困り果てていたときに一度だけ。でも、それはなんの言い訳にもならない。妻が心を病んだ原因はぼくにもあるんです。ぼくはそうやって妻の精神状態を追いつめた。それなのに最後に見捨ててしまった」

「柴田さん」と百恵は小声で言った。「酔ったふりして言いますけど、彼女は再婚して新しい人生を始めようとしているんでしょう？　柴田さんの浮気にもし気づいていたとしても、彼女にとってはそんなこと、もうなんでもないことじゃないかな。私は応援するな、柴田さんの元の奥さん」

直太朗は特に何も言い返さなかったが、しばらくして気を取り直したように笑いながら言った。

「酔ったふりじゃなくて、山内さん、ほんとに酔ってますよ」

「酔ってないですよー」と百恵は拗《す》ねたように言った。「じゃ、私も負けずに不幸自慢しますね。私はね、柴田さん、悲しいほど父親似なんです。弟のほうは母親似。だから母は弟をとっても可愛がっていたけど、私の顔を見ると父のことを思い出すと言って、よく舌打ちしてた、ものすごく下品な感じで、チッ、って。うつ病を患う前はとっても上品でかわいい人で、そんな舌打ちなんてするような人じゃなかったのに……」

そのときふいに顔の前にハンカチを差し出され、百恵は自分が泣いていることを知った。すみません、と百恵は頭を下げ、バッグから自分のハンカチを取り出し、「その父が、癌で余命いくばくもないんです」と言った。

父と暮らしている女性から、父が会いたがっていると連絡が入ったこと。父の命が年明けまで持つかどうか分からないこと。でも、家族を捨てて出て行った父の顔など二度と見たくないことなど、百恵はハンカチで涙を拭いながら話した。しかも父はひとりの女性と暮らしているのではなく、姉妹と三人で長いこと暮らしていること。こうして直太朗に話してみると、なんだか古臭いお涙頂戴の物語みたいだった。

話し終えると、直太朗は即座に言った。

「とにかく一度会いに行くべきだと思う」

「なぜ、あんな父のために」

「いや、それは違う。あなた自身のためです」

「柴田さん、分かったようなこと、言わないで」

「うん、確かにぼくはあなたのことをまだほとんど何も知らない。でもね、あなたが子どものころから背負い続けている重たい荷物を背中から下ろすためにも、お父さんに会ったほうがいいと思うんだ。もし会わないいまま、お父さんが亡くなったら、あなたは荷物を下ろすことができないまま、この先ずっと背負い続けていかなければならない。つらいことだけど、あなたの話を聞いていると、そう思えてならないんだ」

直太朗がそう言って口をつぐむと、あたりが急に静まり返った。二人は押し黙ったまま、闇の中に浮かぶ蓮を見ていた。直太朗は肩が触れ合うことがないように気をつかっているのか、ベンチに二十センチほど離れて座っている。百恵はそんな直太朗の肩にそっと頭を預けた。

直太朗は背筋を伸ばしたまま動かなかったが、やがてためらいがちに百恵の肩に手を回してきて、「いっしょに行こうか」と言った。

この人はいったいどこに行こうと言うんだろう。こんなに慎重で、気遣いばかりする人がまさかホテルに誘っているのだろうか。百恵は肩に頭を預けたままぼんやりと考えた。

チャポンと音がして、小さな波紋が広がる。カエルが飛び跳ねた音にビクッとして、百恵は現実に引き戻され、直太朗の肩から頭を上げた。

「いっしょに行こうって、どこへ」

「いや、だから、一人でお父さんに会いに行くのがつらいなら、ぼくもいっしょに行こうかと。もちろん、山内さんが会っているとき、ぼくは別の場所で待機しているけど」

直太朗はそう言って、ベンチから腰を上げた。

この人は何を言っているのだろう。百恵は直太朗の申し出について少し考えてみようとした。でも、日本酒の程よい酔いのために頬の熱さばかりが気になって、すぐに頭がぼんやりしてしまう。百恵が座ったまま動かずにいると、「おーい、固まっちゃったのかー」と直太朗は笑いながら手を差し出した。

百恵がその手を取ると、「よっこらしょ」と直太朗は掛け声を上げて百恵を引っぱり上げ、「ねえ、もう十一時半だよ。今夜はあっというまに時間がすぎた」と言い、そのまま歩き出した。

百恵は手を引かれながら、「もっとゆっくり」と言った。

「あ、ごめん」と直太朗は言い、百恵の手をぎゅっと握り返すと、公園の出口に向かってゆっくりと歩き出した。

14

昼休みは一時間取れることになっているが、そんなにゆっくりできる日はほとんどない。いつもだいたい十分ほどで弁当を食べ終え、五分で化粧を直し、エプロンをつけながら小走りで売り場に戻る。

だが、その日は台風が東京に接近して朝から風雨が激しく、客の入りが極端に少なかったうえ、月末に集中して入荷する各社の新刊文庫の検品と品出しも前日のうちに済んでいたので、百恵は久しぶりにゆっくり弁当を食べると、休憩室でお茶を飲みながらスマートフォンを取り出し、ツイッターにアクセスした。

タイムラインをさかのぼると、直太朗の二時間ほど前の書き込みが目に入った。

〈黒崎冬馬・会心の傑作『転生の海』三刷決定！　藤沢麻紀《ふじさわまき》さんの熱烈お勧めＰＯＰを配布しております。ご希望の書店様は私宛てに連絡を下さい。至急発送いたします！〉

ツイッターには出版業界の人や書店員が沢山いるが、直太朗のように書店の公式アカウントや書店員個人を数多くフォローして、業務上のやりとりを直接している編集者も珍しい。彼を販売部員と思っている書店員も多いにちがいない。

そのＰＯＰは先週のうちにブックス・カイエにも届いていた。百恵は棚差しにしていた二冊の『転生の海』を平台に戻して、ＰＯＰを設置したが、発売から三ヶ月が経過し、すでに返本してしまった書店も多いだろう。百恵は直太朗の書き込みをリツイートし、彼に宛てて返信した。

〈藤沢麻紀さんのＰＯＰの効果は絶大！　さっそく一冊売れましたよ。五冊追加注文できますか？〉

女優の藤沢麻紀さんが『転生の海』を読んで涙が止まらなかった、とテレビ番組で話したことから、アマゾンの小説部門でベストテンに入るほど売れ行きが急上昇し、それを受けて三千部の増刷が決まりました。好評を博した山内さんの手書きPOPに続いて、こちらも使っていただけたら嬉しいです、とPOPが届いた日に、直太朗からメール連絡も入っていた。

メールの末尾に〈先日は迷惑をおかけしましたが、とても楽しいひとときでした。山内さん、今後ともよろしくお願いします〉と添えられていたが、それは業務連絡の続きでしかなかったし、あれから二週間も経つのにメールはその一通しか来ない。意外と素っ気ないんだな、と百恵は苦笑した。

あの夜、不忍池のほとりでぎゅっと手をつなぎ、押し黙ったまま園内の暗がりを通り抜け、上野駅前のまぶしい光とクラクションの喧騒の中で、直太朗はぽつりと言ったのだ。

「好きになってしまいました」

「えっ」と百恵は声を上げ、直太朗の顔を見た。あまりにストレートな言葉だったので、何かの聞き間違いかと思ったのだ。直太朗は照れくさそうに中指の腹を眉に当て、小さくうなずいてみせた。百恵は思わず頰を赤らめたが、直太朗はそれ以上何も言わず、つないでいた手をそっと放すと、何事もなかったように自動改札を通っていく。

常磐線の下り電車は立錐《りっすい》の余地もないほど混み合っていた。二人はドア付近に向かい合う恰好で立った。直太朗は片手を高くあげ、突っ張り棒のようにドアの上部に当てて、背後から押されてもたがいの身体が密着しないように気をつかってくれたが、すぐ目の前に相手の顔があると逆に話しづらく、会話もあまり弾まない。電車がガタンと揺れて、相手の息づかいを感じられるほど接近すると、たがいにあわてて顔をそむけたりした。

そうして至近距離で顔を突き合わせたまま、三十分ほど電車に揺られ、柏駅に着いたのは〇時十六分。今日はほんとうにご馳走さまでした、と百恵が一礼して電車から降りると、ドアが閉まる直前、直太朗もホームに飛び降りた。

我孫子駅まで行く最終電車は一時十分発。まだビールを一杯飲める時間があります。よかったら付き合ってもらえませんか？　と直太朗が言い、誘われるままに駅前の居酒屋に入り、中ジョッキでふたたび乾杯した。

好きになってしまいました。その言葉の続きがあるのではないかと、百恵はそわそわして落ち着かなかったが、隣接する市で育った者同士の気安さから、それぞれの出身高校の話題になり、ふと気づくと、早くも終電の時刻が迫っていた。

「山内さんは明日お休みですよね。ぼくはタクシーでも二千円程度ですから」と直太朗は腕時計を見ながら言い、もう一杯だけ、この一杯で最後に、と何度もくりかえし、結局、居酒屋が閉まる午前三時まで飲み続けた。

途中から記憶が欠落するほど、百恵も酔ってしまったので、二人でどんな話をしたのか、はっきりとは思い出せないが、原発のメルトダウンから三年経っても柏市の空間放射線量が相変わらず高い状態をめぐって、直太朗が何かつまらない冗談を言ったので、百恵が怒ったことは憶えている。いや、怒ったといってもそれは一瞬のことで、むしろ自分の方が何か不用意なことを言って直太朗を怒らせたのではなかったか、と百恵はふと思った。

というのも、好きになってしまいました、と直太朗が勢いで口にしたものの、それ以上のことを言わないのは、作家志望の小暮さんの存在があるからではないのか。その疑問が湧き上がってきた瞬間を、唐突に思い出したからだ。

「だって柴田さんは、小暮さんとお付き合いされてるんでしょう?」と百恵は休憩室にいる他のスタッフに聞かれないように小声で言ってみて、クスッと笑ってしまった。いくら酔っていたとはいえ、自分がそんな台詞を口にするはずがない。それならなぜあれから二週間も経って、直太朗の怒った顔が急によみがえったのか。百恵はそこまで考えて、やっと思い出した。

午前三時に居酒屋を出ると、「家まで送りますから」と直太朗が言い、ごく自然に手を差し出してきたので、百恵はその手を握り返した。人通りの絶えた深夜の商店街を抜け、国道六号線を渡る頃には、つないだ手はすっかり汗ばんでいる。

たった一日でこんなに距離が縮まるのか、と百恵は酔った頭で考え、この人をもっと知りたいと強く思ったが、直太朗は手を握りしめたまま、「あなたは父親に会いに行くべきです。越後湯沢に行くべきです」と断定口調でくりかえした。

「柏インターから入って、常磐、東京外環《がいかん》、関越《かんえつ》と高速を飛ばせば三時間かからない。山内さん、後悔しないためにも会いに行きましょう」

直太朗の呂律はすでに怪しかったし、その声は夜道に響き渡るほど大きかった。百恵はちょっとうんざりして、「はいはい」と軽くいなすように答えた。そのときだった。直太朗はふと足を止め、深々とため息をついたのだ。

最初はひどく怒っているように見えたが、すぐに悲しそうな顔つきになった。まるで心の底から信じていた人に裏切られたとでもいうように、その眼差しには失望の色がはっきりと浮かんでいた。

でも、百恵にしても、居酒屋を出る少し前から下腹部の張りが気になりだし、歩いているうちに少しずつ苦しくなってきたので、父親に関する会話を続けるのがつらかったのだ。生理が近づくと、いつもこうなる。まだ痛みはないが、寝る前に鎮痛剤を飲んだ方がいいだろう。子宮筋腫の手術まであと三ヶ月。それまでは薬に頼るしかない。そんなことを考えて、気もそぞろになっていたのだった。

住宅街を道なりに進み、左に折れて一方通行路に入ると、やがてマサキの生け垣に囲まれた古い一軒家の前に出る。百恵は鉄の門に手をかけ、「ここです」と小声で言った。

お茶でもいれますからどうぞ、と言ったら、直太朗は遠慮しながらも家に上がるだろう。そうしたら二人の距離がさらに縮まる。一気に関係が深まるかもしれない。百恵はそう思い、そのとき身体の芯からふいに噴き上げてきた自分の性欲の高まりに驚いたが、まるでそんな思いを見透かしたように、直太朗がいきなり肩を抱き寄せてきた。

首をかしげて、唇を近づけてくる。百恵はあわてて身をよじり、肘で直太朗の脇腹を押すようにして、腕から逃れた。思わず拒否したのは、そこが路上だったからだ。住宅街はすっかり寝静まっているが、どこかの二階の窓から誰かが見ているかもしれない。

「ああ、ごめんなさい。やっぱりかなり酔ってる……。もしよかったら山内さん、また会ってください。失礼しました」

直太朗は頬を赤らめ、深々と頭《こうべ》を垂《た》れると、恥ずかしさに身を縮めるようにして引き返していった。足取りはしっかりしているように見えたが、ときおり上半身がふらっと傾き、あわてて体勢を立て直す。

駅前で客待ちをしているタクシーはすでに一台もないのではないか。ちゃんと家まで帰れるだろうか。百恵はにわかに心配になった。たがいにもっと若くてもっと身軽だったら、始発が出るまでうちで休んでいけば？　と気軽に声もかけるだろうが、でも、もうそんな歳ではない。

学生時代は終電を逃したときなど、気軽に男友達のアパートに泊まったものだ。遠ざかっていく直太朗を見つめ、百恵は若かった頃の自分に思いを馳せた。本棚に並んだ本の背表紙を眺め、こんな難しい本を読んでるんだ？　と男友達のことを見直したり、始発電車が出るまで音楽を聴きながらおしゃべりをしたり、トランプ占いをして時間をつぶしたものだった。

そんなときはキスぐらいされてもなんでもなかったし、相手に好意を持っていれば、ごく自然にセックスに移行した。それは乾燥した樹木の枝がこすれ合って自然発火する山火事みたいなものだったのだ。でも、四十歳目前の二人にとって、そんな若さはいつのまにか失われてしまった。後先考えずに山火事を楽しむことはもちろんのこと、意味もなくただ時間をつぶす行為にさえ罪悪感を覚えてしまう。

直太朗は若い男のように衝動に身をまかせ、いきなりキスをしようとしてきた。でも、まるで徘徊《はいかい》老人のように頼りない歩き方を見ていると、それが若さゆえの衝動とは違うものであり、慎み深さを失った中年男の遠慮のない欲望だと分かる。百恵もかつて柏原と別れる間際に何度も悶着《もんちゃく》を起こしたので経験済みだが、相手に拒否されて初めて自分の性欲のだらしなさを知り、たまらなく恥ずかしくなるのだ。

百恵は家の前でしばらく立ち尽くしていたが、直太朗はふらつきながらも次の交差点を曲がり、ふっと姿が見えなくなった。

「山内さん、それじゃお先に」

実用書売り場のスタッフに声をかけられて、百恵は現実に引き戻された。あわてて時計を見ると、ぼんやりしていたのはほんの二、三分のことで、休憩時間はまだ三十分も残っている。ツイッターの〈八件の新着ツイートを表示〉をクリックすると、タイムラインに並んだ八件の中に直太朗からの返信があった。

〈さっそく一冊売れたとのこと、ありがとうございます。五冊追加も承《うけたまわ》りました。三刷の配本については、また調整させてください。よろしくお願いします！〉

百恵は業務連絡だけのツイートに少しさみしさを覚え、返信を読んだことを直太朗に伝えるためにお気に入りのボタンを押して、ツイッターを終わりにしようとしたが、そのとき久しぶりに菜摘のつぶやきが流れてきた。

〈あっちゃん、教室に給食を食べに行った。すげえ。先を越されるかも〉

一瞬なんのことか分からず、百恵は三度続けて読んでみた。

そうか、菜摘は保健室で書き込んでいるのだろう。あっちゃんも同じく保健室登校をしている生徒だが、給食の時間だけはなんとか教室に行けるようになったにちがいない、と百恵は推測し、菜摘のホーム画面に移動してみた。

菜摘は三十人ほどからフォローされていたはずだが、いつのまにか百恵を含めて、わずか五人に減っている。自分のつぶやきを読まれたくない相手をブロックしたのだろう。菜摘はアカウントに鍵をかけているので、彼女が承認している者しか読めない。

その五人の中に自分が残ったのか……。嬉しく思う反面、緊張もする。百恵がじっと画面を見ていると、菜摘がふたたび書き込んだ。

〈健康がんばり表とか書いてる昼休み♪〉

健康がんばり表？　百恵は首をかしげたが、菜摘のツイートをタップすると、〈ぶり子〉という名の女の子が新たに書き込んでいた。

〈なんなのーーそれ〉

〈きのうの夕飯はどんなもの食べたとか、お風呂に入ったとか、何時に寝たとか書くの〉

〈ひえぇ、なんで？〉

〈保健室の先生が知りたいって〉

〈宿題やったとかは？〉

〈それはない。……健康と関係ないから？　かな〉

〈ぅわわ、天国じゃん〉

〈ぶり子、そう思ってないでしょ、ほんとは〉

〈……でも元気そうでよかった〉

〈ま、まあまあ〉

〈そか、熊谷《くまがや》は暑いよー。十月になってもまだ夏が終わんない〉

〈だね。じゃーね〉

〈ばいちゃ〉

会話がぷつんと終わった。

心療内科に通院していることや保健室登校をしていることは、お父さんから聞いて知っている、と菜摘にはっきり言うことはためらわれるが、知らないふりもしたくない。百恵はどうしていいか分からないまま、菜摘に宛てて書き込んだ。

〈なっちゃん、久しぶり〉

〈あ、おひさ〉

〈昼休みよね？　私も休憩室で昼休み〉

〈本屋さんにも休憩室があるんですね〉

急にかしこまったコメントを見て、百恵は頬笑んだ。

〈今日は台風でお客さんが少ないから、久しぶりにゆっくり休んでるの〉

〈お父さんから聞いてますか〉

いきなり訊かれて戸惑ったが、すぐに答えないと、やりとりが不自然になる。

〈ええ、少しだけ〉

〈そういうわけなんです〉

その大人びた返信を見て、百恵はにわかに緊張した。どこまでストレートに訊いていいのか分からない。不用意なことを言って菜摘を傷つけるばかりか、もしブロックされてしまったら、鍵のかかった菜摘のつぶやきは一切読めなくなる。

〈でも、学校は休んでないんでしょ。がんばってるよね〉

おずおずと書き込むと、すぐに返信があった。

〈でも、いつおなか痛くなるか、わかんないし〉

私も痛み止めの薬を、と百恵はいったん書き込んだが、それを削除してまったく別のことを書いた。

〈私ね、小学五年生のとき、友だち三人で交換日記をつけていたの。ちょっとした悩みとか、うれしかったこととか、相手へのメッセージとか書いて、三人で順番に回すの。あれ

は楽しかったな。夢中で書いた〉

〈聞いたことある、交換日記。LINE《ライン》よりいいかも〉

〈できたら菜摘ちゃんとしたいなって思ったの、交換日記〉

〈でも、じかに会って渡すんでしょ。それ大変！〉

〈そうよね、毎日会う友だちじゃないとムリよね。なんか変なこと言ってるな、私〉

あわてて書き込むと、少し間をおいてから返信がきた。

〈連絡帳ならありますよ、担任の先生との連絡帳、作ってくれたの〉

〈え、だれが〉

〈保健室の先生。何かこまったことがあったら、これに書けば担任の先生にすぐに連絡してあげるって〉

菜摘の方から話してくれたので、百恵は緊張が少し解けて、気が楽になった。

〈保健室の先生って、やさしくていいよねー〉

〈うん、やさしい〉

〈中学のとき、私も養護《ようご》教諭《きょうゆ》になりたいって思ったの〉

〈そうなんだ？〉

〈養護の先生にはいろんな話を聞いてもらったし、たくさん相談に乗ってもらった〉

〈へえー、どんな?〉

父親の暴力が、と書きかけて、百恵はそれをすぐに消した。

〈うちの親、ケンカばっかりして仲悪かったから、学校から家に帰っても自分の居場所がないとか……。そういう悩みって、どれだけ仲のいい友だちでも、ちょっと言えないところがあるでしょ。でも、保健室の先生にはなんでも話せたの。いま考えてもふしぎなくらい、ほんとうにいろんなことを話した〉

〈うんうん〉

〈それでね、養護教諭の資格を取るには、教育学部とか社会福祉学部で勉強しなければならないって先生に教わって、どんな大学があるのか調べたりしたんだけど、でも高校に入ったら、半年もたたないうちに、美大を受けるしかないって、進路希望が変わっちゃって〉

〈なーんだ、あきっぽいんだ〉

〈そうね、意外にあきっぽいかも。美術部にあこがれの先輩がいてね、女子の先輩だよ、ものすごく影響受けたの〉

〈早く高校生になりたーい〉

〈どうして?〉

〈いまよりもっと自由な気がする〉

〈うーん、小学生より高校生の方が自由なのかな〉

〈ちがうの？　大人になると、もっともっと自由な気がする〉

〈でも、もしそうだとすると、菜摘ちゃんの四倍も長く生きてる私なんか、自由すぎてどうしていいか分からないほど自由になっているはずだけど……、そうでもないなあ。パパは自由に見える？〉

〈あはは、ぜんぜん〉

〈自由の話とつながるかどうか分からないけど、小学校と中学校はギム教育よね。でも、菜摘ちゃんが学校に行くのは、ギムじゃなくて、ケンリなのよ〉

〈あ〜う〜うう……〉

〈ごめん。むずかしい？〉

〈じゃなくて、カタカナで書かなくてもわかるし。義務とか権利とか〉

〈そうか、ごめん。学校に行く権利と、行かないで休む権利、どっちもあるの。保健室登校をする権利もある。それがね、菜摘ちゃんの人権を守ることにつながるの〉

〈ひえーーあわあわ〉

〈これはむずかしすぎたかな〉

〈だいじょうぶ。人権、道徳でやったから〉

〈そうか、人権なんてむずかしい言葉、もう学んだんだね〉

〈心のノートの授業でやった。勇気を出せる私になろうとか、自分に正直になれば心はとても軽くなるとか。でも、人権って外国人とか障害者とか、そういう差別の話かと思った〉

〈そうそう、そうなの。生まれつきの肌の色で差別される黒人をひどい扱いから守るのも人権だけど、たとえ保健室でもがんばって登校している菜摘ちゃんを守る人権もあるのよ〉

ツイートボタンを押してから、百恵はハッと気づいた。

先ほどから〈菜摘ちゃん〉と何度も本名を書いているが、自分のツイートは鍵をかけていないので、誰でも見ることができるのだ。鍵をかけている菜摘と会話をしているうちに、その当たり前のことをすっかり忘れていた。菜摘は何も言わないが、ひどく困惑しているのではないか。百恵はそのことが急に気になりだしたが、菜摘はすぐに書き込んだ。

〈あのね、二分〉

途中で誤ってツイートボタンを押してしまったのだろう、と百恵は思い、そのまま待っていた。すると菜摘は百恵に宛てた返信ではなく、今度は独り言をつぶやくようにツイートした。

〈二分の一成人式までに、教室行く。決めた〉

えっ、それは何？　と訊こうとしたが、時計を見ると一時十分だった。アルバイトの岩城青年と一時に業務を交代することになっている。申し訳ないことにすでに十分も待たせてしまっていた。

〈あ、ごめん、もう売り場に行かなくちゃ〉

〈じゃね〉

〈ほんとにごめん、またね〉

百恵は空の弁当箱をロッカーにしまうと、小走りで売り場に急ぎながら、菜摘との会話を直太朗に伝えなければと思った。

15

菜摘は待合室のラックから一冊の絵本を選んでベンチソファに戻ると、表紙カバーの見返しに印刷された作者のプロフィールを読み、それからおもむろに一ページ目を開いた。

直太朗はそんな娘の様子に目を細めた。初診から一ヶ月がすぎ、通院も四回目になるので、菜摘も以前ほど緊張しなくなったように見える。

一般の病院では予約を入れても長時間待たされることが多いが、この心療内科はそれほど待たない。医師は一時間で三人の予約をとっているので、その枠の中で時間を調整しているのだろう。三十分かかる患者もいれば、十分で終わる患者もいるので、三十分以上待たされたことはなかった。しかも前回は平日だったので有給休暇をとったが、今回は土曜日の朝十時半にうまく予約がとれた。

「お腹へった?」と直太朗は訊いた。

ううん、と菜摘は絵本から顔を上げずに首を横に振った。

次回は血液検査をしますので朝食はとらずにお越しください、と医師に言われたとき、心療内科でも採血を? と直太朗は少し驚いたが、血液を検査することによって精神症状の原因が分かることもあるし、治療薬の副作用が現われていないかどうかを調べることもできるという。

「ああ、そうだ……。二分の一成人式の日までに、教室で授業を受けるって、目標を立てたんだって?」

たった今、そのことを思い出したとでもいうように、直太朗はあえてのんびりした口調で言った。だが、菜摘はビクッとして絵本から顔を上げた。

「それ、山内さん？」

「うん、昨日、山内さんから聞いた。彼女、二分の一成人式のことを知らなかったから、どんな学校行事なのか教えてあげたんだ。十歳になった記念に作文を発表したり、クラスごとに歌やお芝居の発表をしたり、二分の一成人証書の授与式もあると言ったら、すごく驚いていた。父さんたちの子どもの頃は、そういう催《もよお》しはなかったからね。……どうしたの、怒ってるの」

「怒ってない」

「でも、菜摘、唇とんがってるよ。山内さんもね、菜摘と二人だけで話したことをお父さんに伝えるのは少し気がとがめると言っていたけど、心配してくれてるんだよ。菜摘がそんな目標を立てたなら、何か応援する方法はないだろうかって」

「ふーん」

「なんだ、その顔」

直太朗が苦笑すると、菜摘はさらに眉根を寄せた。

「デートしたの？　昨日」

「そんなんじゃないよ。ただ食事しただけ。そうか、菜摘も誘えばよかったかな」

菜摘は何も答えずに、軽く首をすくめただけだった。

こうして自然な会話を交わしていると、直太朗自身も菜摘がうつ病に苦しんでいることを忘れてしまうし、傍目にはごく普通の父と娘に見えるだろう。でもそれは、比較的穏やかな気分を保てる土曜日だからだった。

月曜日の朝、菜摘には乗り越えなければならない壁がいくつもある。まず朝食をとって家を出ること、学校まで歩いて校門をくぐること、そして保健室に足を踏み入れること、それだけでも大変なのだ。しかもこの三つの壁を乗り越えた先には、教室で授業を受けるという最後の難関が待っている。二分の一成人式は十一月の第三土曜日に予定されているが、菜摘はその日までには教室で授業を受けるという目標を立てた。

それを実現するために父親として何かできることはないか、と直太朗は考え、夏休みにキャンセルしてしまった家族旅行の代わりに、週末に一泊だけの小旅行をして気分転換を図《はか》ったらどうだろうか、と思い立った。百恵と三人で湯沢高原まで車を飛ばし、ブナの原生林をトレッキングする。菜摘にそれを提案する前に、まず医師に相談しなければならない。

「だって邪魔でしょ」

菜摘はそう言って絵本をパタンと閉じた。

一瞬、菜摘に自分の考えを読み取られたように錯覚して、直太朗はビクッとしたが、そんなことがあるはずもない。それは先ほどの会話の続きだと気づいた。

「なんだ、嫉妬してるのか。でも、菜摘はツイッターで父さんをフォローしてくれないのに、山内さんのことはフォローしてるじゃないか。父さんだって、ちょっと嫉妬するよ」

「だって、本屋の皆さんPOPができましたとか、そんなの読んでどうするの」

「ま、それもそうだけどね。でも、読んでくれてるんだ？　もしもだよ、もし父さんが山内さんと食事をしたのがいわゆるデートだったら、菜摘はやっぱり怒るのかい？」

「だから怒ってないってば。ちょっとびっくりしただけ」

看護師がにこやかな顔で近づいてきて、「採血しますので」と菜摘に声をかけた。菜摘は黙ってベンチから腰を上げ、看護師に続いて検査室へ入っていく。まあ、確かにデート気分だったかもしれない。直太朗の口元がふっと緩んだ。


菜摘ちゃんのことで伝えたいことがあるので一時間ほどでも会えませんか？　と百恵から会社に電話が入ったのは、台風が東京を直撃した火曜日の夕刻だった。

暴風雨のこんな日に？　と驚いたが、百恵は近いうちにと言っているのだと分かり、おたがいの勤務スケジュールを確認して金曜日の夜七時に会う約束をし、待ち合わせの場所などは追ってメールを入れます、と言って直太朗は電話を切った。

ゲラの校正作業を中断して、さっそくお台場《だいば》のホテルのＨＰにアクセスした。レストランの予約サイトを見ると、幸いにも金曜日には「空席わずか」の表示があり、予約を入れることができた。ベテラン作家の還暦《かんれき》祝いの二次会で一度使ったことがあるが、とにかくサービスの行き届いた落ち着いた店なので、二人で静かに話をするにはぴったりだと思ったのだった。

そうして昨日の夜七時、百恵は花柄のワンピースに濃いグレーのロングカーディガンを羽織って、新橋《しんばし》駅の待ち合わせ場所に現われた。前回はお酒に飲まれてしまい、失礼しました、とまずは詫びようと思っていたが、百恵は唇の両端を軽く絞り上げ、「こんばんは」と言った。直太朗はそのやわらかな笑みを見て、そんな無粋《ぶすい》なあいさつはいらないと思い直し、「こんばんは」とだけ返した。

ゆりかもめに乗って十五分、台場駅で降りるとホテルはすぐ目の前にある。店の入り口で名前を告げると、「本日はご予約いただき、ありがとうございます」と従業員が一礼して続けた。「当店ではテラス席が特に人気でございまして、いつも早々と予約が埋まってしまうのですが、先ほどキャンセルが出ましたのでご案内することも可能でございます。いかがでしょうか」

その申し出をあえて断わる理由もない。二人は従業員の後に続いた。通路を進んでテラスに出ると、都心の夜景とライトアップされたレインボーブリッジが目の前に広がり、戸外の風が肌に心地《ここち》いい。

「わ、きれい」と百恵も感嘆の声を上げた。

屋内のレストランは、家族連れや、女性同士のグループや、スーツ姿の男たちが目立ったが、テラス席は目に入る限りすべてがカップル客で、いかにもデートスポットだった。隣は二十代のカップルで、テーブル越しに手を取り合い、うっとりしたようにたがいに見つめあっている。百恵はそんな雰囲気に気圧されたのか、ちょっと居心地が悪そうだった。オリーブやトマトを使った彩り豊かな前菜が運ばれてくると、二人はキャンドルの明かり越しにグラスを掲げ、シャンパンで乾杯した。

「柴田さん、こういう店、詳しいんですね」

百恵の言葉には少し棘《とげ》が感じられた。菜摘の保健室登校について話そうとしているのに、あなたはデート気分を味わいたいの？　そんな皮肉が込められているように思えたのだ。

「いや、以前一度来たんですが、そのときは屋内の席だったので、こういう感じではなかったんですけど……」

直太朗が言いよどむと、百恵の硬かった表情が和らいだ。

「あんまりオシャレな店に来ると、なんだか落ち着かなくて。いやねえ、年寄りみたいで」

百恵は照れたような笑みを浮かべ、シャンパングラスをテーブルに戻すと、スマートフォンを差し出した。

「最近はこんな感じのつぶやきが続いているんです」

「お借りします」と直太朗は言って、それを手に取った。

初めて見る菜摘のつぶやきは新鮮だったが、父親の前では口にしないことばかりだった。

〈きょうはクラスで劇の練習したって、二分の一の〉

〈あせるーっ。みんな舞台で劇やってて、ひとりだけ客席にいるなんてヤだぁぁぁ〉

〈それってゴーモンじゃん。はっきりいって〉

〈てゆうかまじで。ほんとうに〉

〈プーさん、それ最っっ高！〉

〈教室行くの二分の一が終わってからにしようかな〉

〈そのほうがよさげだな〉

〈まじな話してるんやしちょけてんと〉

会話をしている相手の〈プーさん〉も鍵をかけているので、意味がまったく分からない。うん？　と直太朗が首をかしげると、百恵が画面を覗き込んだ。

「真面目な話をしているんだから、へらへらしてないできちんと考えなさい、って意味らしいです」

「わざわざ調べてくれたんですか」

「ええ、でも検索すればすぐに出てきますから」

前菜に箸をつけることも忘れてスクロールしていくと、直太朗の目に様々なツイートが飛び込んできた。

〈こわいよー　へこんだまま元に戻らなくなってぺちゃんこになっちゃうボールって！〉

〈やっと一日おーわった！　おやすー〉

〈さいこんしたっていいじゃんべつに！　かんけいないじゃんべつに！〉

〈でもさー〉

〈すてられたんだよねーやっぱし〉

〈ほえぇぇぇ！〉

〈はあぁぁぁぁぁ〉

スマートフォンを百恵に返し、直太朗は小さく嘆息した。

二分の一成人式で発表する劇をクラスで練習しているが、その練習に参加していない自分が式に出ても疎外感《そがい》を覚えるだけではないか、という新たな懸念《けねん》や、祥子の再婚が娘の心に与えたダメージがそれらのつぶやきに濃厚に立ち込めている。

「菜摘ちゃんの様子はどうですか」

百恵に訊かれて、直太朗はオリーブマリネをつまんでから答えた。

「山内さんにはお話ししてなかったことですが、実はいままでずっと気になっていたことがあるんです。娘の母親が統合失調症だからでしょう、心療内科の先生も問診にずいぶん時間をとって、その点については慎重に診察して下さっていたんです。それで先日の三回目の診察でやっと結果が出て、統合失調症の心配はないと断言してくださった」

「そうでしたか……」と百恵は神妙な顔でうなずいた。

精神疾患に関する会話は難しいが、百恵には知ってもらいたくて、直太朗はさらに続けた。

「統合失調症の発症には遺伝的要素も関与していると考えられています。病気は遺伝しないけれど、病気のなりやすさは遺伝するという……。菜摘の場合、幻覚や幻聴といった統合失調症に特有の症状はなかったんですが、二学期が始まって登校できなくなったばかりの頃は、とにかく精神的に不安定だったので、いまはだいぶ落ち着きましたが、万が一のことを考えて気が気でなかったんです」

「あの」と百恵がおずおずと言った。「先生は菜摘ちゃんの前で、そういう話をされたんですか」

「いや、その話は父親の私にだけです。そもそも菜摘には母親の病名を教えていないので、この件は何も伝えていません」

そんな会話の流れから、三人で越後湯沢に行きませんか、と直太朗は提案したのだった。

菜摘が看護師とともに検査室から戻ってきた。

「このあと先生の診察になりますが、お名前をお呼びしますので、それまでしばらくお待ちください」と看護師が言って去っていく。

「チクッとした?」と直太朗は訊いた。

うん、と菜摘はうなずき、マガジンラックから別の絵本を選ぶと、ふたたび読み始めた。

うつ病がひどいときは、たとえ愛読書を開いても、そこに印刷された文字がインクのしみのようにしか見えなくなる。情報を受容する力が極端に落ちるからだ、とうつ病の解説書に記されていた。菜摘はこうして絵本を眺める余裕があるのだから、快復のきざしと思っていいのだろう。直太朗はそう思い、腕組みをして、そっと目を閉じた。

菜摘もいっしょに三人で越後湯沢に行きませんか、と提案したとき、百恵は激しく反発した。父親が生きているうちに一度会うべきだ、とあなたが言うのは分かる。そのことについては私もずっと考えている。でも、私と父親の問題に菜摘ちゃんまで巻き込むなんてどうかしている、と。

思いつきで言ったわけではない。考えた末のことなので少し話を聞いてほしい、と直太朗は言った。

幼稚園に入った頃、菜摘がしきりに母親に会いたがった。当時、祥子は退院して自宅で静養していた。それで北海道の祥子の実家に電話を入れて、「娘を連れて行くので、二時間ぐらいでも遊んでやってくれないか。そのあいだぼくはホテルの部屋で待機しているので」と祥子への伝言を頼んだ。無下《むげ》に断わられることはないと思っていたが、その日のうちに折り返しの電話が入り、「申し訳ございませんが、本人が会いたくないと申しておりまして……」と祥子の母親が消え入りそうな声で伝えてきた。

もちろん菜摘にはその事実は伏せている。ママは具合が悪くて入院しているので面会できないのだと伝えた。菜摘はそれで納得してくれたと思う。その母親が再婚し、自分は捨てられたのだという思いが募っているが、別居する前後の祥子は四六時中幻聴に怯えていて、とても育児をできるような状態ではなかった。いまはまだ無理でも、もう少し大人になれば、菜摘もその事実を受け入れられるようになると思う。

一方で、あなたも父親に捨てられたという思いから逃れられないでいる。でも、事情は菜摘と異なり、父親は会いたがっている。会いたくても拒否された菜摘の気持ちを思えば、あなたは父親と会うべきではないか。

直太朗はそこまで一気に言って一旦言葉を切り、それからゆっくりと続けた。

「すみません。一方的に言いすぎたかもしれません。第一、お付き合いしてください、と正式に申し込む前に、三人で旅行に行きましょうなんて、とんでもなく非常識な誘いだと思います。でも、このところずっと考えてきたことなんです」

百恵はライトアップされたレインボーブリッジに視線を注いだまま、こちらを見ずに言った。

「旅行のお誘いには確かにびっくりしましたが、おっしゃることは理解できます。でも柴田さん、菜摘ちゃんが、私と父親の関係について知ることに、どんな意味があるんでしょう」

いや、と直太朗は首を横に振った。

「そのことについて、菜摘に詳しく話すつもりはありません。あなたが父親との再会を果たしているとき、ぼくと菜摘はペンションの近くを散策したり、お茶を飲んだりして、ゆっくりすごすつもりです。もしよかったら翌日の午前中は、三人で湯沢高原をトレッキングしませんか。そのときあなたが、父親のことについて菜摘に何か話してくれてもいいし、何も話さなくてもいい。どちらにしても、菜摘にとっては貴重な体験になるはずです。来月の文化の日が月曜日なので、三連休になります。もしお休みが取れるようなら、一泊旅行に付き合っていただけませんか」

百恵は思いがけず即座に答えた。

「考えてみます。でも、菜摘ちゃんの方がOKするかどうか、そっちのほうが問題だと思いますよ」

百恵はそう言ってパスタフリットに手を伸ばしながら、「柴田さん、こんなに強引な人だと思わなかった」と小声で付け加えた。

「柴田さん、二番診察室にお入りください」

アナウンスがあり、直太朗はベンチから腰を上げた。菜摘と連れ立って診察室に入ると、担当医はいつものように笑顔で迎えてくれた。

問診のあいだ、直太朗はいつものように口を挟まずに黙って見ている。どんなときにめまいがするのか。どれくらい続くのか。夜はよく眠れているか。ごはんはおいしく食べられるか。イライラすることはないか。楽しかったことはないか。悲しかったことはないか。何か気になっていることはないか。

医師はいくつか質問し、菜摘はそれに答える。問診は前回よりも早く終わった。

「だいぶ顔色が良くなったね。腹痛や頭痛もほとんどなくなった。夜もしっかり眠れる。うん、いいね」と医師は菜摘に声をかけ、直太朗の顔を見た。

「めまいは副作用だと思いますが、心配には及びません。体調の快復に伴って、心も快復していくものです。とても順調ですよ。でも、体調が少し良くなると、薬の服用を勝手にやめてしまうお子さんもいます。その点については十分に気を配ってください。夜寝る前のお薬は半分に減らすことにします」

保健室登校について、担当医は一言もふれない。最初、直太朗はそれが不満だったが、精神症状が改善すれば、その問題も解決に向かうということなのだろうと納得している。

「分かりました。ありがとうございます」

直太朗が一礼すると、「お薬を飲み忘れないでね」と医師は菜摘に声をかけた。

「ひとつお訊きしたいのですが」と直太朗は言った。

「なんでしょう」と医師は処方箋《しょほうせん》を書きながら言った。

「初診のときに先生が、気分が晴れるだろうと思ってスポーツをするのは休養にならないので止めた方がいいし、気分転換にあちこち出かけるのも良くないと、そうおっしゃいましたが、あの頃に比べて、娘もかなり快復してきたと思うんです。来月あたり、たとえば高原のペンションで一泊だけの小旅行など計画するのは、まだ早すぎますかね」

「どう？　行きたい？」

医師に訊かれて、「はい」と菜摘は答えた。

「おっ」と医師は目を丸くした。「それじゃ、体力と相談しながら、くれぐれも無理をせずに旅行を楽しんできてください。ただし、出発当日ないし前日に、腹痛や頭痛、めまいといった体調の変化があったときは、旅行はすみやかに中止してください。よろしいですね」

「承知しました。ありがとうございます」

直太朗は一礼し、菜摘とともに診察室を出た。

一泊旅行には山内さんと三人で行く。そのことをどうやって菜摘に説明するか、それが次の問題だった。

16

〈では、さようなら〉というメールが入ったのは、一泊旅行を翌日に控えた金曜日の午後十時すぎだった。

初校ゲラへの著者校正の転記作業や、文庫解説の原稿チェック、作家に頼まれていた執筆資料の整理と発送、販売営業部への連絡事項の取りまとめなど、明日からの三連休の前にすませておかなければならない仕事が山ほどあり、直太朗は夜食をとる時間もなく編集部のデスクにしがみついていたので、携帯に届いた冴美からのメールに気をとられている余裕はまったくなかったが、その短い文面には不穏なものを感じた。

というのも、冴美は前夜も午前三時半から四時半にかけて、ほぼ十分おきに携帯に電話をかけてきたからだった。直太朗はぐっすり眠っていたので着信音に気づかず、朝起きてからその着信履歴を見て驚いたのだが、メールも入っていなかったし、留守電にメッセージも残されていなかった。

〈何か用件があるなら、常識的な時間に連絡をください〉

午前七時、直太朗は冴美に宛てて、そんなメールを送った。送信ボタンを押した後で、ちょっと冷たかったかな、と後悔したが、出勤前の慌ただしさにまぎれて、深夜の着信のことはじきに忘れてしまった。

それから十五時間後に届いたメールの返信が〈では、さようなら〉だった。直太朗はにわかに落ち着かなくなり、編集部を抜け出すと、空いている会議室に入った。そして携帯を取り出し、冴美に電話をかけた。だが、彼女は電源を切っているか、電波の届かないところにいる。それでしかたなく留守電にメッセージを残すことにした。

「深夜の六回にもわたる着信と、さようならと書かれただけのメールに、なんだか胸騒《むなさわ》ぎがして電話をしています。最後に会ったのは神楽坂のお店でしたが、あれからどうしているでしょうか。小説について思いつめる余り、きみが何か早まったことをしやしないか。いま、とても不安な気持ち」

言葉を選びながら吹き込んだので、そこで時間切れになってしまった。直太朗はふたたび電話をかけ、留守電に続きのメッセージを入れた。

「えーと、続けます。あのとき言ったように、しばらくのあいだ、小説の執筆は休んだほうがいいと思います。きみが新しい小説を書き上げたら、そのときは必ずきちんと読ませてもらいますから、どうぞ安心してください。いや、それよりもぼくがこうして電話をしているのは、くりかえしになりますが、では、さようなら、というきみの短いメールがとても不吉《ふきつ》なメッセージに感じられてならないからです。それもぼくの思い過ごしであればいいのですが」

がらんとした会議室の隅でそれだけ吹き込んで電話を切ると、直太朗は編集部に戻った。

冴美から折り返し電話がかかってきたら、また会議室に入らなければならない。聞き耳を立てている同僚の隣では落ち着いて話もできないし、いつ電話が入るかまったく分からない。

いや、メールを受け取ってすぐに電話をしたのに留守電に切り替わってしまうとは、いったいどういうことなのか。メールを送っておきながら返信を拒否しているのだとすれば、その行為にはどんな意味があるのか……。直太朗は携帯に絶えず気を取られながらも、なんとか仕事を片付けて、終電車に飛び乗った。そして我孫子の実家に帰宅したのが午前一時半。風呂に入って汗を流し、缶ビールを飲みながらメールとツイッターのチェックをして、ベッドに入ったときはすでに三時近かったが、冴美からの返事はなかった。

四時間後には越後湯沢に向けて出発する。短時間でもきっちり眠らなければ、と思えば思うほど、逆に目が冴えてしまい、容易に寝付かれない。ようやくうつらうつらした頃、携帯にメールが入った。窓の外は暗く、まだ夜明け前だった。直太朗は枕元の携帯に手を伸ばし、液晶画面を目の前にかざした。

〈「さようなら」と書いたら誤解されちゃった〉

〈では「しばらくさようなら」に変更します〉

〈大丈夫ですよー死んだりしないから〉

一行書いてはすぐに送信してくるので、そのたびに携帯がブルッブルッと震える。

〈あと私、ほんとに六回も電話しましたか。全然おぼえておりません。ごめんなさい。酔ってました〉

深く嘆息し、なんだかな、とつぶやいて携帯を枕元に戻す。その瞬間、またメールが着信した。直太朗はそれを読むことなく目を閉じた。そして数分後にやっと眠りに引きずり込まれたが、それから一時間もしないうちに目覚ましのベルが鳴った。

午前六時、ベルを止めてベッドから身体を起こす。手を伸ばしてカーテンをめくると、窓の外にはいまにも雨が降りそうなほど分厚い雲が広がっている。携帯を手に取ると、あれからさらに三通届いていていた。

〈少しだけ飲もうかな。小説を一日中書き続けていると頭がぱんぱんになって眠れなくなるの。二日酔いのこと、英語でビッグヘッドっていいますよね？　なんてリアリティのある比喩表現でしょう。私も字を書きすぎて酔ったみたいにビッグヘッド状態〉

〈だからウォッカのソーダ割りとか飲んで少しずつ眠る態勢に持っていく。でも、今日は眠るわけにいかないんです〉

〈悲しみよこんにちはのオマージュ小説、全面的に書き直しています。人生の次のステップに踏み出す前になんとか脱稿《だっこう》しようと思っていましたが、残念！　間に合いそうにありません。でも、借金の返済期限に間に合わなかったわけじゃないし、小説なんていつでもどこでも書けるし、とにかく全力は尽くしたんだから！　私は元気です！　柴田さんもお元気で！〉

徹夜で小説を書いて気分が高揚しているだけならいいが、と直太朗は思い、憂鬱な気分でベッドから降りた。

小説は書き手の頭の中だけに存在する幻の空中楼閣《ろうかく》のようなものだ。印刷されて本という商品になって書店に並ぶことで、小説は初めて作家の手から離れ、作家は元の日常生活に無事に戻って来られる。だが、いつまでも一冊の本にならずに習作を書き続けていると、往々にして架空の楼閣から抜け出せなくなってしまう。現実の日々の暮らしと、原稿に書き記した虚構のあいだに齟齬《そご》が生じて、やがて書けなくなるばかりか、心を病んだ新人作家を直太朗は知っている。

小説とはそれほど恐ろしいものだ。その意味で冴美のことは心配だったが、〈では、さようなら〉は自殺をほのめかすメッセージではなかったようだ。直太朗は少し安堵し、チノパンとポロシャツに着替えて寝室を出た。

洗面所で顔を洗い、歯を磨くと、庭に出て車を洗った。ここしばらく忙しくて洗車をする時間もなかったので、車はひどく汚れている。念入りにシャンプーをして、泡まみれになった車にホースの水を噴射してすすぎ、クロスで拭き上げる。ボディも窓もピカピカになる頃には、分厚い雲の切れ間から薄日が差し始めた。

居間に戻ると、母が台所で朝食の準備をしていた。父は食卓で新聞を広げている。直太朗はコーヒーを飲みながら、母に声をかけた。

「菜摘、起きた?」

「いま、上で着替えてる」と母は言いながら、食卓にサラダを運んできた。「山歩きは確かに気晴らしにいいけど、でも、くれぐれも無理はしないでね」

「無理はしないよ」と直太朗は答え、食パンをオーブントースターにセットした。

「でも、直ちゃんは自分で思っている以上に、なんでも強引なところがあるからね」

「そうかな」と直太朗はつぶやき、リモコンを操作してテレビを天気予報のチャンネルに合わせた。新潟《にいがた》方面は今日、明日と共に曇りときどき晴れの予報だった。

「そうよ、菜摘は生まれてまだ九年しか生きてないんだから、大人と同じことをしたら無理が出るからね」

「でも、実際に山登りするわけじゃなくて、ロープウェイで山頂まで行くだけだから。それよりも、今回は母さんたちを誘う余裕がなくて、申し訳なく思ってる」

直太朗がそう言うと、父が広げた新聞から顔を上げた。

「誘われても行かないよ。一泊だけじゃ疲れに行くようなもんだ」

「またお父さんたら、そんな皮肉ばっかり」

母が顔をしかめ、三人分のオムレツと、菜摘のための朝食セットを食卓に並べながら、

「あ、そうだ」とつぶやいた。「直ちゃん、昨日、先生が電話をくださったの。菜摘が放課後の劇の練習に参加したって」

「ああ、間に合ったんだね。よかった……」

直太朗は胸を撫で下ろした。十一月の第三土曜日に開かれる二分の一成人式まで、あと二週間だった。学校から届いたお知らせによれば、式は公開授業を二コマ使って体育館で行なわれ、クラスごとに小学校入学から現在までのできごとを劇で発表することになっている。担任も菜摘のことを気づかってくれたが、クラスの男の子が何度も保健室に会いに来て、熱心に劇の練習に誘ってくれたうえ、菜摘のためにきちんとセリフまで用意してくれたのだという。

「母さん、それ、もっと早く言ってよ」

直太朗がそう言うと、母はちょっと不満そうな顔をした。

「だって、直ちゃん、昨夜《ゆうべ》遅かったから、すぐに話さなくちゃって思っていたのに、つい忘れちゃって」

「で、菜摘はなんて言ってた？」

「今度そのお友だちをうちに連れてきなさいって言ったの。そうしたら、あのときの子なのよ」

「あのときの？」

「ほら、菜摘が喧嘩を止めようとして、男の子二人ともみ合ってるうちに、肩を脱臼してしまった……」

「拓真くん？」

「そうそう、あの子なの。そんなに優しい子だったなんて」

あの拓真くんが……。直太朗はしみじみとした気分になって、コーヒーカップを口に運んだ。

「こんなんでいいかな」

声をかけられて振り向くと、菜摘がリュックを抱えて二階の子ども部屋から降りてきた。黒のショートパンツに迷彩色のレギンスを組み合わせ、アディダスの黒のパーカを羽織っている。

そんな娘を見て、直太朗は目を細めた。

「いいねえ。キャップは持った？」

「うん、入ってる」と菜摘は答え、居間の床に座ってリュックの中身をもう一度点検し始めたが、「あっ、忘れ物！」と声を上げると、すぐに子ども部屋に上がっていき、しばらくしてハートと音符柄のピンクの筆箱を取って戻ってきた。学校ではキャラクター筆箱が禁止されているので、女の子のあいだではそのタイプの筆箱が人気だった。小学校に入学してから同じものをずっと大切に使っている。

「勉強する気？」と直太朗はからかい半分で訊いた。

「ううん、絵はがき出すって約束したの」

菜摘はそう言って、筆箱をリュックにしまった。たった一泊の旅行でもとても嬉しそうだったし、ここしばらく体調も安定している。医師の処方により睡眠導入剤の量も最小限まで減ったが、眠れないこともないようだった。

「クラスの友だち？」

直太朗が続けて訊くと、菜摘は顔を伏せたまま答えた。

「同じクラスの子と、あとは五年生の人」

五年生？　直太朗はちょっと驚いたが、菜摘が頬をかすかに染めていることに気づき、相手は憧れの上級生の男の子なのかもしれないと思い、まるで我が事のように顔が火照るのを感じた。

菜摘の朝食はいつものようにヨーグルトとバナナと紅茶だけだった。まるで毛虫を素手《すで》でつかむように恐々《こわごわ》とバナナの皮をむき、フォークで切り分けながら慎重に口に運ぶ。ヨーグルトもすべて食べ終えて五分経っても腹痛が起きないことを確認すると、菜摘にやっと笑顔が戻った。

旅行には山内さんと三人で行く。そのことをどうやって説明したらいいのか、直太朗はずいぶん思い迷ってしまい、菜摘に声をかけたのは、結局一週間前のことだった。

「山内さん、越後湯沢の病院に入院しているお父さんのお見舞いに行くことになったんだ。だから車でいっしょに行くことにしたけど、菜摘はそれでもいいよね」

あれこれ考えたが、百恵と父親の関係などには一切触れず、あっさりとそう言っただけだった。嘘がひとつあるが、病院と女性宅の違いだけなので、それほど心は痛まない。

「ふーん、いっしょに行くんだ？」

菜摘は拍子抜けするくらい反応が薄かった。それで直太朗は安心して話を続けた。

「山内さんが病院にお見舞いに行ってる午前中は別行動だけど、午後からは三人で高原をトレッキングしようね」

念のためにそう付け加えても、菜摘は心ここにあらずといった感じで、「うん、いいかも」とつぶやいただけだった。

振り返って考えると、菜摘が心ここにあらずといった様子に見えたのは、一度会っただけの山内さんと旅行に行くことに不安を覚え、そんな自分の気持ちに怯えていたのかもしれないが、そのときの直太朗はそこまで考えが及ばなかった。

「あとね、山内さんは土曜、日曜と続けて書店を休めないから、翌朝は七時十分発の上《じょう》越《えつ》新幹線で東京に戻らなければならなくなったんだ」

えっ、と菜摘はそのとき初めて顔色を変えた。

「泊まるの？」

「もちろん別の部屋をとったけど」と直太朗はあわてて付け加えたが、菜摘は驚いただけなのだろう。少なくとも拒絶するような表情ではなかった。

だから朝食を終え、両親に見送られて、午前七時に我孫子の実家を出発したとき、直太朗はもうすっかり安心して、国道六号を快調に飛ばしながら、菜摘に旅行のプランを話してきかせた。

「ペンションに着くのは十時頃になるかな。近くを散歩したりして、のんびりしようね。お昼を食べたらメインイベント、ロープウェイに乗るよ。紅葉の大パノラマが一望できるっていうし、山頂の高山植物園に行くと、コマクサとか、ヒマラヤの青いケシとか、二千五百メートル級の山に登らなければ見られないような、きれいな花がたくさん咲いているって」

「それ、ネットで見た」と菜摘が言った。「でもさ、コマクサとか、青いケシとかって、夏の花だよ?」

「あ、そうか、一年中咲いてるわけじゃないよねえ。父さん、かなり恥ずかしいことを言ってしまったかも」

菜摘との会話もそんなふうにごく自然だったが、やがて柏市内に入り、住宅街の細い道を右に左に折れて百恵の自宅が近づいてきたあたりで、雲行きが怪しくなってきた。

「来たことあるんだ?」と菜摘がボソッと言ったのだ。

直太朗はそれには直接答えず、カーナビを指差した。

「こいつの指示に従って運転してるだけだよ」

ふーん、と菜摘はつぶやいた。明らかに父親を疑っているようだった。というのも、直太朗はラジオを聴くためにカーナビの音量を低くして、道案内をほとんど聞いていなかったからだ。そのことを菜摘に悟《さと》られてしまった。

「ねえ、お父さん、お見舞いが先なわけだよね」

菜摘の言葉に直太朗は首をひねった。

「お見舞いが先？」

「山内さんが病院にお見舞いに行くから、旅行も同じところに行くことにしたんでしょ」

「いや、というか、車で三時間以内で行ける自然の豊かなところ、軽井沢の他にどこがあるかなって探していたら、山内さんのお父さんが越後湯沢で入院しているという話を聞いて。だから、たまたまだよ」

直太朗はしどろもどろになったが、菜摘は続けた。

「それって、国語で習った。一石二鳥《いっせきにちょう》ってやつだよね」

「ねえ、菜摘、それは違うよ」

「どう違うの？」

その言葉は九歳の娘とは思えないほど大人びて聞こえた。次の角を曲がれば、百恵の自宅だった。直太朗はスピードを落とし、路肩に停車すると、少し考えてから口を開いた。

「じつはね、菜摘には話していなかったけど、山内さんにはいろいろ複雑な事情があって、もうずっとお父さんと会っていないんだ。そのお父さんが癌になってしまって、死ぬ前に一目だけでも山内さんに会いたいと言っている。でも、山内さんは、家族を捨てた父親にはいまさら会いたくないと。でもね、絶対に会ったほうがいいと思うんだ」

菜摘は神妙な顔で聞いていたが、やっぱり、とつぶやいた。

「やっぱりお見舞いが先じゃない」

「じゃ、もう少し話をするから聞いて。菜摘はまだ子どもだけど、山内さんのつらい気持ちを十分に理解できるんじゃないか、と父さんは思うんだ。なぜかと言うと、山内さんのつらい気持ちと、菜摘自身のつらい気持ちが、どこか似ているような気がするから。山内さんも菜摘のことをとっても心配してる。早く元気になってほしいと心の底から思ってる。だからね、父さんとしては、それぞれが別々に同じところに行くんじゃなくて、三人でいっしょに行くことに大切な意味があると思っているんだ。分かってくれるかな」

菜摘はしばらくぼんやりしていたが、やがて小声で言った。

「なんとなく……。おんなじ一石二鳥でも、そういう一石二鳥なら、まあ、いいかなって」

「ありがとう、菜摘」

直太朗は思わず助手席の菜摘の肩を抱き寄せた。菜摘はくすぐったそうに身をよじる。

「でも、おばあちゃんやおじいちゃんには秘密なんでしょ?」

「何が？」

「だから、山内さんもいっしょに行くってこと」

「秘密にしているわけじゃないよ。ただ余計な心配をかけたくないから、あえて言ってないだけ」

「ずるいなー。そういうの、秘密って言うんだよ」

菜摘は顎をつきだし、口をとがらせた。

「そっか、ずるいか。でもね、菜摘だって、学校で何があったとか、楽しかったこととか、つらかったこととか、父さんに全部話すわけじゃないでしょ。でも、話さないことは全部秘密にしてるってわけでもないよね」

「うーん、それとはなんか違う気がする」

「あのね、菜摘、あと何年か経って、今日のことを振り返ったとき、あのとき三人で行った旅行は、つらい記憶にさよならして新しい自分に生まれ変わるための出発点だったんだと、そんなふうに思えたら、それは最高だなって」

直太朗はそう言いながら、そんな言葉に酔っている自分を意識して照れ臭くなった。

「え、なにそれ」

「ごめん、父さん、かっこつけすぎた。待ち合わせ時刻が迫ってるから」

菜摘は相変わらず口をとがらせていたが、直太朗はそう言ってウィンカーを出し、車を発進させた。
二、三分走って交差点を左折すると、自宅の門の前で手を振っている百恵の姿が見えてきた。チャコールグレーの細身のパンツを穿いて、白いブラウスの上に淡いピンクのカーディガンを羽織っている。そのシンプルな出で立《い た》ちが、直太朗の目にはとても好ましく映った。
「菜摘ちゃん、おはよう。ごめんね、いっしょに乗せてもらうことになって」

百恵は車の後ろのドアを開け、ふんわりとした笑みを浮かべた。

「おはようございます」

菜摘はあいさつを返したが、やはり表情が硬い。出発前にもっと話し合っておくべきだった、と直太朗は思ったが、いまさら悔やんでも遅い。

「それじゃ柴田さん、よろしくお願いします」

百恵は軽くお辞儀をして、後部座席に乗り込んだ。

「いや、こちらこそ」

直太朗はバックミラーの角度を調整し、そこに映り込んだ百恵に会釈をして出発した。

「ナビによると、湯沢インターまで二時間四十分です。けっこうあっという間に着くと思いますが、途中、上里《かみさと》あたりでトイレ休憩を一回入れますね。その前に我慢できなくなったら遠慮なく言ってくださいね」

我慢できなくなったら、と直太朗は雰囲気を和らげるために冗談めかして言ったのだが、菜摘は過敏に反応した。

「そういうの、女の人に言うことじゃないよ、失礼だよ」

「うーん、そうか、それは失礼しました」

直太朗はそう言って、バックミラーを見た。鏡の中で視線が合った百恵はちょっと首をすくめて言った。

「あの、その上里って売店はありますか」

「ええ、大きめのサービスエリアですから」

「じゃ、すみませんが、そこで一度休憩してください」

百恵はそう言ってから、菜摘に声をかけた。

「すごく久しぶりだけど、ツイッターで会話してると、久しぶりって感じがしないね」

「はい、会うのまだ二回目なのに、そんな感じがしませんね」

「やだ、菜摘ちゃん、そんなよそ行きの言葉、使わないで」

百恵は明るく言ったが、菜摘はそっけなく答えた。

「そうよ」と百恵は言い、ちょっと口籠《くちご》ってから続けた。

「私の方が緊張しちゃうわよ」

「ごめんなさい」

「ううん、菜摘ちゃんが謝る必要なんて全然ない。よそ行きの言葉なんて、余計なことを言った私が悪い」

「おーい、なんだよ、どうしちゃったの、二人とも」

直太朗は笑いながら、菜摘の横顔をちらっと見た。

会話がひどくぎこちないのは、菜摘が後ろを振り返らずに、前方を見たまま喋《しゃべ》っているせいもあるが、それよりも三人で旅行するというシチュエーションに、菜摘が神経をとがらせているからにちがいない。一泊旅行をする前に、山内さんもいっしょに公園を散歩するとか、ショッピングをするなどして、まずは三人ですごす時間に慣れるべきだった。

直太朗は思いだけが先走っていた自分を恥じ入る気持ちになったが、その場を和ませるような気の利いたセリフも何一つ思い浮かばない。しかたなくカーステレオにCDを入れて再生した。ボサノヴァの名曲を集めたオムニバスだ。一曲目はアグア・ジ・ベベール、おいしい水。

柏インターから常磐自動車道に入り、三郷《みさと》ジャンクションで東京外環自動車道に乗り換えた。三連休の初日なので高速は混んでいて、ときおりのろのろ運転になったが、停まってしまうほどの渋滞は発生していない。

「あ、そうだ」と直太朗は言った。「拓真くんのこと、おばあちゃんから聞いたよ。ちょっとびっくりした。すごくいいやつじゃないか、拓真くん。ねえ?」

「うん」と菜摘はうなずいただけで何も言わない。やはり百恵のいる前では、学校のことは話しづらいのだろう、と直太朗は思ったが、そういうわけでもなかった。

「漢字、決めた?」と百恵がふいに訊くと、菜摘は急に後ろを振り向いて答えたのだ。

「まだなんです。好きなのはたくさんあるけど、理由が分からなくて」

「そうよねえ、難しいわよねえ。じゃあ私はなんだろうって、あれからいろいろ考えたの」

「何か一つに決まりました?」

「とりあえず、帰るって字かな。池のカエルじゃないよ。うちに帰る、の帰る」

「あ、そうなんだ? でも、どうしてですか」

「それがね、よく分からないの、理由は。ただ真っ先に頭に浮かんだ字が、それだったから」

直太朗にはなんのことか、まったく分からない。

「山内さん、ぼくにはその理由が云々《うんぬん》という以前に、なんの話をしているのか、さっぱりなんですが」

「いいわよね？　別に」と百恵は菜摘に確認してから言った。「こないだツイッターでそんな話をしたんです。生徒一人ひとりが、紙に自分の好きな漢字を一字書いて、その漢字が好きな理由を発表するんですって、二分の一成人式で」

「そんな催しもあるんだ？」と直太朗は言った。「学校からのお知らせには書いてなかったけど。それは劇を披露した後に？」

「そう、最後にそれやって終わり」と菜摘は言った。

なるほど、と直太朗は言い、バックミラーに目をやった。

「山内さん、確かに帰郷とか帰宅とか、帰るって字はいいですね。なんだかホッと安心できるような」

「ええ、だから安心の安の方がストレートかな、とは思ったんですが、でも、一字だけ書いたら、なんだかバーゲンセールの看板みたいでしょう」

「うーん、ですねえ。安らぐとか、安心立命《あんしんりつめい》というより、紙に一字だけ書いたら、安いって意味の方が先にイメージされますよね、どうしても。帰還する、の還でもいいですよね。宇宙飛行士が地球に帰還する」

「でも、それじゃ、人はいつか土に還《かえ》る、みたいだし」

そんなふうに直太朗と百恵が会話を続けていると、今度は菜摘が押し黙ってしまう。三人で話をするのはとても難しかったが、出発してから約一時間半、それでもなんとか会話がスムーズに交わせるようになったころ、上里サービスエリアに到着した。午前八時半、予定通りだった。

直太朗はトイレで用を足すと、自販機でホットコーヒーを買って車に戻ったが、百恵はチーズケーキの箱をさげて売店から出てきた。

「もうおみやげ、買ったんですか?」

菜摘が驚いたように訊いた。

百恵はちょっと困ったように首をかしげた。

「お世話してくださっている方にね」

なるほど、と直太朗はうなずいた。姉妹への手みやげだろう。先方宅は越後湯沢駅から三キロほどの距離がある。数日前、百恵と電話で打ち合わせたとき、車で近くまで行きますから、と直太朗は言ったが、駅前で降ろしてほしい、と百恵は言った。いきなり車で先方宅に着いたら動揺してしまいそうなので、駅前で少し心の準備をしてからタクシーで行くという。

「じゃ、越後湯沢の駅前まで止まらずに行きますから。十時には着くと思います」

直太朗がそう言って、運転席のドアを開けると、「よろしくお願いします」と百恵は頭を下げた。

「一人で後ろじゃ、淋しいよね」

菜摘はそう言うと、後部座席のドアを開けて、百恵の隣に乗り込んだ。そんな娘の姿を見て、うんうん、と直太朗は二度うなずいた。

〇

ペンションは約千本の丸太を使った本格的なログハウスだった。手入れの行き届いた花壇にはベゴニアやコスモスやリンドウの花が咲き乱れている。

「わ、きれい」と菜摘は一目見て歓声を上げた。

チェックインは十一時からとなっている。三十分ほど早く着きすぎたので駐車場に車を置いて近くを散歩してきます、と直太朗がフロントで言うと、お部屋の準備がまだできていないので申し訳ございません、と女将《おかみ》は丁重に詫び、もしよろしかったらと言って、ウエルカムドリンクを用意してくれた。

ホールも食堂も吹き抜けで、広々としており、木の温もりが感じられる建物だった。ホールの隅には大きな暖炉《だんろ》があり、まだ火は入っていないが、薪《まき》が三角錐《さんかくすい》の形に組まれている。

直太朗と菜摘は使い込まれて黒光りする大きな樫《かし》の木のテーブルに着いて、ジャム入りの紅茶を飲んだ。甘酸っぱくて濃厚なジャムだった。

「あんずのジャムだな」

直太朗が断定口調で言うと、菜摘がすました顔で言った。

「ビワじゃない?」

運んできた若い女性に訊くと、あんずとビワをミックスしたジャムだという。

あはは、と菜摘は笑い、天井を見上げた。むき出しの太い梁《はり》から白いカモメのモビールが下がっている。

ちょうどいまごろ、百恵は二十五年ぶりに父親と再会しているはずだった。その再会がどういう意味を持つのか、直太朗には想像もつかない。いや、思いめぐらすことはできても、ほんとうのところは何も分からない。いずれにしても、百恵にとって、そして父親にとって、これが生涯で最後の対面となることは間違いなかった。

紅茶を飲み終えると、二人でペンションの裏手にまわってみた。山肌はもうすっかり紅葉しており、モミジの赤と針葉樹の緑が織物のように美しい模様を作っている。

「空気がうまいな」

「そう？」

「うまくない？」

「パーカ、着てきてよかった。思ったより寒い」

「そうだね、夜はもっと冷えそうだ。車でたった三時間走っただけで、ずいぶん違う」

そんな会話をしながらブナ林の小道を歩いていると、直太朗は菜摘が抗不安薬を欠かさず服用していることをつい忘れてしまう。もう飲まなくても大丈夫なのではないか、とさえ思うが、体調が少し良くなると薬の服用を勝手にやめてしまうお子さんがいるので気を配ってください、と担当医に注意されたばかりだった。

「あ、あっちのほう青い」と菜摘が空の一角を指差した。

直太朗は額に手でひさしを作り、空を仰ぎ見た。分厚い雲の一部が風に流されて、青い空がぽっかりと覗いている。あたりがにわかに明るくなり、巨大な雲の影が山肌をゆっくりと移動していくのが見えた。影が動いていくにつれて、いままで暗かった山肌に太陽の光が刷毛《はけ》で刷《は》いたように次々と当たっていき、紅葉の色彩があざやかさを増す。

直太朗はウェストポーチからデジカメを取り出した。ブナの巨木は幹や枝を自らよじるようにして、天に向かって伸びている。その巨木の枝ぶりを何点か撮影し、それから菜摘にカメラを向けた。何度撮ろうとしても、恥ずかしそうに顔をそむけてしまう。一枚だけかろうじて菜摘の横顔を写真に収めると、直太朗はふたたびブナの巨木にカメラを向けた。

やがて上空の雲が動いて、直太朗と菜摘の足元まで太陽の光が明るく照らし出した。十一月の高原は少し肌寒いが、日が差すと微風さえ心地よい。

「なんか急に晴れてきたねー」

菜摘はブナの切り株に腰かけ、大きく伸びをしている。

日差しがまた一段と強くなった。ブナの黄葉はやはり青空に映える。ちょっとした光の加減で、くすんだ黄色に見えたり、金色に輝いたりする。直太朗は青空をバックに金色に輝くブナの黄葉を撮影しようと、くりかえしシャッターを切った。

そうして三十分ほどくつろいでペンションに戻ると、どうぞこちらへ、と女将に言われて客室に案内された。

「二部屋、ご予約いただきましたが、どちらのお部屋に荷物を置きましょう」

女将に訊かれて、「どちらでも」と直太朗が答えると、「当ペンションは、お部屋のタイプがすべて違うんですよ」と女将がにこやかな顔をして言った。

最初に案内されたのは、どっしりと重厚《じゅうこう》な丸太がふんだんに使われた部屋で、壁も天井もすべて丸太が組まれている。窓際にベッドがふたつ置かれ、窓の外には花壇があり、その向こうに紅葉した山の連なりが見える。

「屋根裏に干し草があるんだよね」と菜摘がいきなり言った。

うん？　と直太朗が首をひねると、菜摘は続けた。

「ここにベッドを作って寝る！」

あ、ハイジか、と直太朗はやっと気づき、「じゃあ、シーツを持って来よう」とおじいさんの声色《こわいろ》で言った。

「お嬢さん、お気に召したようですね」

女将が笑みを浮かべ、もう一部屋をご覧になってくださいと言って、向かいの部屋のドアを開けた。同じ二人部屋だったが、白い漆喰《しっくい》の壁がとても美しく、床も天井も無垢《むく》の板でできている。細長い明かり取りの窓はステンドグラスになっていて、とてもシックな部屋だった。

「どっちにする？」

直太朗が訊くと、菜摘は目を輝かせた。

「選んでいいの？」

「ま、早い者勝ちだからな」

「でも、こっちの部屋は山内さんが気に入るよね、きっと」

菜摘は少し考えてからそう言って、最初に見たほうの丸太の部屋を選んだ。

「お連れさまは五時すぎにチェックインの予定と伺っておりますが」と女将が言った。

「ええ、我々もすぐに出かけますから、夕食までには三人で戻ってきます」

直太朗がそう言うと、女将は入浴と食事について簡単に説明し、ではごゆっくりどうぞ、と言って去っていった。

まもなく十一時半だった。百恵は十時半に女性宅へ行き、父を見舞う。長居をしてもせいぜい一時間だから、正午を目安に駅前で待ち合わせよう、という話になっている。

「さて、そろそろ出ようか」と直太朗が菜摘に声をかけて、ウェストポーチから車のキーを取り出したとき、携帯にメールが入った。

〈柴田さん、すみませんが、昼食はご一緒できそうにありません。一時半にロープウェイ乗り場に直接行きます。どうぞよろしくお願いします〉

父親はあまり話もできない状態だと聞いたが、まだ帰らないで、と父親に引き止められているのだろうか。それとも今後のことなどを姉妹と話し合っているのだろうか。いや、単に昼食を用意したのでいっしょに、と誘われただけかもしれない。

「何食べたい？」と直太朗は菜摘に訊いた。

「給食もやっと、だしなー」

菜摘は小声で言ってスマートフォンを取り出すと、近隣の飲食店を検索しながら、「おそばとか？」と言った。

「菜摘がいいなら、父さんもそばがいいな」

「分かった」

「あ、そうだ、新潟と言ったら、へぎそばだ」

「それ、なに」

「とりあえず検索してみて」

「うん、へ・ぎ・そ・ば」と菜摘はつぶやきながら検索ワードに加え、そこから選んだ三つのそば屋のうち、ペンションと駅のちょうど中間地点にある店に行くことにした。

つなぎに布海苔《ふのり》を使ったそばで、へぎと呼ばれる木箱に盛りつけるので、へぎそばという。この木箱は、元はカイコを育てるために使われていたもの。薬味には刻みネギとカラシを用いるのが特徴で、ワサビも用いられる。

菜摘はスマートフォンで「へぎそば」を検索し、それを助手席で読み上げた。

「布海苔なんて、よく読めるな。すごい！」

直太朗が感心して言うと、「だって、読みがな付けてあるし」と菜摘はつまらなそうに言って、カーステレオに手を伸ばし、ラジオのスイッチを入れた。

「いやあ、じつはこのあいだ、ちょっとおもしろい言葉を知ったんですよ」

「え、それはどういう言葉ですか？」

FMラジオの音楽番組で、曲をかける合間にパーソナリティがおしゃべりをしている。

「はい。残りの人生で今日がいちばん若い日、って言葉なんですが」

「あ、そうか、なるほど。それは確かに言えてますね」

「ね？　なるほどって思うでしょ。考えてみれば当たり前のことなんですけどね。ぼくにとっても、あなたにとっても、残りの人生で今日がいちばん若い日、なんです」

「ええ、ええ。私たちぐらいの歳になると、何か新しいことを始めようとしても、つい億劫《おっくう》になってしまうことが多いですよね。でも、そういうふうに考えれば、何か新しいことにチャレンジするにしても、いつだってけっして遅くないという気がしますね。とにかく今日がいちばん若い日なんですから」

「ですねー。はい。ということで、二人の意見が一致したところで、次の曲に行きましょう」

菜摘がラジオを消し、こちらを見た。

「ねえ、お父さん、いまの変だよねえ？　毎日どんどん大人になってくわけだから、今日がいちばん大人の日じゃないの？」

「いや、菜摘と違って、父さんはもうこれ以上大人にならないから、大人というか、毎日どんどん歳をとっていく」

「そうそう。だよね？　ということは、今日がいちばん年寄りの日じゃんね。さっきの話、変だよね。間違ってるよね」

「うーん、間違ってはいないんだけど、菜摘にはピンとこないだろうな」

そんな会話をしているうちに目的のそば屋に着いた。店の横では観光用の水車がゆっくりと回っている。菜摘の興味はすぐに水車に向かったので、パーソナリティのおしゃべりをめぐる議論は、そこで立ち消えになった。

店の外見はいかにも観光地のそば屋だったが、そばはとてもおいしかった。つなぎに使われている布海苔のせいか、ツルツルしているわりにコシがしっかりしている。小さな輪のような束にして木箱に盛りつけられたそばは、二人前とは思えないほど量が多かった。菜摘は家ではあまり食が進まないが、おいしいね、と言いながらそれなりに食べた。

たとえ一泊の小旅行でも来てよかった、と直太朗は心の底から思った。うつ病に悩む人には気分転換や気晴らしが必要だと簡単に言うが、それはとても難しいことだ。塞いだ気持ちがたちまち晴れるような魔法はない。でも、食事をおいしいと感じられたら、それは快復に向けた大きな一歩だった。

しかしながら、気になることもあった。直太朗がそばをすすりながら、「山内さんもいっしょに食べられればよかったね」と声をかけても、菜摘はちょっと物憂げに首をかしげただけで、何も答えなかったのだ。お父さんはいつも山内さんのことばかり考えてるのね？　と言われたような気がした。それは思い過ごしかもしれないが、菜摘と二人だけのときに無防備に百恵の話題を出すと、菜摘が決まって表情を曇らせるのは事実だった。

そば屋を少し早目に出たので、ロープウェイステーションには約束の時刻の十五分ほど前に着いたが、百恵はすでにチケット売り場の前で待っていた。

「早かったんですね」と直太朗は言った。

ええ、と百恵はうなずき、うつむいた。目が少し腫れぼったくて、あわてて化粧を直したような気配がある。お父上はどうでしたか、と訊くのはとても憚られる様子だった。

菜摘は先ほどまでスマートフォンを操作して、山頂の「アルプの里」の情報を仕入れて細かく教えてくれていたが、百恵の変化を察知して口をつぐんだ。

ロープウェイは二十分ごとに発車している。順番を待つ列は長かったが、キャビンはバス二台分ほどの大きさがあり、それほど待つこともなく乗り込むことができた。

乗客の中にはカップルも何組かいたが、小学生の子ども連れの家族がほとんどだった。定員百六十六人の客を乗せてロープウェイがいよいよ発車すると、子どもたちがいっせいに歓声を上げげた。菜摘はそのあまりの騒々しさに困惑して両手で耳を塞ぐほどだったが、やがて窓の外に雄大な景色が広がると、ふしぎなほど静まり返った。

ロープウェイは秒速五メートルで進んでいく。山頂までわずか七分の空中散歩だったが、山肌を彩る紅葉の息を呑むような美しさに、あちこちから拍手が起きた。

全長千三百メートルのちょうど真ん中の地点で、山頂から降りてきたロープウェイとすれ違う。乗客同士でたがいに手を振りながら交差した、その直後に「運が良ければカモシカに会えるかもしれません」とアナウンスが入り、ふたたび子どもたちがどよめいた。

菜摘が振り返り、「カモシカ?」と訊いた。

「よく下を見てごらん」と直太朗は言った。「木の陰にいるかもしれないから」

「あそこにいる!」と男の子が叫んだ。

男の子が指差す方に目をやると、もぐもぐと口を動かしながら葉を食《は》んでいる一頭のカモシカが見える。

「あ、ほんとだ」と菜摘はつぶやき、食い入るように見た。

百恵は窓際に立ち、黙って景色を眺めている。直太朗は百恵の手をそっと握り、「あとで話を聞かせて」と小声で言った。百恵が黙ってうなずいた。直太朗は菜摘に気づかれないように、その手をすぐに離した。

山頂駅に着くと、標高九百メートルの展望台に向かった。直太朗はデジカメをかまえ、雄大な山並みをバックに菜摘と百恵の二人を並ばせて何カットか撮影した。じゃ次はお二人で、と百恵が気をきかせて、直太朗と菜摘の二人を写真に収めたので、じゃ次はお二人で、と菜摘が同じ台詞を真似るのではないか、と直太朗は期待したが、残念ながら菜摘は祥子に似て写真を撮るのも撮られるのも好きではない。

「ねえ、どうする?」と菜摘は言って、ロープウェイの山麓《さんろく》駅でもらったトレッキングコースのパンフレットを開いた。

「ネットではパノラマコースがお勧めって書いてあったけど、全部歩くと二時間半もかかるって。ミニトレッキングコースにしようか。でも、一時間じゃ、すぐ終わっちゃうかな」

「父さんはもう年寄りだから、ミニコースがいいな」

直太朗はそう言って、同意を求めるように百恵の顔を見た。

「そうねえ、私もミニコースがいいかな」と百恵は言った。

ふーん、と菜摘はつぶやき、爪先で軽く地面を蹴った。

「じゃ、二人でミニコース行ったら？　菜摘はパノラマコースに行くから」

「おいおい、ちょっと待って」

直太朗はあわててパンフレットを指差した。

「ほら、ロックガーデンの高山植物もゆっくり見たいし、あやめヶ池には天然記念物のモリアオガエルが生息しているって。父さんはじっくり観察してみたいな。それから、ふれあいヤギ牧場にも行ってみたいし、だからトレッキングは無理をしないでミニコースのほうがいいと思うな」

「じゃあ、そう言えばいいじゃん、初めから」

菜摘はキャップのひさしをクルッと後ろに回し、いきなり前屈みになって歩き始めた。

「菜摘ちゃん、待って」と百恵は声をかけ、そのあとを追う。

イライラしているときは声をかけないほうがいい、と直太朗は思い、ゆっくりと続いた。

初めのうちは何の変哲《へんてつ》もない車道だったが、しばらく歩くとブナ林の林道に入った。にわかに空気がひんやりして、樹木から放たれる芳香《ほうこう》が強くなった。パンフレットによれば、冬はスキー場の初心者コースとして使われている林道なので、上りの傾斜も緩やかで歩きやすかった。

菜摘は十メートルほど先を歩いている。まだ機嫌が悪いのか、それとも二人に気をつかって、あえて距離をおいて歩いているのか、それは分からない。直太朗は歩きながら両手を広げ、深々と空気を吸い込んだ。

「やっぱりいっしょに来なかったほうがよかったかも」と百恵が言った。

「いや」と直太朗は首を横に振った。「そんなことはないです、山内さん。それより、お父上はどうでしたか」

ええ、と百恵はうなずき、ゆっくりと十歩ほど歩いてから、「話をするどころか、意思の疎通《そつう》さえできなかったんです」と言った。

姉妹の話によれば、父親はひと月ほど前からモルヒネ座薬を使うようになったという。それで痛みはどうにか抑えられているが、ときおり意識が不鮮明になって、急に訳の分からないことを口走ったり、おむつを換えようとしただけで暴れたりするので、ひどく手を焼いている。でも、モルヒネを使わなければ、意識はまだしっかりしていて、ある程度会話もできる。

だから、娘さんがいらっしゃるというので、今朝はモルヒネを控えてみた。でも、十分も経たないうちに痛みが耐えがたいほど激しくなって話をするどころではなくなった。それでしかたなく座薬を入れたのだと、事情を説明してくれたという。

「そうでしたか」と直太朗は言った。ほかに何と言っていいか分からない。林道は穏やかな上り坂が続いている。百恵はうつむき加減になって歩きながら、話を続けた。

「たとえどんなに謝られても、土下座をされても、父のことは許せない。どんなに冷たい娘と思われようと、父の暴力に苦しみ抜いて亡くなった母のことを思うと、絶対に許せるはずがない。そう思っていたんです。でも、許すも許さないも、あの人はもうとっくに」百恵はそこで言葉に詰まったが、「人間らしささえ失われてしまって、とにかくおぞましくて」と絞り出すように言った。

口をずっと大きく開けたままで、目は虚《うつ》ろで焦点が定まらず、まるで悪霊《あくりよう》に取《と》り憑《つ》かれたように恐ろしい形相だった、と百恵は言った。呼吸をしても、ぜろぜろ、ヒューヒュー、ゼーゼーという音しかしない。それなのに、娘さんですよ、百恵さんが来てくれましたよ、と女性が何度か声をかけると、急にいやらしい顔になり、私の手首をいきなりつかんで手の甲をペロッと舐《な》めた。思わず手を引っ込めようとしたが、力がものすごく強くて、長くて温かい舌で何度も何度も舐められた。舐められているうちに、手の甲も指の間もよだれでベタベタになった。もうやめなさい！　と女性が大きな声で叱ると、ヒーッとかすれた悲鳴を上げ、やっと手を離した……。

「ほんとうにおぞましくて」と百恵は震える声で言った。

「でも、それは」と直太朗は言いかけて、「ちょっと待ってください」と百恵の肩に軽く手をふれた。菜摘が前方をどんどん早足に歩いていくので、カーブに差しかかると、しばしば姿を見失ってしまう。直太朗は三十メートルほど先を歩いている菜摘に向かって声をかけた。

「おーい、もっとゆっくり歩いてくれ！」

菜摘は立ち止まって、こちらを振り向いた。そして首をすくめると、歩く速度を少しだけ落とした。

「山内さん」と直太朗は言った。「でも、それはお父上のせいじゃない。病気のせいです。モルヒネの投与を続けたために、いわゆる譫妄《せんもう》の症状が出ているんでしょう？　見えないものが見えたり、聞こえないものが聞こえて興奮したり、お父上の人格が破壊されたように見えても、それは病気のせいです」

「もちろん、それは分かっています。あんな状態になった父を介護してくださっているお二人には、ほんとうに感謝しなければならないと思っています。でも、でも違うんです」

百恵はそう言ったきり口をつぐんでしまった。

直太朗は寄り添うように歩きながら、そっと顔を覗き込んだ。放心状態かと思ったが、その眼差しは真剣なままだった。百恵は自分自身と会話を続けているのだろう。

「でも？」と直太朗はためらいながらも先を促した。

「ああ、すみません」と百恵は我に返ったように言った。「家族を捨てた父親なんて絶対に許せない。そう思っていた自分の気持ちをどうしたらいいのか、分からなくなってしまったんです。だって顔も姿も声も何もかも、私の憶えている父親ではなかったし、それに加えて、私の知らない父の話を女性からいろいろ聞いて、もうすっかり混乱してしまって」

百恵はそう言って唇を噛《か》みしめた。込み上げてくるものを必死にこらえているようだった。二十五年も会っていなければ、それは知らない話ばかりだろう、と直太朗は思った。すっかり変わり果てた父親の姿に百恵はショックを受けたが、それ以上に何か混乱してしまう話を聞いたにちがいない。

「山内さん、気持ちが落ち着いたら、また聞かせてください」

直太朗はそう言って、百恵の二の腕を軽くつかんだ。

それまで穏やかな上り坂が続いていたが、平坦な道がしばらく続き、やがて下り坂になった。まもなく見通しの良い一直線の道に出たが、菜摘の姿が見えない。トレッキングコースは一本道なので迷うこともないだろう、と直太朗は思って安心していたが、下り坂をいくら早足で歩き続けても、菜摘に追いつかない。それから十五分ほど歩き続け、コースの終点までたどり着いたが、やはりそこにも菜摘の姿はなかった。

「いったいどこに行ったんだ」

直太朗は肩で息をしながら、あたりを見回した。

「植物園か、池のほうか、どちらかじゃないでしょうか」

百恵もやはり息を切らしている。

「ったく、一人で行くか？　ここで待っていればいいのに」

直太朗は舌打ちをして、菜摘の携帯に電話をかけた。だが、電源が切られている。すぐに留守電につながった。

「菜摘、いまどこにいる？　場所を教えてくれ。父さん、すぐそこに行くから、そこから動かないで。ねえ、どこにいるか、場所を教えてくれ」

直太朗はメッセージを吹き込むと、「とりあえず植物園に行ってみましょう」と百恵に声をかけた。

「菜摘ちゃん、どうしちゃったんでしょう」

「それより、あなたも今日はいろいろあって、疲れたでしょうに、ほんとうに申し訳ない」

直太朗はそう言って、歩き始めた。それって一石二鳥ってやつだよね、と菜摘は言ったが、それはやはり父親を非難する言葉だったのか。あなたは自分で思っている以上に、なんでも強引なところがあるから、と母に言われたが、百恵を伴った旅行は、菜摘にとって気晴らしになるどころか、むしろ不安を煽《あお》るようなものでしかないのか……。

歩きながら自問自答した。いや、そうではなく、もしかしたら菜摘は事故に巻き込まれたのではないか。見知らぬ男に声をかけられて付いていくような娘じゃない。一本道のコースだと思っていたが、脇道があったのかもしれない。一つの疑念が新たな不安を呼び、直太朗は前のめりになって歩きながら、胸がふさがれるような息苦しさを覚えた。

やがて植物園が視界に入ったとき、「あ、そうか」と百恵がつぶやき、ふと立ち止まった。

「ちょっと待ってくださいね」

百恵はスマートフォンを取り出し、ツイッターにアクセスした。そして菜摘のアカウントを呼び出すと、「柴田さん、やっぱり」と言って、液晶画面をこちらに向けた。

〈リーリー、スリル満点大冒険〉

〈シンシン、でもただの遊園地〉

〈泣くな、自分〉

〈カッコワルイな、自分〉

〈あらぁぁきれいなお花ぁぁ。なんてたまにはいいじゃんね〉

菜摘は連続してつぶやいている。最後のつぶやきはまだ二分前で、ラッパの形をした黄色い花の写真が添えられている。

「菜摘ちゃん、見っけ」と百恵は楽しそうに言い、菜摘に向けて何か書き込みをしている。

菜摘はいまなら電源を入れている。もう一度電話をしてみよう、と直太朗は思い、ポケットから携帯を取り出した。その瞬間、着信音が鳴った。なんだ、菜摘のほうからかけてきたのか、と頰笑みかけたが、液晶画面には小暮冴美の名前が表示されている。ビクッとして、あやうく電話を切りそうになった。

直太朗は百恵から少し離れて、通話ボタンを押した。

「もしもーし」と冴美の声が聞こえてきた。

「はい」とだけ直太朗は答えた。

「あ、柴田さーん。私、いまどこにいると思います？」

「あのね、すまないけど、いまちょっと電話をしている余裕がないんだ。大急ぎでしなければならないことがあって」

「あら、三連休なのに、お仕事ですか」

「いや、娘が」と直太朗は言いかけて、「とにかく手が離せないんだ」と続けた。「急用じゃなかったら、用件はメールしておいてくれないかな」

「あらー、冷たいんですね。昨夜はとっても心配してくれて、留守電に二回もメッセージを入れてくださったのに、なんだか一夜にして、人が変わってしまったみたい」

「小暮さん、とにかくいま手が離せないから、電話を切るよ」

「切らないでください」と冴美があわてて言った。「いま、成田《なりた》にいます。二十分後にニュージーランドに出発するんです」

えっ、と直太朗は思わず声を上げた。

「語学留学です。いい歳して、何やってるのかなって思いますよ、自分でも。まあ一年コースだから、あっという間ですけどね。英会話の勉強はもちろんですが、いままでとまったく違う環境に自分を置いて小説を書きたいと思ってるんです。大長編になるか、いくつかの短編になるか、まだ分かりませんが、新作書けたらお送りしますから、よろしくお願いしますね」

「なるほど」と直太朗は言い、百恵のほうをちらっと見た。菜摘とのやりとりはもう終わったのか、百恵はスマートフォンを手に持ったまま、こちらをじっと見ている。

「あ、搭乗ゲートが開きました。じゃ、柴田さん、行ってらっしゃいって、言ってもらえますか」

冴美に急かされて、直太朗はあわてて言った。

「はい、行ってらっしゃい。小暮さん、どうぞ身体に気をつけて、傑作をものしてください」

「ありがとうございます。行ってきますからね、傑作書きますからね、柴田さん。じゃ、行ってきまーす!」

そこで電話がプツッと切れた。冴美は途中から泣き声になっていた。

百恵は電話については何も触れず、「これ、見てください」と言って、スマートフォンを差し出した。ツイッターで百恵と菜摘が会話を交わしている。

〈この黄色いお花はなんていうお花？　名前が分かったら教えて〉

〈書いてあるよ。ちょっと待って〉

〈キイジョウロウホトトギス、だって。ひえぇ、なんで鳥の名前がついてるんですかねー〉

〈ねえ、菜摘ちゃん、植物園のすぐ近くにカフェがあるから、そこで待ち合わせない？〉

〈おっけーでーす〉

あまりにも簡単で、呆気ないやりとりだった。直太朗は今日何度目かのため息をついた。

「ふしぎですよね」と百恵が言った。「じかに顔を合わせると、菜摘ちゃん、すごく緊張して、会話もぎこちなくなるのに、ツイッターだと、こうしてすごく自然に話ができる」

「そうみたいだね」と直太朗は言った。そして百恵の言葉の意味を考えながら、カフェに向かった。菜摘は父親を心配させたくて一人で別行動をとったのだろうか。いや、そんなに単純な動機とは思えない。距離はもうそれほどなかった。数分後には菜摘と顔を合わせることになる。

「菜摘ちゃんのこと、くれぐれも怒らないでくださいね」

百恵はそう言って鼻筋にしわを寄せ、ちょっと困惑気味の顔をした。

○

「父さん、心配したんだぞ」と直太朗は言った。昼間の件はその一言だけで終わらせて、夕食の前に絵はがきを書いたほうがいいんじゃないか、と菜摘に声をかけた。

ベッドサイドのテーブルには、菜摘がロープウェイステーションで選んだ高山植物の絵はがきが置いてある。菜摘はもっと叱られるものと思っていたからだろう、逆に不安げな顔をして何度も目を瞬いたほどだった。

絵はがきを出す相手は、一人がクラスでいちばん仲の良い女の子で、もう一人はやはり五年生の男子だった。菜摘は宿題をするときと同じように、父親の目の前で堂々と絵はがきを書き始めた。直太朗は興味津々《きょうみしんしん》にそれを見守ったが、絵はがきに書かれた文面を見ると、菜摘の憧れの先輩ではないか、という予想は少し見当違いのようだった。

「菜摘は二分の一成人式の日までに、ぜったいに教室に行きます。黒田《くろだ》さんもがんばろう!」

黒田さんは確かに先輩だったが、菜摘より半年前から教室に行けなくなった、保健室登校の先輩だった。

「さて、風呂に入ろうか」と直太朗は言った。

女将の説明によれば、女子風呂はジェットバスで、男子風呂は岩を使った人工温泉だった。菜摘は百恵といっしょに入浴することに抵抗を示すのではないか、と案じていたが、それは杞憂だった。菜摘のほうから向かいの部屋に行って百恵を誘い、いっしょに風呂に入ったのだ。

入浴をすませて三人で食堂へ行くと、すでに二組の家族連れと三組のカップルがテーブルに着いていた。夕食は地元の山菜や新鮮な海の幸を使った、地産地消の欧風家庭料理とのことだった。

「無理しなくていいからね」と直太朗は小声で言った。

うん、と菜摘はうなずいた。

直太朗も仕事のストレスから、たびたび食事が喉を通らなかったことがあり、菜摘の気持ちも少しは分かるつもりだった。食欲がまったく湧かず、肉や炒《いた》め物は異物のように喉につまって通らない。刺身《さしみ》なら食べられるかと思ったが、それもだめで、食べられるのは豆腐ぐらいだった。でも、酒を飲むと身体の強ばりが解消し、食事が喉を通るようになる。そうして無理やり食べるために酒を飲み続けたので、その反動で胃痛に苦しめられたものだった。

だが、菜摘は無理をする様子もなく、少しずつだが、ほとんどの料理に箸をつけ、おいしいね、と言いながら食べた。

「ねえ、菜摘ちゃん」と百恵が言った。「お風呂で話したこと、お父さんに言っていい？」

菜摘はちょっと恥ずかしそうに首をかしげたが、うん、と小さくうなずいた。

百恵は箸を置き、直太朗の顔をまっすぐに見た。

「柴田さん、聞いてください。菜摘ちゃん、トレッキングコースの林道を歩いていたとき、ちょっと変な気持ちになったんですって」

「変な気持ち」と直太朗はくりかえした。

「はい、私にもなんとなく分かるので、菜摘ちゃんの話を私の言葉に翻訳して話しますけど、林道はどこまで行ってもブナ林が続いて、景色に変化がないように感じられて、菜摘ちゃん、それですごく不安な気持ちになったというんです。こんなにとってもきれいな高原にいるのに、自分を取り囲んでいる大自然が、まるで動かない一枚の風景画のように感じられたと。その中で生きて動いているのは自分だけのような気がして、それがすごく怖く感じられて、思わず走り出したというんです」

百恵はそこまで言って菜摘の顔を見た。

「ちょっと違う？　でも、そんな感じだったんだよね？」

「うん、そう」と菜摘が言った。「どうしたの、菜摘！　変だよ、菜摘！　って、ずっと言いながら走った」

そうか、と直太朗はうなずき、ビールを飲むのも忘れて話に聞き入った。

「それでね、そのあとの話がとっても嬉しかったから、それを柴田さんに聞いてもらいたかったの。そうやって走って、不安な気持ちのまま、お花畑に着いたとき、菜摘ちゃん、思ったんですって。自分だけが生きてるんじゃなくて、こうしてお花たちもみんな生きてるんだと。そう思ったら、いままでの変な感じが急になくなって、ぼやけて見えていた景色が、急にピントが合ったようにくっきりきれいに見えて、花や木の他に、魚とか虫とか、いろんなものがすごく身近に感じられてきて、いままで胸の中にずっとあったモヤモヤした感じ、不安な気持ちがすーっと消えたんですって」

「そうなんだね、菜摘」と直太朗は言った。

菜摘はうなずき、皿の上の料理をじっと見つめて言った。

「魚とか虫とかの他にね、赤ちゃんとか、おばあさんとか、お兄さんとか、知らない人たちもみんな」

知らない人たちもみんな身近に感じられる。この話を次回の診察のとき、担当医に報告しよう、と直太朗は思った。うつ病は確実に快方に向かっている、と先生は言ってくれるのではないか、その期待が大きくふくらんだ。

ふれあいヤギ牧場のヤギのことや、明日行く予定の陶芸体験教室の話をしながら、夕食は進んだ。菜摘はすべての料理は食べられなかったが、皿に残っていると罪悪感を覚えるだろうと思い、残った分は直太朗がすべて平らげた。

ゆっくり夕食をとったので、部屋に戻ったときは九時をまわっていた。

「菜摘ちゃんの部屋に遊びに行っていい?」

百恵はそう言って一旦自分の部屋に戻り、バッグをさげて、こちらの部屋に入ってきた。

「わー、全然違うんだ?」

百恵は丸太の部屋に驚きの声を上げ、あちこちを見てまわった。午前中、父親の姿に言い知れぬ衝撃を受けたというのに、百恵は気丈に振る舞っている。

直太朗は備えつけの冷蔵庫から氷を取り出し、ウィスキーの小瓶《こびん》を掲げてみせた。

「ちょっと飲みますか?」

「ウィスキーなんて、久しぶり。じゃ、ほんの少しだけ」

直太朗はウィスキーのオンザロックをふたつ作り、たがいのグラスのふちをカチッと合わせて乾杯した。

菜摘はすでにパジャマに着替え、ベッドにうつ伏せになって、こちらをじっと見ている。

百恵はウイスキーを少しだけ飲み、菜摘に声をかけた。

「ねえ、菜摘ちゃんにも、見てほしいの」

「えっ」と菜摘が声を上げ、ベッドから降りてきた。

百恵はバッグの中から、毛筆の字がびっしりと書かれた数枚の半紙をテーブルに置いた。

「般若心経《はんにゃしんぎょう》ですって」

直太朗は半紙を手に取った。達筆《たっぴつ》とは言い難いが、一字一字を丹念に、丁寧に書写しようとする努力が滲み出ている。

「これは?」と直太朗は訊いた。

「父はずっと写経《しゃきょう》を続けていたそうです。一枚ごとに最後に日付が入ってます。いちばん古いのは十九年前で、いちばん新しいのは八ヶ月前です。段ボール箱に入っていたものを、お世話してくれている方がわざわざ取り出してくれたんです。ざっと数えただけで二千枚はある、とおっしゃっていました」

「二千枚」と菜摘が言った。

「初めはとても信じられませんでした。競輪《けいりん》、競馬《けいば》にオートレース、ギャンブルにしか興味のないような人で、夜は酔っぱらって母親に暴力を振るっている姿しか憶えてないですから」

　百恵はそう言って、菜摘のほうを見た。

「ごめんなさい、こんな話をして」

　ううん、と菜摘はあわてて首を振った。

「途中で字を間違えたものや、思うように書けなかったものは捨てたらしいので、もっと枚数を書いたと思う、とおっしゃっていました。形見《かたみ》と思って持って行ってくれ、と言われて、初めは断わろうと思った。でも、これを見たとき」

　百恵はそう言って、一枚の半紙を直太朗の前に置いた。

　そこには、平成九年十二月三十一日と日付が入ったあとに、

「為百恵　就職祈願」

　と記されている。

「これは、山内さんの就職を祈願したものなんですね」

「とても信じられませんが、そうです」

　百恵はそう言って、他の半紙をテーブルに並べた。

　為正志　合格祈願。為久子　健康祈願。為久子　快復祈願。久子の快復を祈る。久子の冥福を祈る。久子の菩提の為。

「正志は弟です。日付を見ると、確かに大学受験の年に祈願しています。弟はとにかく家を出たかったんでしょう。奨学金をもらって関西の大学に入ったんですが、卒業後もこちらに戻らず、大阪で就職して、そのまま所帯を持ちました。じつは数日前に電話をして、父に会うことを伝えたんです。おれはまったく会う気などないが、姉さんがそうしたいなら別に反対はしない。そんな反応でしたが、父が生きている間にこの半紙を送ってあげようと思います。そのあとは、何枚も、何枚も、ずっと最後まで……」

百恵はそこで感極まったように言葉を詰まらせた。

「久子さんは、お母上ですね」

直太朗がそう言うと、百恵はしっかりとうなずいた。

「はい。ほんとうにこれだけ母のことを思っていたなら、なぜ家族を捨てた。なぜ二十五年間も連絡してこなかった。とにかく悔しくて、そんな不躾な言葉をお二人に投げかけてしまったんです。お二人は揃って畳に額をつけて、ほんとうに申し訳ございません、と何度も詫びました」

百恵はそこで言葉を切り、唇を軽く嚙んでから続けた。

「妹さんの方はまだ足腰もしっかりしているように見えましたが、お姉さんはリウマチに罹《かか》っているので正座もできないんです。横座りして膝をさすりながら、申し訳ございません、と私に詫び続けるんです。お二人にも言葉にできない人生があるんだと思います。とにかく末期癌の父を懸命に介護してくださっているので、私には何も言えません。よろしくお願いしますと言って、お暇《いとま》しました」

「百恵さん」と直太朗は言った。「あなたが子どものころから背負い続けている重たい荷物を背中から下ろすためにも、お父上に会ったほうがいいと、ぼくは前後を考えずにあなたに言いました。間違っていたでしょうか」

「まだ分かりません」と百恵は言った。そしてウィスキーのグラスを口に運び、ごくりと一口飲んでから続けた。「少なくとも、父が生きている間は、荷物は下ろせない。そのあとどうなるかは、自分次第だと思います」

菜摘がうつらうつらしはじめていた。直太朗は腰をかがめて菜摘を両手で抱え上げ、ベッドに運んだ。そして毛布と掛布団をそっとかけて、「おやすみ」とささやいた。その瞬間、「まだ寝ない！」と菜摘が言って、毛布を跳《は》ね除《の》けた。

「あらあら」と百恵が言った。

「そうだ、山内さん」と菜摘が言った。「あのね、訊きたいことがあるの。ラジオで言ってたんだけど、残りの人生で今日がいちばん若い日って、おかしいよね？　変だよね？」

「え、それはどういうこと？」

「いや、じつはね」と直太朗は百恵に説明しようとしたが、「お父さんはいいの」と菜摘はそれを制して続けた。「毎日どんどん大人になってくわけだから、今日がいちばん大人の日だよね。お父さんは違うって言うの。今日がいちばん若い日でいいんだって」

百恵は腕組みをして、少し考えてから口を開いた。

「菜摘ちゃん、それはね、年齢によって受け取り方がまったく逆になるんじゃないかな」

「逆？」と菜摘はきょとんとした顔になった。

「つまりね、お父さんは自分の人生が残り少なくなってきたなーって実感しているから、そう思うのよ。ああ、残りの人生で今日がいちばん若い日だなって。でも、菜摘ちゃんみたいに人生がまだ始まったばかりの人は、今日がいちばん大人の日なのよ。分かるかな？」

「分かるような、分からないような……」

「そっか、どうやって説明しようかな」と百恵は言い、菜摘の顔をじっと見つめた。「お父さんと私は同じ三十九歳なの。人生を八十年とすると、来年は四十歳で、二人ともちょうど折り返し地点になる、マラソンみたいに。それは分かるわよね？」

「それは分かる」と菜摘は言った。

「折り返し地点をすぎると、体力的にもかなりきつくなるし、走るのもどんどん大変になるでしょ？　そういう歳になると、これからの残りの人生を想像して、今日がいちばん若い日だって思うのよ」

「あ、そうか、分かった。でも、お父さんったら、やだなー。おじいさんみたいじゃんか」

菜摘はそう言って直太朗に舌を出してみせ、百恵のほうを振り向いた。

「じゃ、山内さんも？」

「そうねえ、どっちかといえば、今日がいちばん大人の日かな。菜摘ちゃんといっしょ」

「ほらねー、お父さん」と菜摘は言いながらも、半分目が閉じかけている。

「うん、分かった。父さんももう寝るから、菜摘も寝なさい。明日は朝早く山内さんを車で駅まで送っていくから、早く寝ないと起きられないよ」

直太朗はそう言って、菜摘をベッドに寝かせ、毛布を顎まで引き上げた。菜摘はかすかにうなずき、目を閉じた。そのまますぐに寝入ってしまいそうだったが、菜摘は父親と百恵のことがよほど気になるのだろう。ときおり薄目を開けて、こちらを観察しているのが分かった。

「それじゃ、部屋に戻ります」

百恵はそう言って半紙をバッグに入れた。ウィスキーの酔いが回ったのだろう。立ち上がりかけて、ふらっとよろめいた。

「送ります」と直太朗は言い、百恵を支えて部屋を出た。

向かいの部屋のドアを開けて、中に足を踏み入れると、暗がりの中でたがいに見つめ合った。窓から差し込む月明かりで、相手の顔がかろうじて見える。

「山内さん」と直太朗は言った。「以前、一人で酒を飲みながら考えたことがあるんです。たとえばいまから十八年後、菜摘が二十七で結婚して家を出て行く。そのときぼくは五十七だ。そうしたら三年だけ早期退職をして、一人旅に出ようと」

「どうして一人旅？」と百恵が言った。

「娘が嫁に行けば、父親の務めはそこで終わるでしょう？　そのとき、きっとものすごい喪失感に襲われるような気がして」

百恵がちょっとあきれた顔をした。

「ずいぶん先のことまで考えてるのね」

「でも、いまは少し違う将来を考え始めているんだ。山内さん、残りの人生、できたらきみと生きていきたい」

次の瞬間、百恵の身体の中の振り子がぐらりと前に傾いた。直太朗はその身体を両手で受け止め、抱きしめる。ああ、と百恵の口から吐息《といき》がもれた。

直太朗は百恵の耳たぶに軽く唇をつけ、それから少し首をかしげて、ぷっくりとした唇に唇を重ねた。うっとりとして、そのままじっとしていると、百恵のやわらかな舌が伸びてきて、直太朗の唇の裏側をそっと舐めた。

「気持ちいい」と直太朗はささやいた。

「ごめんなさい」と百恵が言った。

「なぜ」

「菜摘ちゃんが待っているのに」

百恵はそう言って、直太朗の胸に頬を押し当てた。直太朗は百恵の髪を撫でながら、一晩中でも抱きしめていたいと思ったが、なかなか帰ってこない父親のことを娘がどう思うか、それを考えると、かたときも落ち着かない。

「柴田さん、今夜はおやすみなさい」と百恵が言った。

「おやすみ、山内さん。今日はほんとうにお疲れさま。もっとこうしていたいけど」

直太朗はそう言って、もう一度、百恵の身体の重さと温かさを確かめるようにぎゅっと抱きしめてから、マラソンの折り返し地点をターンするように、菜摘が待っている部屋に急いで戻った。ここからが本当のスタートなんだ、と胸の内でつぶやきながら。

解説――とてもリアルな感情の噴出

文芸評論家　北上次郎《きたがみじろう》

盛田隆二『ありふれた魔法』になぜ競馬のシーンが必要であったのか、ということについて以前書いたことがある。この長編は不倫小説だが、銀行内の描写や得意先の人物造形などが唸《うな》るほど絶妙な長編で、そういう道具立てが秀逸なので、大人の男女が恋に落ちる瞬間がリアルに浮き上がってくる。ホントにうまい。

この長編の中ほどに、秋野智之四十四歳と、部下の森村茜が大井競馬場に行くシーンがあるのだ。秋野智之は学生時代に何度か競馬場に行ったくらいで、馬券の買い方も忘れてしまった素人である。森村茜も同様に素人で、そういう二人が大井のトゥインクルレースに行くのだ。そこで、２万６５７０円の三連単を２０００円、７５５０円の馬単を１０００円当てる。その配当は66万６９００円。大井競馬のトゥインクルレースにはサラリーマンたちの姿が多いから（中にはＯＬとおぼしき女性グループも珍しくない）、銀行に勤める競馬の素人の秋野と茜が行っても不思議ではないのだが、全体から考えれば、やや唐突なくだりといっていい。ではなぜ、この挿話が必要であったのか。

秋野智之は銀行の支店次長といっても、ローンもあれば子供の教育費もあって小遣いは月に4万円。昼食代と煙草代でその半分が消える。酒の付き合いは月に2〜3回が限度。もちろん部下におごる余裕もない。送別会などの行事が重なるとたちまち赤字になり、妻の仁美に頭を下げることになる。だから、どこかから金が降ってこないかぎり、智之と茜が外で会い続けるのは困難である。食事するのもバーで飲むのもホテルに入るのも、資金がなければ不可能だ。そのためには彼らに給料とは別の資金を与えなければならない。唐突にも思える大井競馬場の場面がなぜ必要なのかはこの意味で理解される。リアリズムの名手である盛田隆二は、二人の体を寄り添わすために、会い続ける資金をこのように与えるのである。細かなことだが、こういう細部をないがしろにしないのが、「盛田リアリズム」と言われるゆえんなのである。この著者がリアリズムの名手と言われている一端が、ここからも窺《うかが》えそうだ。

たとえば、本書の中ほどに、直太朗と百恵が常磐線に乗って帰宅するシーンがある。夜なので電車の窓が黒い鏡になって、二人の姿が影のように映り込んでいる。その次はこう続いている。

「その鏡の中で百恵と目が合った。百恵は視線を外そうとせず、じっと見つめ返してくる。直太朗は思わず照れ笑いを浮かべたが、すぐに思い違いと分かって、そんな自分に恥じ入った。百恵はこちらを見つめているわけではなく、窓の外を流れる景色をただぼんやりと眺めているだけだった」

何気ない描写だが、直太朗の心が動きだしていることと、屈託をかかえている百恵を、さりげなく描くシーンといっていい。こういう細部のリアリティも見逃せない。

あるいは、幼い娘菜摘を起こしにいき、その手を握って引っ張りあげるシーン。娘の手は微熱を帯びてとても温かかったというシーンも引いておく。

「赤ん坊の頃、ぐっすりと眠った菜摘を抱きかかえるたびに、ずしりとした重みと火照ったような体温の高さに驚き、これが命そのものなんだ、と直太朗は思ったものだ。そのときの菜摘を思い出し、目頭が熱くなった」

とてもリアルな感情の噴出がここにある。

本書のストーリーをまったく紹介していないことに気がついたが、盛田隆二の場合、ストーリーの紹介にそれほどの意味はない。一応簡単に書いておくと、出版社に勤める書籍編集者の柴田直太朗三十九歳と、書店で働く山内百恵三十九歳の、心と体が少しずつ接近し、寄り添っていくかたちを描く長編である。直太朗には幼い娘がいること、百恵には若き日の恋のトラウマがあって恋に臆病になっていること。そういう事情を二人ともに抱えていることを付け加えれば、それ以上の説明は不要かもしれない。どんな事情なのか、その具体的な事情を知ることも小説を読むことの愉《たの》しさなので、それを明かされてしまっては読書の興を削いでしまうような気がしないでもない。だからここでは、大枠だけでいい。単行本の帯についた内容紹介が簡潔で要領を得ているのでそれを引いておく。

「シングルファーザーの子育て、病への不安、親との確執……。もどかしくも惹かれあう大人の男女の恋と、家族の再生を描く感動作」

　こう書けばいいという見本のような紹介である。

　書名についても書いておかなければならない。「残りの人生で、今日がいちばん若い日」とは、ラジオのパーソナリティが喋《しゃべ》った言葉として小説に登場する。菜摘は「ねえ、お父さん、いまの変だよねえ？　毎日どんどん大人になってくわけだから、今日がいちばん大人の日じゃないの？」と言うが、この感想を直太朗は詳しく語らない。ラジオのパーソナリティの「私たちぐらいの歳になると、何か新しいことを始めようとしても、つい億劫《おっくう》になってしまうことが多いですよね。でも、そういうふうに考えれば、何か新しいことにチャレンジするにしても、いつだってけっして遅くないという気がしますね。とにかく今日がいちばん若い日なんですから」という言葉を紹介するだけで、直太朗がこのとき何を考えたのかは、小説では語られない。これはこの作者の節度というもので、リアルには描くけれど、けっして描きすぎないのである。これも私、好きだ。

この手の長いタイトルは、他にも『きみがつらいのは、まだあきらめていないから』というのもあり、こちらもなかなかにうまい。これは銀行に勤める真治を主人公にした短編で、このタイトルは、義兄の同僚が、深夜に母親のおむつを交換し、父親に寝返りを打たせながら、自分にそう言い聞かせていた言葉から付けられている。その話を聞いて、それに比べたらおれの辛さなどなんでもないと真治は思うのだが、ここにも前向きに生きようという姿勢がある。

話を本書に戻せば、直太朗にも百恵にもそれぞれの事情があるので、恋はまっすぐには進まない。自分の心に気がつくまでにも時間がかかるが、そのあともねじれてこじれて、すみやかには進まない。こういう構成、展開が本当に絶妙で、盛田隆二の新刊を読むたびに読書の醍醐味を味わうが、本書も例外ではない。

だからこれだけでいいのだ。二人の心と体が寄り添っていくかたちがあれば、他に派手なドラマなどなくてもそれだけでいい。その細部を味わうことこそ、盛田隆二の小説を読む喜びであるのだ。しかしもちろん、これだけではない。本書には力強いメッセージが隠されている。「残りの人生で今日がいちばん若い日」なのだ。堂々と書名にまでなっていることを、隠しているとは言わないだろうが、これについて主人公が何も言わないので(つまり作者が直太朗に言わせず、読者に投げかけている)、なんだか隠したメッセージのように思えてくる。そうなのである。幾つになっても、「残りの人生で今日がいちばん若い日」なのだ。俯《うつむ》いて日々を過ごすことはない。本書を読み終えると、そういう力が湧いてくる。

本書は平成二十七年二月、小社から四六判で刊行されたものです。この作品はフィクションであり、登場する人物および団体は実在するものと関係ありません。なお、百恵と菜摘が銀座の画廊で個展を鑑賞する場面（二二三～二二八頁）で、「泣けない」「私を忘れないで」「手負いの蕾」など九つの画題を文中で使用しましたが、それらは日本画家・阿部清子さんの画題を引用させていただいたものです。画題の作中使用を了承してくださった阿部清子さんに感謝します。

切・り・取・り・線

一〇〇字書評

残りの人生で、今日がいちばん若い日

購買動機（新聞、雑誌名を記入するか、あるいは○をつけてください）	
□（　　　　　　　　）の広告を見て	
□（　　　　　　　　）の書評を見て	
□ 知人のすすめで	□ タイトルに惹かれて
□ カバーが良かったから	□ 内容が面白そうだから
□ 好きな作家だから	□ 好きな分野の本だから

・最近、最も感銘を受けた作品名をお書き下さい

・あなたのお好きな作家名をお書き下さい

・その他、ご要望がありましたらお書き下さい

住所	〒				
氏名		職業		年齢	
Eメール	※携帯には配信できません	新刊情報等のメール配信を 希望する・しない			

この本の感想を、編集部までお寄せいただけたらありがたく存じます。今後の企画の参考にさせていただきます。Eメールでも結構です。

いただいた「一〇〇字書評」は、新聞・雑誌等に紹介させていただくことがあります。その場合はお礼として特製図書カードを差し上げます。

前ページの原稿用紙に書評をお書きの上、切り取り、左記までお送り下さい。宛先の住所は不要です。

なお、ご記入いただいたお名前、ご住所等は、書評紹介の事前了解、謝礼のお届けのためだけに利用し、そのほかの目的のために利用することはありません。

〒一〇一-八七〇一
祥伝社文庫編集長 坂口芳和
電話 〇三（三二六五）二〇八〇

祥伝社ホームページの「ブックレビュー」からも、書き込めます。
http://www.shodensha.co.jp/bookreview/

祥伝社文庫

残《のこ》りの人生《じんせい》で、今日《きょう》がいちばん若《わか》い日《ひ》

平成30年1月20日　初版第1刷発行

著　者　盛田隆二《もりたりゅうじ》
発行者　辻　浩明
発行所　祥伝社《しょうでんしゃ》
東京都千代田区神田神保町3-3
〒101-8701
電話　03（3265）2081（販売部）
電話　03（3265）2080（編集部）
電話　03（3265）3622（業務部）
http://www.shodensha.co.jp/

印刷所　萩原印刷
製本所　ナショナル製本
カバーフォーマットデザイン　芥 陽子

Printed in Japan ©2018, Ryuji Morita ISBN978-4-396-34383-5 C0193

祥伝社文庫の好評既刊

朝倉かすみ
玩具《おもちゃ》の言い分
こんな女になるはずじゃなかった⁉ ややこしくて臆病なアラフォーたちの姿を赤裸々に描いた傑作短編集。

安達千夏
モルヒネ
在宅医療医師・真紀《まき》の前に七年ぶりに現われた元恋人のピアニスト・克秀《かつひで》の余命は三ヵ月。感動の恋愛長編。

長田一志
八ヶ岳《やつがたけ》・やまびこ不動産へようこそ
「やまびこ不動産」で働く真鍋《まなべ》。理由《わけ》あり物件に籠《こ》もる記憶や家族の想いに接するうち、空虚な真鍋の心にも変化が。

長田一志
夏草の声　八ヶ岳・やまびこ不動産
「やまびこ不動産」の真鍋の元には悩みを抱えた人々が引き寄せられて……。夏の八ヶ岳で、切なる想いが響き合う。

垣谷美雨
子育てはもう卒業します
就職、結婚、出産、嫁姑問題、子供の進路……ずっと誰かのために生きてきた女性たちの新たな出発を描く物語。

桂　望実
恋愛検定
片思い中の紗代《さよ》の前に、突然神様が降臨。「恋愛検定」を受検することに……。ドラマ化された話題作。

祥伝社文庫の好評既刊

加藤千恵
いつか終わる曲
うまくいかない恋、孤独な夜、離れてしまった友達……。〃あの頃〃が痛いほどに蘇る、名曲と共に紡ぐ作品集。

坂井希久子
泣いたらアカンで通天閣
大阪、新世界の「ラーメン味《み》よし」。放蕩《ほうとう》親父ゲンコとしっかり者の一人娘センコ。下町の涙と笑いの家族小説。

小路幸也
娘の結婚
娘の結婚相手の母親と、亡き妻との間には確執があった？　娘の幸せをめぐる、男親の静かな葛藤と奮闘の物語。

白石一文
ほかならぬ人へ
愛するべき真の相手は、どこにいるのだろう？　愛のかたちとその本質を描く、第142回直木賞受賞作。

中田永一
百瀬、こっちを向いて。
「こんなに苦しい気持ちは、知らなければよかった……！」恋愛の持つ切なさすべてが込められた小説集。

中田永一
吉祥寺の朝日奈くん
彼女の名前は、上から読んでも下から読んでも、山田真野《ヤマダマヤ》……。愛の永続性を祈る心情の瑞々しさが胸を打つ感動作。

〈祥伝社文庫　今月の新刊〉

盛田隆二
残りの人生で、今日がいちばん若い日
切なく、苦しく、でも懐かしい。三十九歳、じっくり温めながら育む恋と、家族の再生。

西村京太郎
急行奥只見《おくただみ》殺人事件
十津川警部の前に、地元警察の厚い壁が…。浦佐から会津へ、山深き鉄道のミステリー。

瀧羽麻子
ふたり姉妹《しまい》
容姿も人生も正反対の姉妹。聡美と愛美。姉の突然の帰省で二人は住居を交換することに。

橘かがり
扼殺《やくさつ》　善福寺川スチュワーデス殺人事件の闇
『恋と殺人』はなぜ、歴史の闇に葬られたのか？　日本の進路変更が落とした影。

簑輪　諒
うつろ屋軍師
秀吉の謀略で窮地に立つ丹羽家の再生に、空《う》論《ろ》屋と呆れられる新米家老が命を賭ける！

富田祐弘
忍びの乱蝶
織田信長の台頭を脅威に感じている京の都で、復讐に燃える女盗賊の執念と苦悩。